이웃집 악당 ❶

차례

이웃집 악당 ①

권세연 지음

가연

이웃집 악당

*이 책은 작가만의 글맛과 표현을 살리는 쪽으로 문장을 편집했습니다.

이웃집에
악당이 이사왔다

패션 브랜드 리리컬(Lyrical) 회장의 아들이자 사내 이사이며, 얼마 전 향수사업부로 발령을 받은 대한민국 대표 잇보이(It boy), 임수현. 금수저에다 부족한 것 없는 그가 서민이 사는 연립아파트로 왔다. 그것도 그녀의 바로 옆집으로 이사를 왔다.

"어라? 박 비서? 여기 살았어?"

차림새 또한 어울리지 않았다. 회사에서 보았던 깔끔한 슈트는 어디에 팔아먹었는지, 그의 늘씬한 몸은 트레이닝복에 감춰 있었다. 어느 드라마 남자 주인공이 입었던 것처럼 이탈리아 장인이 한 땀 한 땀 바느질한 듯 우스꽝스러웠다.

회사에 출근하다 말고 아는 얼굴을 마주쳐버린 세영은 자기도 모르게 어이없는 표정을 짓고 말았다. 그러거나 말거나 이미 수현은 아주 뻔뻔한 낯짝을 하고 있었다.

"……네. 여기가 제집인데……."

그녀가 손끝으로 그가 서 있는 곳 옆문을 가리키자, 그가 또한 번 뻔뻔하게 입을 열었다.

"이런 우연이 있나? 응? 우리 박 비서가 여기에서 살 줄이야."

우연? 웃기고 있어. 내 정보 전부 가지고 있으면서.

회사에서만 보던 악마를 여기서 만나다니. 아니, 이젠 매일 마주칠 수도 있는 상황이었다. 그녀는 당황한 채 이러지도, 저러지도 못한 채 멀뚱히 수현을 바라보다가 시선을 돌렸다. 세영의 표정에 수현의 입가로 벙싯 미소가 떠올랐다.

"박 비서, 지금 출근하는 거지?"

"네, 본부장님."

그는 들고 있는 봉지 안에서 아직도 따끈따끈한 시루떡 포장을 꺼내 그녀에게 내밀었다. 정말 뜬금없는 전개라 세영이 자기도 모르게 손을 내밀어 받으며 물었다.

"이, 이게 뭐예요?"

"뭐긴 뭐야. 떡이지."

떡? 지금 이사 왔다고 떡 돌리는 거야?

"떡? 박 비서는 그런 걸 먹어? 하여간 입맛 미개한 건 알아줘야 해."

"전 떡 정말 좋아하는데요, 본부장님. 방금 말씀은 조금……
기분이 그렇습니다."

불과 3개월 전, 그가 그렇게 떠들었었다. 떡 같은 미개한 걸 도
대체 왜 먹냐고 말했던 그였다.

"나도 이제 떡이 좋거든. 박 비서가 왜 좋아하는지 알 것 같아."

생글생글 웃으며 말하는 꼴이 참 같잖다. 그동안 싫어했던 떡
을 갑자기 좋아한다는 이유도, 그가 자신의 옆집으로 이사 온 이
유도 눈치챈 그녀는 그 자리에 그와 함께 있을 수가 없었다. 그녀
는 급하게 떡을 가방 안으로 밀어 넣었다.

"저, 저는 먼저 출근하겠습니다, 본부장님."

"응응, 그래. 회사에서 봐, 박 비서. 어쩜 이렇게 부지런한지
몰라. 꼭 나 피하는 것처럼."

그를 향해 꾸벅 고개를 숙여 인사하고 급하게 계단을 내려서
며 생각했다. '도대체 뭐가 잘못됐지?'라고. 도대체 뭐 때문에 그
가 자신의, 아니, 어쩌다가 이웃집에 악당이 들어왔냐고! 그러나
오래 고민할 필요도 없었다. 계단을 내려가며 뜀박질을 하던 다
리가 멈췄다. 그가 갑자기 달라진 태도를 보인 이유가 떠올랐기
때문이었다.

"설마 저 인간, 내가 지 고백한 거 찼다고 이러는 거야?"

그날, 고백 거절의 나비효과로 이웃집에 악당이 이사 왔다.

* * *

딱히 비서를 하고 싶은 건 아니었다. 어쩌다 정신을 차려보니 비서 자격증 공부를 하고 있었고 그것을 바탕으로 어느 패션 브랜드의 비서 채용에 응시해 턱걸이로 붙었다. 다들 쟁쟁했다. 대한민국에서 이름만 대면 아는 학교를 나온 사람들이 수두룩했고, 생각과는 다르게 여자보다는 남자가 더 많았으며, 경우에 따라서는 기사 대신 수행비서가 운전을 하기도 했다.

"세영 씨, 알지? 이번에 우리 회사에서 향수 브랜드 론칭한 거. 임수현 이사님이 본부장으로 오실 거야. 임시로 세영 씨가 본부장님 업무를 좀 도와줘야 해."

"임시로요?"

나름 회사 정직원인데 임시라는 말을 쓸 필요가 있었을까? 그러나 곰곰이 생각할 필요도 없었다. 비서실장이 그 이유를 말했다.

"워낙 우리 도련님이 까다롭잖아. 비서들 한 달도 못 채우고 그만둔 경우가 허다한데……. 난 세영 씨가 괜히 그만둔다고 할까 봐 새로 채용할 생각이었는데, 회장님이 원래 비서실에 있던 사람들로 채우라고 하시잖아."

한 달도 못 채우고 그만둔 경우가 허다하다는 말에 세영의 머릿속에 한 남자가 떠올랐다. 요즘 인터넷이나 TV로 정말 많이 떠들어대는 남자. 그래, 일단 얼굴은 반반하니 봐줄 만하다. 아니, 봐줄 만하다 정도가 아니라 그 정도면 참 잘생겼다. 문제라면 인성이었다. 워커홀릭에 회사 일을 열심히 하는 건 좋지만, 따라오지 못하는 직원들에게는 가차 없기로 유명했다. 생각만 해도 끔찍했다.

'한 번만 말할 테니까 잘 들어요. 그따위로 하려면 왜 회사 나옵니까? 처음부터 다시 해요.'

그런 인간 밑에 가서 일을 하라고? 망했다. 아무래도 자신이 비서실 막내라서 보내는 분위기였다.

"세영 씨 표정 안 좋아진 거 봐."

"네? 제, 제가 언제요, 실장님."

세영이 당황하며 얼굴을 붉히자 실장이 살포시 웃었다.

"그래서 임시라고 했잖아. 자기는 어디까지나 여기 소속이고 아주 잠시만 그쪽에 가 있는 거라고. 나도 가능한 빨리 구할 테니까. 본부장님이 괴롭히더라도 어떻게든 버티고 있어."

자신을 살뜰히 보살펴준 실장에게 싫다고 할 수가 없어서 생글생글 웃으며 말했지만, 정작 그가 돌아가고 나서는 걱정이 태산이었다. 회장의 아들인 임수현 이사의 까탈스러운 성격은 이미 회사 내에서 유명했다. 이사회에서 향수 사업부를 까칠한 그에게 맡긴 것도 그만큼 능력이 있기 때문이지만, 모두가 그와 일하는 건 꺼렸다. 즉, 업무 능력은 있지만 사람 부리는 능력은 영 꽝이다.

어쨌건 위에서 까라면 까고, 기라면 기어야 하는 처지였던 세영은 새로 마련된 자신의 자리로 갔다. 본부장실 바로 앞에 마련된 곳, 그의 일거수일투족을 지켜볼 수 있는 자리였다. 가방을 내려놓고 자리 세팅부터 했다. 그래도 의외로 괜찮은 사람일지 모른다는 기대감이 아주 조금 있었다.

"세분화할 거예요. 젊은 층들이 쓰는 제품, 돈 좀 있는 나이 많은 분들이 쓰는 제품들로."

그때 굵직한 목소리가 복도 저 끝에서 울렸다. 본부장실이 있는 복도에서 태평하게 커다란 목소리로 통화를 할 수 있는 사람은 딱 둘이었다. 회장 혹은 본부장. 그러나 회장은 여자이니 이런 굵직한 소리를 내는 건 본부장이 유일했다. 그녀는 자리에서 일어나 비서 데스크 앞에 섰다.

"그건 일단 해봐야 알겠죠, 엄마. 조향사들은 지금 헤드헌팅 중이에요."

회장과 통화하는 모양이었다. 늘 그렇듯 무심하게 비서 데스크를 지나치려던 그는 살짝 눈동자를 돌려 자신을 향해 꾸벅 허리를 숙이고 있는 여자를 발견하고는 걸음을 멈췄다.

"나중에 다시 걸게요."

전화를 끊고 손에 쥔 채 그가 물끄러미 세영을 보았다. 그녀는 무거워진 공기를 느끼며 가까스로 허리를 들어 올리고 생글생글 웃는 얼굴로 수현을 보며 입을 열었다.

"처음 인사드립니다, 본부장님. 앞으로 본부장님의 일을 보조할 박세영이라고 합니다."

이, 인사가 됐나? 별론가?

그의 침묵에 고개가 무거워졌다. 그저 자신을 내려다보며 아주 거만한 표정을 짓고 있을 뿐이었다. 어떤 말이라도 해주면 좋으련만 그에게선 아직도 답이 없다.

"저……."

"당신 하나인가요? 나 보조할 사람."

"아, 예."

아주 사무적이고 딱딱한 말투였다. 그의 표정은 곧 짜증으로 일그러졌다.

"사람이 최소 두 명은 있어야 한다니까."

그가 피곤한 듯이 이마를 짚고 혼잣말을 하며 다시 어딘가로 전화를 걸기 시작했다. 그 앞에 서 있는 세영은 가시방석 위에 서 있는 기분이었다.

"아, 윤 실장님 저예요. 분명히 최소 두 명은 줘야 한다고 얘기했잖아요. ……아무리 갑작스러워도 그렇지…… 아, 일단 알겠어요."

그가 전화를 끊고는 다시 세영을 바라보았다.

"향수 분야 쪽으로는 일 얼마나 해봤습니까?"

"예? 저는…… 비서라서 그쪽 일 밖에는……."

"잠깐 들어와요."

그가 벌컥 문을 열고는 들어가 입고 있던 슈트 재킷을 벗었다. 방안에서는 묘한 향기가 가득했다. 그제야 벽면 장식장으로 가득한 향수 원료들이 보였다. 아무래도 직접 조향을 하기도 하는 모양이었다.

그가 벽면에 붙어 있는 장식장을 가리키더니 말했다.

"향료는 무조건 상온에 보관해야 하는 거 알죠? 차가운 곳에 있으면 못쓰게 돼요."

뭐야? 바로 업무지시야?

그녀는 들고 있던 수첩을 열고 그의 말을 요약해서 받아 적기 시작했다.

"계절 상관없이 실내 온도는 25도를 유지하게 해요. 그리고 종종 나한테서 스카우트 제의를 받은 사람들한테서 직접 연락이 올 겁니다. 눈치 없이 바로 나한테 연결하지 말고 전화 온 사람이 누군지, 번호는 몇 번인지 메모 잘 해놔요. 그리고 나중에 나한테 보고하고요. 종합적인 보고 시간은 급한 게 아니면 무조건 퇴근하기 전 오후 5시."

그가 한 문장씩 끊어서 말할 때마다 그녀의 손에 쥐어진 펜도 이리저리 굴러다녔다. 선배 비서들에게 아주 간단한 업무지시도 전부 적어두어야 후환이 없다고 배웠다. 그의 말을 하나하나 번호 달아 요약하며 적고 막 수첩을 덮었을 때였다.

"머리가 나쁜 건가?"

잘못 들었다고 생각했다. 수첩 사이에 펜을 끼우고 고개를 들었다. 아주 거만한 자세로 본부장 자리에 앉아 다리를 꼰 채 자신을 바라보는 그의 표정은 상사만 아니었다면, 한 대 갈기고 싶을 정도로 얄미움 그 자체였다.

"……무슨 말씀이십니까?"

그녀가 다 기어들어 가는 목소리로 묻자 그가 입을 열었다.

"아니, 이런 간단한 지시도 다 못 외워서 적는 거 보니까 참 가관이라서 말이에요. 학교는 어딜 졸업했습니까?"

* * *

지금 생각해보면 참 최악의 첫인상이었다. 그렇게 거만했던 인간이 자신에게 한 고백도 웃긴 일이거니와, 그렇게 무시하던 서민의 연립주택으로 온 일도 어이가 없을 지경이다.

"아니, 생각할수록 어이가 없네. 지가 고백하면 내가 꼭 받아 줘야 돼? 웃기는 자식이야, 진짜."

임시로 발령받아서 왔던 본부장의 비서직이었지만, 좀처럼 비서실은 사람을 보내주지 않았고 결국 그녀는 뿌리박히듯 이곳에서 장장 3개월을 넘게 초과근무를 해야 했다. 한 달만 기다려달라던 실장에게서도 더는 기다려달라는 말조차도 나오지 않는다. 아무래도 퇴사할 때까지 쭉 악당 밑에서 일하라는 신의 계시라도 내려온 모양이었다.

막 가방을 내려놓고 업무에 필요한 도구들을 이것저것 꺼내던 그녀의 눈에 아침에 그에게 받은 시루떡이 보였다. 따끈따끈한 모양이 참 맛있어 보이는데, 그 악당이 주었다고 생각하니 별로 입맛이 돌지 않았다. 결국 꺼내다가 구석에 있던 소형 냉장고에 처박아 두고 책상 앞에 섰다. 그리고 그때였다.

"안녕하세요."

굵직한 목소리였다. 혹시 이런 이른 아침부터 손님이 찾아온 건가 싶어 바로 업무용 미소로 돌아간 그녀는, 인사를 건넨 남자를 확인하자마자 굳고 말았다. 늘씬하게 빠진 몸매, 단정한 헤어 스타일, 웃느라 살짝 드러난 고른 치열이며 짙은 눈썹까지 도저히 눈을 뗄 수가 없는 남자였다.

"……저기?"

세영의 얼굴이 빨개졌다. 너무 넋을 놓아버린 것 같아서 순간 부끄러웠다.

"아, 죄, 죄송합니다. 무슨 일이신가요? 지금 임수현 본부장님께서는 계시지 않습니다만."

남자는 수현을 만나러 오지 않았다는 듯 웃으며 손사래를 쳤다. 그러나 그 모습이 너무 우아했던지라 세영의 눈에 나풀나풀 깃털이 날아다니는 듯한 착각이 들었다.

"아닙니다, 선배님."

선배님?

남자는 또박또박 세영을 향해 '선배님'이라는 호칭을 사용했다.

"실장님께서 말씀을 아직 안 하셨던 모양이네요. 오늘부터 향수 사업부 임수현 본부장님 팀으로 배속된 새로운 비서입니다. 차도현입니다. 편하게 차 비서라고 부르십시오."

엄마, 나 지금 이상형 만난 것 같아.

악당이 옆집으로 이사 온 그날, 그녀의 마음에 봄바람이 불고 말았다.

＊ ＊ ＊

'나 개무시 당한 건가? 관심받으려고 옆집에 이사까지 했는데.'

거울 앞에 서서 넥타이를 매만지고 있는 수현의 손이 덜덜 떨렸다. 한 번도 누군가에게 고백을 해서 차인 적이 없다. 아니, 정확히는 누군가에게 고백을 해본 일이 없다. 굳이 고백이라고 해봐야 자신에게 연애 감정이 있다고 한 상대에게 좋다고 한 대답이 전부였다. 태어나자마자 모든 것을 가졌다. 좋은 집, 좋은 차,

좋은 부모님, 좋은 직장, 좋은 강아지, 좋은 고양이, 좋은 옷, 좋은 블랙카드까지. 아, 추가로 좋은 머리에 좋은 외모도 가졌다. 여자들은 자기를 못 놔서 안달이었고, 자신은 고르기만 하면 되는 상황이었다. 그런데 스물아홉 인생에 이상한 여자가 하나 나타났다.

그날의 일을 곱씹던 수현은 짜증스러운 표정으로 넥타이를 풀었다가 다시 매기 시작했다.

* * *

"본부장님, 신제품은 장식장에 정돈해 두었습니다."

"아, 그래? 고생했어."

평소 칭찬에 인색한 그였다. 자신의 칭찬을 듣자마자 표정이 싸늘하게 굳는 그녀를 보며, 그는 애써 미소 짓고는 바로 본부장실로 들어갔다. 들어가자마자 벽에 등을 대고 손으로 가슴을 움켜잡았다.

"하아, 후우."

쿵쿵!

제 속도를 잃은 심장이 버둥거렸다. 그는 손바닥으로 가슴을 툭툭 치며 중얼거렸다.

"나대지 마라. 심장아. 나대지 마."

한 번도 사랑에 빠진 자신을 본 적이 없다. 아니, 이것이 사랑에 빠진 증상이라는 것도 제대로 모르겠다. 한 번도 없던 일이고 지금이 최초였으니까. 그저 지금 신체의 반응이 부끄럽기만 했다. 연애 경험이 없는 건 아니다. 분명히 남들보다 많았다. 일주일을 사귀다 헤어진 때도 있고, 길게 가봐야 반년이 전부였으니까. 그때도 연인들을 좋아하지 않은 건 아니었다. 분명히 좋아하고 설렜던 것 같은데, 지금 박 비서를 보았을 때 드는 설렘의 정도는 아주 병적이었다. 당황스러울 정도였다.

데스크에 서서 자신을 맞이하던 그녀의 모습이 잔상처럼 잊히질 않는다. 일중독에 워커홀릭으로 일을 했던 자신이 여자에게 빠진 것도 참 웃긴 일인데. 그 상대가 자신이 매번 구박하던 비서라니 기분이 묘했다.

책상 서랍에서 예쁘게 포장된 상자를 꺼내 뚜껑을 열었다. 앙증맞게 포장된 수제 향수가 나타났다. 몇 날 며칠을 고민하며 밤을 새워서 만들었다. 원체 향을 조합하는 일에 재능이 있던 것도 아니라 탑, 미들, 베이스 전부 어우러지는 향을 찾기가 너무 힘들었다. 도로 향수 상자를 포장하고 리본까지 예쁘게 묶은 뒤 바로 전신 거울 앞에 섰다.

거울을 보자마자 미소가 번진다. 참 잘생겼다. 이렇게 잘생기고 이렇게 완벽한데 거부할 리가 없지. 곧 거울을 향해 상자가 든 손을 내밀었다.

"너, 내 거 해라."

향수 상자 위에 작은 액세서리 함까지 놓았다.

"네가 좋아."

아, 너무 멋이 없어. 세상천지에 이렇게 고백하는 놈이 어딨냐? 로맨스 드라마라도 봐두는 건데라고 후회했다. 순간 거울 속으로 보이는 임수현은 조금 전까지 보이던 거만한 임수현이 아니었다. 살면서 이렇게 간절해본 때가 있었나? 아버지의 바람으로 부모님이 이혼을 하면서 홀어머니 손에 컸지만, 그때에도 이렇게 간절하진 않았다.

"박 비서, 이거 받아. 그냥 선물이야."

그냥 선물로 반지를 주는 미친놈도 있나?

"박세영 씨, 우리 사귈래?"

고등학생이냐?

"세영 씨, 그동안 내가 미안했어. 이제부터 당신이랑 잘해보고 싶어."

거울 속 남자는 아주 완벽한 모습이었지만, 그 속에서 흩어지듯 나오는 말은 아주 유치찬란했다. 매체에서 잇보이라고 떠들어대는 평소의 모습이 상상되지 않을 정도였다. 그는 자신에게 조심스럽게 물었다. 도대체 그녀의 어디에 반한 것이냐고.

"모양 빠지게 이게 뭐야."

거울을 보며 나직하게 속삭였다. 요즘은 그녀의 얼굴을 제대로 바라보는 것도 힘들다. 그는 스물아홉을 먹고 나서야 누군가에게 반한다는 감정이 무엇인지 깨닫는 중이었다. 얼굴을 쳐다보기는커녕 목소리를 듣는 것조차 힘들어서 제대로 서 있을 수가 없다. 그녀를 보면 마냥 기쁘지만 심장의 떨림 때문에 웃는 것도 버겁다. 그런 자신에게 박세영은 늘 사무적이다. 비서니까 당연하다고 생각하지만, 그래도 사람 마음이 참 간사한지라, 그녀가 얼핏 미소를 지었다가 자신과 눈이 마주치자마자 굳어버리는 건 마음이 아프다. 그래서 더 괴롭힌 때도 있다. 어떻게든 회사에 더 남겨두고 싶은 마음이었다.

"박세영, 너 뭐냐?"

"뭐가 말씀이십니까?"

갑자기 들려온 목소리에 놀란 수현은 들고 있던 작은 상자 두 개를 황급히 등 뒤로 숨겼다. 그녀였다. 중요한 일인 듯 문 앞에 서 있는 표정이 꽤 다급해 보였던 터라 그가 흠흠 헛기침을 하고는 물었다.

"무슨 일이야? 노크도 없이."

"노크 드렸습니다만…….

"……이, 인터폰 하면 되잖아."

"인터폰 드렸는데 대답이 없으셔서 노크했고, 노크했는데도 반응이 없으셔서 무례를 무릅쓰고 들어왔습니다. 죄송합니다."

정적이 흘렀다. 표정 관리가 되질 않는다. 어디서부터 본 걸까? 등 뒤로 숨기고 있는 상자를 쥔 손에 괜히 힘이 들어갔다. 그건 그렇고 당황한 자신과는 다르게 세영은 몹시도 딱딱하고 사무적이었다. 오늘 고백을 하려고 마음먹고 있었는데, 저렇게 차가운 모습을 보고 있으니 입술이 딱 붙어서 제대로 떨어지질 않았다.

"본부장님?"

어쩌면 기회다. 그녀가 부르지도 않았는데 스스로 본부장실로 들어온 거니까. 밑져야 본전이다. 그녀가 고백을 받아주면 좋은 것이고, 아니면 아닌 대로 지내면 그만이다.

"무슨 일인데?"

"스위스 레오네 사의 페터 씨에게서 전화가 왔습니다."

"아, 그래? 고마워."

행여 등 뒤에 숨긴 상자가 보일까 뒷걸음질 쳐 수화기를 들고 당겨 받기 버튼을 눌렀다.

「네, 리리컬 임수현입니다.」

수화기 너머로 독일어가 흘러나왔다. 집중해야 하건만 그의 시선은 나가려는 세영에게 고정된 채였다. 의미를 미처 알아채지 못한 독일어들이 난무하는 중간, 그는 전화 속 페터의 말을 잠시 중단시키고 막 뒤돌아선 세영을 향해 말했다.

"박세영 씨."

세영은 얼떨떨한 표정으로 고개를 돌렸다. 늘 하던 '박 비서'라는 호칭이 아니었다. 아주 잠깐이었지만 두 눈이 마주친 순간 정적이 흘렀다. 그는 책상에 살짝 걸터앉은 채 다시 통화를 이어가며 안에서 기다리라는 손짓을 했다. 이렇게까지 사업 이야기가 귀에 안 들어온 건 처음이다.

「그럼 그 건에 관해서는 제가 바로 메일로 보내드리겠습니다.」

「네, 페터 씨. 항상 힘써주셔서 감사합니다.」

가까스로 통화를 마치고 수화기를 내려놓았다. 얌전히 문 앞에 서서 그의 통화가 끝나기만을 기다렸던 세영은 전화를 끊고 두 손을 뒷짐 진 그를 응시했다. 속으로는 여러 걱정들이 몽글몽글 피어오른다. '또 야근인가?'부터 시작해서 '나 혹시 혼날 거 있었나?'까지. 그와 일을 하면서 하루도 걱정을 거르지 않은 날이 없다.

업무에 관해 매우 예민한 그의 신경을 긁지 않으려고 애썼던

나날이었다. 대놓고 악랄한 말은 하지 않지만, 사람을 은근슬쩍 안하무인으로 대하는 태도는 차라리 대놓고 면박주는 것이 더 나을 정도였다.

그가 뒷짐을 진 채 다가와 소파에 풀썩 앉았다. 그러나 앉은 자리는 평소처럼 상석이 아닌 바깥 자리였다. 그는 곧 비어있던 맞은편 자리를 가리켰다.

"잠깐 앉아. 그렇게 서 있지 말고."

아무래도 오늘 본부장님의 분위기가 이상하다. 더 있고 싶지 않아도 상사의 명을 무시할 수는 없었던 그녀는 곧 그와 마주 보는 자리에 엉덩이를 대고 앉았다. 그녀가 앉고도 수현은 잠시 입을 다물고 아무 말도 하지 않았다. 그저 관찰하듯이 세영을 바라볼 뿐이었다. 그의 노골적인 시선에 세영이 슬쩍 고개를 돌리자 그제야 입을 연다.

"시간 있어?"

"네?"

역시나 야근을 시킬 모양이었나 보다. 상사 앞에서 대놓고 인상을 찌푸리며 싫은 티를 낼 수가 없어서 억지로 업무용 미소를 짓고 대답했다.

"네, 괜찮습니다. 혹시 시키실 일이라도 있으십니까?"

"어? 뭐, 업무의 연장이라고 하면 연장이겠지."

"……네?"

"조촐하게 우리끼리 회식이나 하자고."

회식?

워커홀릭에 사원들의 복지에는 전혀 관심이 없어 보이는 저 남자가 '회식'을 하잔다.

"아, 회식…… 말씀이십니까?"

보통 회식이라고 하면 팀원들이 법인카드로 알아서 먹고 마시라고 지시했던 그였다. 그런 그의 평소 행동과 다른 말투에 세영은 뒤통수를 맞은 기분이었다. 오늘 유독 말투도 나긋나긋, 상냥한 것이 이제야 못된 마음을 고쳐먹을 생각을 한 듯 보인다. 당연히 향수 사업부, 연구부 직원들의 회식 이야기라고 생각했다.

"바로 부장님들께 연락 넣겠습니다."

"어? 아니 아니."

그가 일어나서 나가려는 그녀의 옷자락을 급하게 붙잡았다가 화들짝 놀라며 놓았다. 척 보기에도 수줍음이 묻어난 듯 보여서 세영은 자기도 모르게 눈살을 찌푸렸다. 어쩐지 악마 같은 본부장과는 전혀 어울리지 않는 행동이었다.

"어딜 가려고?"

"네? 하지만 본부장님께서 회식을 하자고……."

"누가 이쪽 사람들 다 부르재? 나하고 박세영 씨 말이야. 우리끼리 밥 먹은 게 정말 단 한 번도 없잖아."

원래 밥이라는 게 서로 마주 보고도 입맛이 떨어지지 않는 사람끼리 먹어야 하지만, 회식이라는 종류는 예외다. 그 잠깐 사이에 수현은 세영의 얼굴에 서리는 불쾌감을 읽었다. 심장은 바닥으로 곤두박질치기 직전이다. 순간 '내가 그렇게 싫은가?'라는 생각이 들 정도였다.

"그래서 말인데 박세영 씨는 뭐가 좋아? 먹고 싶은 거 있어?"

"생각해보질 않아서…… 너무 갑작스러워서 그렇습니다."

세영의 얼굴에 당황한 기운이 서렸다. 여기에서 굴해버리면 몇 날 며칠을 잠도 못 자고 고민했던 것이 허사가 되어버리고 만다. 그는 지금이 밀어붙여야 할 때임을 알았다. 지금을 놓쳐버리면 남은 인생 평생 동안 후회할지도 모른다.

"그럼 내가 마음대로 데려가도 괜찮은 거지?"

그의 물음에 세영이 어색하게 고개를 끄덕였다. 그와 동시에 수현의 얼굴이 환해졌다. 마치 사업에서 큰 건을 했을 때의 표정과 비슷했다. 처음 보는 모습에 당황도 잠시, 수현이 시계를 확인하더니 자리에서 벌떡 일어났다.

"뭐해? 퇴근시간 다 됐는데. 천천히 준비하고 내려와. 내 차 어디에 세워놨는지 알지?"

"……네, 본부장님."

수현은 뭐가 좋은지 연신 싱글벙글인 채로 자리에서 일어나 다시 뒷걸음질 쳤다.

"그럼 조금 뒤에 보자고, 박 비서."

그는 프러포즈 대작전을 막 시작할 참이었다.

* * *

'죽을 때 다 된 거 아니야? 나랑 밥? 밥을 먹고 싶다고? 미쳤나?'

어쨌든 상사가 부르는데 가지 않을 수도 없고, 만일 시킬 일이 있으면 시켜도 좋다는 말을 해버린 터였다. 그렇다고 급하게 약속이 있다고 뺄 수도 없는 노릇이었다. 가기 싫어도 늦장 부리다가 융단폭격을 맞는 것보다는 빨리 그 보기 싫은 얼굴을 보는 편이 나았다. 가방을 챙겨들고 엘리베이터에 오르는 그녀의 표정은 도살장에 끌려가는 소처럼 슬픔으로 잔뜩 일그러졌다.

먼저 내려와 그녀가 나타나기를 기다리던 수현은 몇 번이고 백미러를 보며 표정을 연습했다. 이상하게 보일까 아닐까는 이미 그의 안중에 없었다. 진심을 담은 최초의 고백을 앞두고 있는 그는 멈춘 차 안에서도 멀미가 날 것 같은 것을 가까스로 꾹꾹 눌러 참았다.

'임수현, 어쩌다가 비서한테 빠진 거냐.'

그는 백미러 안으로 왠지 모양 빠져 보이는 자신을 보며 속으로 읊조렸다. 생각해보니 어쩌다 빠진 것이 아니라 그녀는 매우 매력적이었다. 그동안 워커홀릭으로 회사 일에만 빠져 있어서 전혀 눈치채지 못했지만, 나중에 윤 실장에게 들어서 알 수 있었다. 그녀가 사내에서 인기가 하늘을 찌르는 수준이라는 것을 말이다.

'그래, 어쩌다가가 아니라 박세영이니까 빠진 거야.'

그때 또각또각 구두소리가 바깥에서 멈췄다. 그제야 정신을 차리고 앞 유리로 시선을 옮긴 수현의 눈에 세영의 모습이 보였다. 그녀와 눈이 마주치자마자 환하게 웃었지만 금세 표정이 굳어졌다. 세영이 그와 눈이 마주치자마자 고개를 돌렸기 때문이었다. 오늘 고백하려고 그녀를 부르긴 했지만 순간 자신이 없어졌다. 여태까지 자신의 밀어에 넘어오지 않은 여자는 없지만 박세영이라면 다르다. 그도 그럴 것이…….

"그렇게 괴롭혔는데 좋아할 리가 없지."

괴롭혔다기보다는 워커홀릭인 자신의 일에 맞춰주기를 바라며 그녀를 채찍질한 게 전부였다. 하지만 이제는 그 채찍질이 그녀에게 도리어 괴로운 일이었음을 알고 있다. 그는 멀뚱히 서서 차에 탈 생각도 하지 않는 세영을 깨닫고 차창을 내렸다.

"뭐해, 빨리 타."

"아…… 네, 본부장님."

그녀가 어색하게 조수석의 문을 열고 앉았다. 운전석은 수행비서인 늘 그녀의 차지였었는데, 조수석에 앉는 자신의 모습은 어색하기 그지없었다. 어색하기는 수현도 마찬가지였다. 한 번도 여자에게 이렇게 친절하게 굴어본 적이 없었으니까.

"식당은 내가 방금 예약해뒀어."

방금 예약을 했다? 아니, 그가 향할 식당은 적어도 2주 전에는 예약을 해야 식사를 할 수 있는 곳이었다. 긴장한 티를 내고 싶지 않아서 마구 내뱉고 있던 말들은 이상하게 더 퉁명스럽게 튀어나왔다.

"금방 내려올 줄 알았는데 조금 걸렸네?"

"아, 죄송합니다. 그래도 나름 서두른 건데……."

망할, 왜 난 말을 이렇게밖에 못하는 걸까?

그의 손은 바쁘게 내비게이션을 찍었고, 곧 차는 출발했다. 달리는 내내 두 사람은 말이 없었다. 애초에도 업무상 차를 타고 외근 나가도 일 이야기 외에는 말을 나누지 않았으니 이상할 것도 없다. 그는 조용히 앉아 있는 그녀에게 이것저것 말을 붙일까 생각했지만, 평소와 다른 모습을 보이면 그녀가 부담될까 싶어 결국엔 입을 다물었다. 어머니도 늘 누누이 말했었다. 말이 많으면 일을 망치는 법이라고, 하지 않았던가.

딱딱하고 삭막한 차 안에서 세영은 죽을 노릇이었다. 아까 본 부장실에서는 이상하게 말이 많은 것 같더니, 지금은 또 언제 그랬냐는 듯 입을 꾹 다물고 앞만 보고 있다. 세영은 속으로 도대체 무슨 일 때문에 상사가 하지도 않던 짓을 갑자기 벌이는지 생각하기 시작했다.

친구들한테 카톡으로 몰래 씹던 걸 걸렸나?

혼나다가 나도 모르게 살짝 욕 한 걸 들었나?

아끼는 향료의 향이 날아갔나?

아무리 생각해도 짚이는 게 없다. 혹시 표정이라도 보면 뭔가 생각나는 게 있을까 싶어 고개를 돌렸다. 신호를 받아 멈춘 차 안에서 그와 눈이 마주치고 말았다. 죄라도 지은 것처럼 급하게 고개를 돌렸다. 돌리고 나서야 실수했음을 깨달았다. '내가 벌레야, 박세영 씨? 상사를 보고도 그런 식으로 대하다니 조금 기분 나쁜데?'라는 말이 귓가에 울리는 것 같다.

차가 멈춘 곳은 분위기 좋아 보이는 스페인 요릿집이었다. 평소 맛집을 찾아다니는 성격은 아니었던지라, 이곳이 예약하기 힘든 식당이라는 것을 모르는 세영은 아무 생각 없이 앞서 걷는 수현을 따라 가게 안으로 발을 들였다.

가게 안은 조금 소란스러웠다. 비싼 돈 주고 먹으러 오는 식당이 소란스러운 건 질색이지만 함께 먹는 이가 임수현 본부장이라면 다르다. 적어도 오픈되어 있는 편이 그를 신경 쓰지 않기에 제격이었으니까. 그러나 두 사람이 안내받은 곳은 시끌벅적한 홀이 아닌 아주 조용한 방이었다. 즉, 사방이 꽉 막혀 있었다.

수현이 외투를 벗다 말고 세영의 눈치를 살피고는 살짝 의자를 빼더니 그녀에게 눈짓했다.

"……네?"

"앉아."

설마 의자 빼주는 거야? 앉으라고?

그녀가 머뭇거리다가 곧 그를 향해 살짝 고개를 숙여 인사하고는 그가 빼준 의자에 앉았다. 사람이 하지 않던 짓을 하면 죽을 때가 됐다는데, 수현의 안색을 봐서는 별로 죽을 빛이 서려 있진 않았다. 게다가 병원을 다니는 것도 아니고, 딱히 지병이 있는 것도 아니다. 여가 시간에는 테니스나 스쿼시를 다닐 정도로 오히려 건강한 체질에 속한다.

어색하게 앉아 별다른 말도 없이 서로 눈치만 보던 중 마침 준비한 요리들이 나오기 시작했다. 이름을 알 수 없는 쌀 요리부터 얇게 썰려 예쁘게 담긴 고기 요리까지. 점원이 테이블 위에 음식을 올려두고 물러나자마자 수현이 기다렸다는 듯이 입을 열었다.

"저번에 윤 실장이 새로 생긴 맛집이라고 그러더라고."

"아, 네……."

어색해서 죽을 것 같다.

두 사람은 식기를 놀려 음식을 먹기 시작했다. 한창 식사를 하는 중, 세영은 죽을 맛이었다. 먼저 회식을 제안한 것도 수현이었고, 이 레스토랑으로 데려온 것도 그였지만 그는 음식을 입에 넣고는 한 마디도 하지 않았다. 오히려 너무 조용하니 음식이 입으로 들어가는지, 코로 들어가는지 모를 지경이었다.

"저기."

무거운 침묵을 깨고 수현이 입을 열었다.

"네, 본부장님."

차라리 고요한 침묵보다 떠드는 편이 낫다. 세영이 자기도 모르게 어두웠던 표정을 환하게 밝히며 대답했다. 수현은 못 볼 것이라도 본 듯이 가만히 세영의 얼굴을 응시했다. 눈이 마주쳤지만 그도, 그녀도 불가항력에 붙잡힌 듯이 고개를 돌리지 못했다.

"……으, 음식은 입에 맞아?"

"아, 네. 맛있습니다."

"다행이네. 마음에 안 들면 어쩌나 했어."

제멋대로에, 매번 구박만 하던 상사가 정말 죽을 때가 됐나 보다. 세영이 어색하게 웃고는 다시 포크를 쥐었을 때였다.

"나랑 일하는 건 힘들지 않아?"

"……네?"

음식을 바라보던 시선을 들어 다시 수현을 보았다. 그의 표정은 평소와 다름이 없어 보였지만 말투만큼은 아주 부드러웠다. 평소 자신이 알던 그 임 본부장이 맞는지 의심스러울 정도였다.

"네, 괜찮습니다."

상사의 물음에 '네, 겁나 힘들어요. 그래서 그만두고 싶은데 월급

통장 보면 그 생각은 쏙 들어가더라고요.'라고 대답할 정신 나간 사원은 없다. 더군다나 그 상사는 회장의 아들이며, 그룹의 이사이기도 하다. 힘들게 취직한 자리를 쉽게 잃을 생각 따윈 없다.

"괜히 나 때문에 남자친구랑 데이트할 시간도 없는 건 아닌지 좀 걱정스럽네."

"……저 남자친구 없습니다, 본부장님. 전에도 말씀드린 것 같은데……."

"아, 미안. 잠깐 잊었나 봐."

잊지 않았다. 다시 한번 확인한 것뿐이다. 자신이 고백을 해서 차일 확률을 계산하는 것뿐. 이대로라면 50%, 자신에게 승산이 있다. 고백을 승산이라는 단어로 표현하는 것도 참 웃기는 일이지만, 지금의 그는 거래처 사람과 만날 때만큼이나 잔뜩 긴장한 상태였다.

"그럼 좋아하는 남자는?"

"네?"

"아니…… 박세영 씨도 좋아하는 남자는 있을 거 아니야."

이 자식이 오늘 왜 이래? 부담스럽게.

수현의 얼굴엔 뻔뻔함이 가득이었다. 마치 좋아하는 남자가 누구인지 알려주기 전까지는 시선을 떼지 않겠다는 듯 눈빛은 매우 강렬했다. 세영은 가까스로 그의 시선을 피했다.

"어, 없습니다."

"그래? 그렇구나."

뻔뻔한 얼굴로 환한 기운이 일었다. 그의 태도를 제대로 인지

하기도 전이었다. 수현이 대뜸 음식이 차려진 테이블 위로 손안에 들어올 만큼 작은 상자 두 개를 내밀었다. 예쁘게 포장한 것이 제 것이 아닌 듯싶었지만, 세영이 먼저 업무용 표정과 말투로 입을 열었다.

"예쁘게 포장됐네요. 회장님께 드릴 선물인가요?"

"아니."

설마 이 냉혈한이 여자한테 고백하려는 건가?

"아, 그럼 마음에 드신 분께 선물이라도 하시려는 건가요?"

다른 상자는 모르겠지만 더 작은 상자는 아무리 봐도 반지가 들어있을 것 같았으니까.

"응, 맞아."

그가 상자를 열자 영롱한 빛을 뿜어내는 꽤 비싸 보이는 반지가 나타났다. 아마 이 남자 능력이라면 수억은 호가할 것 같은 아주 비싼 반지가. 재벌가 도련님의 비서로 일을 한지 3개월이지만 이렇게 비싼 장신구는 실제로 처음 보는 거라, 세영도 모르게 반지에 시선이 박혀 거둬지지 않았다.

"가질래?"

정신없이 반지만 바라보고 있던 그녀의 귓가로 나직한 목소리가 흘러들어왔다.

"……무슨 말씀이십니까?"

"반지 가지라고."

그가 덜덜 떨리는 손으로 상자에서 반지를 꺼내고는 멋대로 그녀의 왼손을 잡아 억지로 약지에 반지를 끼웠다. 반지는 제

주인을 찾은 것처럼 딱 맞았다. 흘러내리지도 않고, 꽉 끼지도 않았다. 마치 처음부터 주인이 그녀인 듯했다.

"이, 이걸 제가 왜!"

급하게 반지를 빼내려는 손을 수현이 막았다.

"당신 주려고 샀어."

"……."

두 사람 사이에서 놀람 교향곡이 연주되었다. 아니, 정확히는 세영의 표정에만 연주곡이 가득 흐르고 있었다. 쇠뿔도 단김에 빼라고 했다. 어차피 벌어진 일이고 그녀를 위해 샀다고 뱉어버린 입이다. 남자친구도 없고, 좋아하는 남자도 없다면 승산 80%다. 그녀의 입에서 허락이 떨어지기까지 남은 20%는 타고난 언변으로 채우는 수밖에 없다.

"무, 무슨…… 말씀이신지……."

이미 머리로는 이해했다. 가능성은 두 가지다. 그가 자신을 놀리기 위해서, 혹은 정말 자신에게 고백하기 위해서. 전자는 임수현의 성격상 절대 그럴 리가 없다. 놀리기 위해서 수억을 마음대로 쓸 정도로 개차반이 아니다. 남은 가능성은 하나.

"좋아해, 박세영 씨."

고백하기 전에는 머릿속이 새하얗기만 했는데 막상 뱉고 나니 차분해졌다. 아마도 나아갈 길이 딱 하나밖에 남지 않았기 때문일지도 모르겠다. 그는 태어나서 처음으로 아주 환하게 웃었다.

"갑작스럽겠지만 내 마음이 그래."

한참이 지난 후에야 그녀가 한마디 뱉었다.

"아."

어쩔 수 없이 받아들일 것이다. 자신을 거부한 여자는 여태껏 하나도 없었다. 이 정도 외모에, 이 정도 스펙에, 이 정도 재력에, 이 정도 키까지 가진 자신을 거부한다는 건 무성애자나 다름없다는 말이다.

자, 박 비서. 어서 대답해. 좋다고.

"저는……."

아직 대답을 다 듣지도 않았건만 수현의 입가로는 미소가 번진 채 사라지지 않았다. 곤란한 듯 반지만 바라보고 있던 세영이 고개를 빳빳하게 들고는 수현을 보았다. 역시나 자신의 상사는 처음 보는 표정으로 눈을 빤짝이고 있다.

'설마 이 인간 내가 지 고백을 받아준다고 생각하는 거야?'

순간 그동안 받았던 온갖 설움이 밀려들었다.

'박 비서, 비서 공부 제대로 안 했어? 중국 바이어한테 시계 선물을 하면 어쩌자는 거야? 그건 상식이야 상식! 상식도 없이 입사했어? 죄송해? 죄송하다면 다야? 죄송하다는 말로 다 되면 경찰은 왜 있어?'

그래, 그날. 바이어에게 줄 선물이 뒤바뀌는 바람에 큰 실수를 할 뻔했던 날이었다. 중국인에게 시계 선물을 하면 안 된다는 상식은 자신도 알고 있다. 미리 살피지 못한 자신의 잘못도 있지만 왜 지금은 그런 서러운 기억만 떠오르는 걸까.

세영은 여전히 환하게 웃는 얼굴로 자신을 바라보는 수현을 응시했다. 아마도 저 표정은 분명히 예스가 나올 것이라고 확신

하는 것 같았다.

'미안, 임수현. 너 같은 건 열 트럭 갖다줘도 싫어.'

세영이 입가로 옅은 미소를 지었다. 그녀의 미소를 본 수현의 마음도 점점 차분하게 가라앉았다. 거절을 할 사람이 저렇게 예쁘게 웃을 리가 없으니까.

"본부장님."

"응, 세영 씨. 듣고 있어."

어서 좋다고 말해. 어서.

환한 미소 위로 그녀의 말이 곧 융단폭격처럼 쏟아져 내렸다.

"저는 본부장님 굉장히 별롭니다."

* * *

운전대를 잡은 손에 은근하게 힘이 들어갔다. 생애 잊고 싶은 최악의 기억이 되어버린 그날의 고백 때문에 자다가도 이불을 뻥뻥 걷어찬 적이 한두 번이 아니다. 지금도 운전이고 뭐고 두 다리를 동동 구르고 싶은 것을 억지로 참느라 바들바들 떨렸다. 소위 말하면 쪽팔린 기억이니까.

"아오, 짜증 나!"

자신을 보고 당황하던 그녀의 표정만 떠올리면 쪽팔린 건 둘째 치고, 자신을 별로라고 거부했던 그녀의 태도가 충격이었다.

"어떻게 날 거절할 수가 있지?"

자신을 거절했으니 당연히 좋아하는 사람이나 남자친구가 있다고 생각할 수밖에 없었다. 남들이 보면 재수 없게 자기애가 강하다고 할 수 있겠지만, 일단 그 자신도 자신이 참 완벽하다고 생각했다. 자신을 좋아했던 모든 여자가 그랬으니까. 게다가 태어나면서 가졌던 완벽한 지론이었다. 그러나 그녀의 한 마디로 그 완벽한 지론이 무너졌다.

'저는 본부장님 굉장히 별로입니다.'

두고 봐, 그 입에서 먼저 좋아 죽겠다는 소리가 나오게 해줄 테니까.

회사 지하주차장에 도착하자마자 백미러를 통해 흐트러진 곳은 없는지 살폈다. 어쩐지 오늘따라 넥타이는 삐뚤어져 보이고, 정장의 색은 잘 받지 않는 것 같으며 헤어스타일은 평소보다 각이 약 1도 정도 기운 듯싶었다. 이게 다 그 여자 때문이다. 망할 비서.

아니지. 내가 멋대로 좋아해 놓고 고백한 건데 박세영 씨가 망할 비서는 아니지. 내가 망할 놈이면 몰라도 그녀 탓이 아니었다.

그나저나 고백 후 일주일간은 어떻게든 그녀와 마주치고 아무렇지 않음을 보이려고 애쓰며 살았지만 지금은 상황이 다르다. 아무리 눈치가 없어도 자신이 옆집으로 이사까지 했으니 그녀도 느끼는 바가 있을 것이다.

"여기서 모양 빠지게 뭐하냐."

오늘따라 백미러로 보이는 자신의 모습은 참으로 처량했다.

* * *

싹싹하다 못해 아주 완벽했다. 비서 일이 처음이라고 하더니 예전에 비서 일을 하다가 들어온 자신보다도 더 빠릿빠릿하고 처리 속도도 빨랐다. 실은 얼마 전에 윤 실장에게 도대체 언제쯤 새로운 비서를 들이느냐고 채근하긴 했지만, 매번 '다음에'라고만 말하던 윤 실장이 이렇게 멀쩡한 사람을 보내주다니 놀라웠다.

"박 비서님."

거기다 목소리도 좋다. 꿀을 발랐는지, 뜨거운 것인지 귀가 녹아버릴 것 같다.

세영은 벙싯 번지는 미소를 감추지 않고 그가 가리키는 컴퓨터 모니터를 바라보았다. 실은 어제 수현이 스위스의 향료 회사로 보내겠다고 문서의 영문 번역을 부탁했는데, 자신이 하면 종일 걸릴 분량을 이 남자는 단 한 시간 만에 해냈다.

"이 정도로 작성하면 괜찮은 건가요?"

"네, 양식은 맞아요. 근데 정말 금방 하셨네요, 차 비서님. 외국에서 살다 오셨어요?"

"아, 네."

그가 하하, 사람 좋은 미소를 띠고 기분 좋은 저음으로 웃었다. 세영의 표정에도 흐뭇함이 번졌다. 물론 상황은 다르긴 하지만, 어른들의 말이 이해가 간다고나 할까. 잘생긴 남편이 있으면 싸우다가도 얼굴을 보고 흐뭇해진다고. 지금 세영의 상황이 딱 그랬다.

"중고등학교를 미국에서 나와서요."

"아, 그러시구나. 그래서 영어를 잘하시는구나."

그녀의 칭찬에 도현은 쑥스러운 듯 살며시 얼굴에 미소를 지었다가 이상한 시선을 느끼고 고개를 돌렸다. 그 바람에 세영의 시선도 그를 따라갔다.

"아, 본부장님?"

세영이 말하기도 전 따가운 시선을 보내던 이를 알아본 도현이 자리에서 벌떡 일어났다.

하아, 이건 뭐지?

결코 기분이 좋다고 할 수는 없지만 세영의 인사를 받을 수 있다는 작은 기쁨 하나로 올라온 수현이었다. 엘리베이터에서 내려 자신의 사무실이 있는 복도 한가운데에서 웬 남녀가 사이좋게 말을 나누는 소리를 듣고는 멈춰서 본 광경이 이런 것이었다.

박세영이 외간남자에게 환하게 웃고 있는 것.

그러거나 말거나 도현은 꾸벅 그를 향해 허리를 숙여 인사했다.

"처음 뵙겠습니다. 오늘부터 본부장 비서실에서 일할 차도현이라고 합니다. 잘 부탁드립니다."

"......."

"......."

정적이 흘렀다. 수현은 좀처럼 감정이 표정에 잘 드러나지 않는 사람이었지만, 지금만큼은 누구보다도 적나라하게 당혹스러움을 감추지 못했다. 그 사이사이에 숨어 있는 질투까지도 엿보였다. 이러다 수현이 도현에게 괜히 소리라도 지르는 건 아닌가 싶어 세영이 급하게 앞으로 나섰다.

"오셨습니까, 본부장님."

"......어, 박세영 씨."

좋아서 이러지도 저러지도 못하는 여자지만 지금은 도현보다도 그녀가 더 미웠다. 고백을 뻥 차버린 지 일주일, 고작 일주일이 지났을 뿐인데 다른 남자를 보고 생글생글 웃다니. 자신과 단둘이 본부장실에서 일할 때는 전혀 보지 못했던 모습이었다. 그는 그제야 새로 온 이 말쑥한 남자 비서를 아래위로 훑어보았다. 그래, 잘생겼네. 근데 그게 뭐? 무슨 상관이냐고 생각했다.

　'저는 본부장님 굉장히 별롭니다.'

　'저는 본부장님 굉장히 별롭니다.'

　'저는 본부장님 굉장히 별롭니다.'

　그녀가 고백을 차며 했던 말이 머리를 돌아다니며 웅웅 울렸다. 지금도 저놈을 보고 생글생글 웃던 얼굴을 언제 그랬냐는 듯 차갑고 딱딱하게 굳히고는 웃질 않는다. 묘한 감정이다. 분명히 이건 질투였고, 한 번도 겪어본 적이 없는 감정이다. 순간 심장이 시큰거렸다. 고작 저놈에게 웃으며 사근사근했을 뿐이다. 아주 잠깐 몇 마디 나누는 걸 봤을 뿐이다. 본부장 비서실에 있는 유일한 사람이니 당연히 친절할 뿐일 텐데 머릿속 망상은 멋대로 소설을 써댔다. 혹시 박세영이 저 남자 비서놈에게 반한 건 아닌가, 라는 식이었다.

　"본부장님?"

　"그, 그래. 반가워요."

　마음속에 동요가 일어났다고 하더라도 그는 기업가 후계자로 교육을 받으며 자란 남자였다. 동요 따윈 언제든 숨길 수 있었다. 그는 그제야 도현의 인사를 받으며 손을 내밀었다. 수현의 손 안으로 도현의 손이 들어왔다. 손이 곱긴 하지만 크고 손가락도 길다. 악수하며 아래위로 흔들던 수현이 자기도 모르게 손아귀에 힘을 주었다.

"새로운 비서가 온다는 소리는 아직 못 들었는데."

"실은 윤 실장님이 기다리라고 했는데 제가 못 기다리고 왔습니다. 혹시 불편…… 하십니까?"

"아니, 전혀! 만나서 반가워요. 나도 잘 부탁해요. 아, 이름이 뭐라고 했지?"

남자 비서의 이름 따윈 기억하고 싶지도 않았다. 기억해서 어디에 쓰라고. 더군다나 그 박세영이 예쁘게 웃어준 남자다. 기억할까보냐.

"차도현입니다."

"그래요, 차 비서. 만나서 반가웠어요. 그럼."

수현은 마치 더러운 것이라도 만진 듯 불쾌하게 도현의 손을 떨쳐내고 몸을 돌렸다. 그 순간 고개를 숙이고 자신과 시선도 마주치지 않는 야속한 그녀가 눈에 들어왔다.

'저는 본부장님 굉장히 별로입니다.'

아무래도 그 일이 충격이었나 보다. 그녀를 바라보기만 해도 그날의 음성이 머릿속에서 재생되었다. 아니, 충격일 만하지. 처음 있던 거절이었지만 그것도 눈을 똑바로 보고 명확하게 나타낸 거부 의사였다.

수현이 들어가자마자 도현이 묘한 눈길로 그가 들어간 문을 바라보며 악수하던 손을 주물렀다.

"어디 불편하세요?"

세영의 물음에 도현이 묘한 미소를 지었다.

"아뇨. 근데 본부장님 손아귀 힘이 꽤 세시네요."

그는 '꼭 나 마음에 안 드는 것처럼 느껴졌어요.'라고 뒷말을 삼켰다.

본부장실로 들어오자마자 자리에 앉아 짜증스러운 표정을 지었다. 그렇게 사람을 보내달라고 할 땐 조금만 기다려달라고 하더니 저렇게 말쑥한 놈을 보내다니. 책상 위 수화기를 들자마자 외우고 있던 내선 번호를 눌렀다. 귀에 대고 있던 수화기는 얼마 가지 않아 딸칵 소리가 났다.

-네, 비서실입니다.

"하아, 윤 실장? 나예요."

방금 출근한 수현의 입에서는 마치 야근까지 한 듯한 피곤한 목소리가 가득 묻어났다.

-아, 임수현 본부장님 안녕하십니까. 아직 회장님께서는 출근하지 않으셨습니다만. 전하실 말씀이 있으시다면 전하겠습니다.

"……새로운 비서가 왔던데."

잘생기고 말쑥한 놈으로 말이야.

-예, 본부장님. 그 친구 아주 물건일 겁니다. 인사이동이 있을 때까진 대기하라고 했는데 고집을 부리는 바람에…….

"아무튼 그건 됐고. 왜 보냈어요?"

-예?

아니, 물음이 틀렸다. 자신은 박세영이라는 아주 유능한 비서가 있는데 굳이 본부장실에 비서가 하나 더 필요할까? 그래, 그 거다. 이미 박세영이라는 아주 유능한 비서가 있다. 굳이 차 비서 를 두고 불안에 떨 필요가 없었다. 쫓아내면 그만이었다.

"아니, 말이 이상했네요. 내 말은 굳이 필요가 없는데 왜 인사 이동이 있었느냐는 그 말이에요."

-하지만 저번에는 두 명 정도 더 보내 달라고 하시지 않으셨습 니까?

"그거야 여……."

여자 비서일 줄 알았으니까. 여자 비서가 오면 박세영이 다른 비서랑 엮일 일이 별로 없을 테니까. 그런데 남자 비서가 올 줄 몰랐다.

"그거야 그런데 박세영 씨가 일을 너무 잘해줘서 잉여 인력까 지는 데리고 있고 싶지 않아서 하는 말이에요."

-아, 그러신가요? 하지만 박세영 씨는 일이 너무 많아서 다 감 당하기 힘들다고 하던데요.

"……."

수현은 잠시 말을 잃었다. 막상 생각하지 못했다. 그녀는 뭐든 척척 해내는 사람이었으니까. 말을 잃은 수현이 어떤 심정인지 전혀 알 길이 없는 윤 실장은 멋대로 떠들기 시작했다.

-그래도 비서실에 남자 비서 하나쯤은 있어야 힘쓰는 일도 시 키지 않겠습니까? 아무리 박세영 씨가 일을 잘해도 힘쓰는 일은 시키기 힘드시잖아요. 안 그래도 박세영 씨가 향료 옮기는 거나, 힘쓸 일이 많다고 해서 보낸 겁니다. 미국에서 살다 온 친구라 문

서 번역도……

"아, 알았어요! 알았어! 고마워요! 완전 고마워요, 윤 실장님!"

-본부……

그놈에 관한 칭찬을 듣고 싶지 않아서 그의 말이 끝나기도 전에 끊었다. 윤 실장 딴에는 무척이나 신경 써서 사람을 보냈다는 인상을 받고 싶었겠지만, 오히려 너무 완벽한 놈을 보내는 바람에 그에게는 마이너스 요소였다.

그건 그렇고.

그의 시선은 문으로 향했다. 오래 생각할 것도 없었다. 그의 머리는 어떻게 해야 저 두 비서를 떨어뜨려 놓을 수 있을지 굴리기 시작했으니까. 막상 도로 회장 비서실로 보내고 싶어도 세영이 윤 실장에게 했다는 말이 걸렸다.

'박 비서가 하는 일이 그렇게 많았나?'

곰곰이 생각에 빠졌다. 늘 붙어있기도 했고, 시키는 일이라면 뭐든 척척 해냈으니까 당연히 업무가 힘들지 않다고 생각했다. 무엇보다 자존심이 상하는 건 그녀의 상사는 윤 실장이 아니라 자신이다. 아무리 회장 비서실 출신이라고 하더라도 함께 일을 하는 건 임수현 본부장 자신인데, 힘들다는 소리를 자신이 아닌 윤 실장에게 했다는 사실이 묘하게 신경을 긁었다. 결국 자신에겐 아무것도 말하지 못할 정도로 거리감을 느끼고 있다는 말이기도 했으니까. 따지고 보면 그녀에게 차이는 건 당연했던 건지도 모른다.

'나 도대체 박세영에 대해서 아는 게 뭐지?'

멀뚱히 문만 바라보고 있던 그의 손이 서서히 인터폰으로 움직였다.

딸칵!

"박 비서, 커피 두 잔만 해줘요."

안 그래도 그가 커피를 찾을 때였음을 알고 있었다. 시간은 오전 10시, 평소 출근 시간보다 늦긴 했지만, 그는 출근하자마자 커피를 찾는 사람이었다. 세영은 그의 요청을 받자마자 기계적으로 일어나 커피잔 두 개를 꺼냈다가 순간 멈칫했다.

'설마 나랑 사이좋게 커피나 마시자고 그러는 건 아니겠지?'

손님이 오지도 않았는데 두 잔씩이나 달라니. 합리만을 따지는 그의 성격대로라면 커다란 잔에 달라고 했을 것이다. '일단 타긴 타는데 만일 들고 들어갔다가 그가 붙잡으면 어쩌지? 그럼 그대로 붙들려야 하나? 그 사람은 아무 생각이 없는데 나 혼자 설레발치는 거 아니야?'라는 생각들이 잔뜩 뒤엉켰다.

"선배님?"

그때였다. 뒤에서 맑은 남자 목소리가 흘러왔다. 수현을 생각하며 일그러뜨린 표정이 언제였냐는 듯 한순간에 풀렸다.

"커피 같은 건 제가 타겠습니다."

"네? 아니에요. 본부장님도 저한테 시키신 일이고."

마침 반가운 소리였지만 오전부터 자신의 업무를 도와주었던 그에게 또 일을 내어줄 수는 없는 노릇이었다. 먼저 입사한 선배라고 해서 그에게 갑질할 생각은 추호도 없었다. 다시 뒤돌아 싸구려 알커피를 커피잔에 몇 스푼씩 더는 그녀의 뒤로 포근한 체온이 닿았다. 도현임을 알아차린 세영의 얼굴이 새빨갛게 달아올랐다. 그러거나 말거나 커피에만 관심이 있었던 도현은 그녀의 손에서 자연스럽게 커피를 타던 스푼을 빼앗았다.

"마침 회장님 비서실에서 저한테 선물로 왔던 원두를 딸려 보냈거든요. 제가 할게요. 선배님."

"아, 본부장님은……."

본부장은 원두를 직접 내린 커피를 잘 마시지 않는다. 언제부터인가 직접 원두를 내린 커피는 너무 쓰다면서 인스턴트 알커피를 연하게 타달라고 했었다. 그러나 그녀가 말을 채 마치기도 전 도현은 그녀를 자연스럽게 옆으로 밀고는 새로운 잔 하나를 꺼냈다.

"차 비서님."

"비서 데스크가 비어서 저희 둘 다 탕비실에 있으면 안 될 것 같은데요."

도현이 급하게 그녀의 말을 가로막았다. 아까와는 다르게 묘하게 차갑고 급한 표정이었다. 마치 꼭 본부장의 커피 심부름을 자신이 하고 싶다는 것처럼 들렸다.

"아, 네. 나갈게요."

세영을 향해 묘한 표정으로 웃던 그는 그녀가 나가자마자 표정이 싸늘하게 굳었다. 분명히 인터폰으로 그의 명령을 들었다. 커피 두 잔을 가지고 오라던. 그러나 알 수 없는 꽃향기를 머금은 커피를 부어서 나온 그의 쟁반 위에는 커피잔이 하나뿐이었다.

* * *

제대로 사과할 생각이다. 생각해보면 그녀가 어떤 상황인지, 자신을 어떻게 생각하고 있는지 앞뒤 가리지 않고 무작정 달려들었으니 까이는 건 당연했다. 그녀의 옆집으로 이사 올 때까지 느끼지 못하다가 그녀가 새로운 비서놈에게 웃는 얼굴을 보니 이제야 와 닿았다. 마음에 드는 건 아니더라도 조금의 호감이라도 있으면, 그렇게 예쁜 표정을 짓는 그녀가 고백데이에는 그렇게 험악하게 인상을 구기며 거절을 했으니, 욕이나 안 먹은 것이 다행이다.

하지만,

'저는 본부장님 굉장히 별로입니다.'

이 말 만큼은 굉장히 섭섭했다. 아예 여지조차도 주고 싶지 않다고 느껴졌으니까. 하지만 어쩌랴. 자신에게 섭섭한 그녀를 소환한 건 그동안의 자신이었다.

주먹을 쥐고 콩콩 책상을 두드리며 문이 열리기를 기다렸다. 커피를 부탁한 지 고작 수 분이 지났을 뿐이지만, 그녀를 기다리는 시간은 길게만 느껴졌다. 머릿속으로 정리했다. 박세영에게 어떤 식으로 사과를 건네야 할지.

똑똑!

그렇게 몇 분을 더 기다렸을까? 노크 소리에 그가 짐짓 기다리지 않은 척 컴퓨터 키보드를 두드리며 입을 열었다.

"네."

철컥 문이 열리는 소리가 나자마자 쳐다보지도 않고 입을 열었다.

"커피 설탕 안 넣었죠?"

"네, 본부장님."

타다닥타다닥 키보드를 누르던 손가락이 멈췄다. 마치 들으면 안 될 것을 들은 것처럼. 들려온 목소리가 이상했다. 피곤해서 그렇게 들은 것이 아니라 여자치고는 매우 굵은 아니, 아예 남자 목소리였다. 아까 비서데스크 앞에서 인사했던 그 재수 없는 놈의 것과 아주 비슷하게 들렸다. 순간 고개가 무거워지는 것을 느끼고 급하게 시선을 돌렸다. 문 앞에는 말쑥하게 정장을 차려입은 그놈이 서 있었다. 수현의 이마가 노골적으로 찌푸려졌다.

'저 자식 뭐야? 난 박세영을 불렀다고.'

그러거나 말거나 도현은 그 긴 다리로 저벅저벅 본부장 책상 앞까지 걸어와 커피가 든 잔을 조심스럽게 수현의 앞에 내려놓았다. 커피잔을 내려놓는 행동거지에서 이상한 기품이 느껴졌다. 신입치고는 비서 업무가 굉장히 몸에 익어 보였달까. 왜 그렇게 윤 실장이 자신에게 제대로 된 사람을 보냈다는 어필을 하려고 했는지 이해가 가는 부분이었다.

"박 비서는 어쩌고 차 비서가 왔습니까?"

당황하지 않은 척, 찻잔을 슬쩍 들어 올렸다. 처음 맡는 원두 향이었다. 늘 박세영이 타주던 싸구려 알커피 향이 아닌 이름 모를 꽃향기가 가득 풍기는 고급 원두 향. 본인의 입맛에는 남자 비서 놈이 타준 것이 더 맞겠지만, 지난 3개월 동안 박세영에게 너무 적응이 되어버린 자신이었다.

"박 비서님은 다른 업무로 너무 바쁘신 것 같아서 제가 대신 왔습니다. 아, 이것도 보고 드리려고⋯⋯."

그가 옆구리에 끼고 있던 결재 서류철을 내밀었다. 찻잔을 내려놓은 수현이 은근슬쩍 도현을 눈치 보다가 서류철을 열었다. 박 비서에게 부탁했던 서류는 정갈하게 번역되어 있었다.

천천히 해도 좋다고 했는데 벌써 이렇게 완벽하게 끝냈다고?

수현의 눈썹이 살짝 꿈틀거렸다. 평소 잘 틀리던 표현, 매끄럽지 못했던 표현 따위는 없었다. 정말 전공자가 번역한 것처럼 아주 매끄러운 문장들이 나열되어 있을 뿐이었다. 아무리 봐도 박세영의 솜씨가 아니었다. 아마도 이 재수 없는 비서놈이 했을 거라는 느낌이 들었다.

"고생했어요. 그만 나가봐요."

사과할 기회를 놓쳤다. 어쩌면 그녀가 이놈을 앞세우고 들어오지 않은 걸까? 머릿속에선 '저는 본부장님 굉장히 별로입니다.'라는 말이 다시 맴돌았다.

다시 바쁘게 모니터로 시선을 옮겼다. 언제까지 박세영에게 묶여 있을 수만은 없었다. 아무리 그녀에게 반한 상태라도 회사 일은 제대로 해야 했다. 향수사업부의 책임자이기도 하고 머리가 열심히 회전해야 팔다리도 열심히 움직이는 법이었으니까. 그러나 모니터를 보던 것도 잠시 그는 따가운 시선을 느끼고 고개를 들었다.

"……."

앞에 버티고 선 채 자신을 내려다보는 남자를 발견한 수현의 얼굴에는 당혹스러움이 떠올랐다. 나가라는 말을 듣지 못했나? 아니, 분명히 했다. 처음부터 마음에 들지 않는 놈이었지만, 이쯤 되니 뭐하자는 건지 모르겠다.

"나가라고 했습니다만."

"……커피는 입에 맞으십니까?"

뭐 하자는 거야, 이 자식. 나한테 불만 있나?

"네, 향도 훌륭하고 제법 괜찮은 커피 같습니다. 이 말이 듣고 싶었나요?"

수현이 어색하게 고개를 끄덕였지만 도현은 나갈 생각이 없는 것 같았다.

"나한테 무슨 할 말 있어요?"

회장님의 전언이라도 가져온 건가 싶어 물었다. 그게 아니라면 비서 주제에 저렇게 버티고 서 있을 이유가 없었으니까.

"아뇨, 그건 아닙니다."

"그럼 뭐가 문젭니까?"

"혹시……."

조심스럽게 입술을 뗐다. 자신을 위로 올려다보는 수현의 표정은 불쾌함 그 자체였다. 역시 자신이 마음에 들지 않는 모양이다. 아까 악수할 때 자신의 손을 꽉 잡은 그 대목에서 그의 마음은 어느 정도 눈치채고 있었다.

아직은 아닌 것 같다. 나중에…… 나중에 얘기하자.

"아닙니다. 그만 물러가겠습니다."

그제야 꾸벅 허리를 숙여 인사하고 뒤돌아섰다. 철컥 문이 닫히는 소리가 나고 나서야 수현이 작게 혼잣말을 했다.

"저 자식 뭐야?"

일단 지금은 두고 보기로 했다. 세영의 업무 부담을 덜어준다면 그것만으로도 자신의 비서실에서 일을 할 이유로는 충분했다.

수현에게 커피를 전달하고 나온 도현은 홀로 비서데스크에서 열심히 키보드를 두드리는 세영의 옆모습을 지그시 바라보았다. 여기로 오기 전 윤 실장에게 들었다. 생각보다 인기가 많지만 워낙 깐깐하게 구는 본부장 때문에 아무도 접근할 생각을 못한다고 했다. 일에 깐깐하게 구는 본부장이 자신의 비서에게 접근하는 남자 사원들까지 쳐낼 이유는 없다. 아주 사적인 감정이 있는 게 아니라면. 이유가 있다면 딱 하나겠지, 라고 생각했다.

"아, 오셨어요?"

그녀가 고개를 들었다. 다소 심각한 표정을 지었던 그는 언제 그랬냐는 듯 인상을 펴고 웃었다.

"네. 뭐 하고 계셨어요?"

세영의 모니터 곁으로 다가섰다.

"재무과에 보낼 서류 작성 중이었어요."

"아, 그렇구나."

그는 빠르게 모니터를 훑고는 그녀의 옆자리에 살짝 엉덩이를 걸치고 앉았다. 마치 할 말이 있다는 듯이 보이는 그의 태도에 그녀가 고개를 들자 도현이 기다렸다는 듯이 입을 열었다.

"본부장님하고 일하신 지 얼마나 되셨어요?"

"이번 달로 4개월째요. 오래 일하진 않았어요. 근데 그건 왜 물으세요?"

"아뇨. 그냥 오래 일한 것처럼 보였는데 별로 오래되진 않았군요. 그럼…… 박 비서님은 본부장님을 어떻게 생각하세요?"

생각지 못한 물음이었다. 그가 묻는 건 남자로서의 그일까, 상사로서의 그일까? 당연히 후자라고 생각하지만 자신을 뚫어져라 바라보는 그의 눈빛은 마치 전자를 묻는 것 같았다. 그렇다고 자신에게 관심이 있는 것 같지는 않다. 더군다나 오늘 처음 본 사이였다.

"좋은 상사죠. 살뜰히 보살펴주시고 좋은 분이세요."

그녀는 늘 준비해둔 대답을 했다. 워커홀릭인 그의 업무 속도를 따라가기가 벅찬 데다 피곤한 타입이더라도 상사를 동료에게 싸가지가 바가지라고 나쁘게 말할 이유는 없었다. 괜히 아무 생각 없이 솔직하게 했던 말이 수현에게 들어가도 곤란하고 말이다.

"아뇨."

도현은 듣고 싶은 대답이 아니었다는 듯 고개를 젓고는 다시 입을 열었다.

"제가 궁금한 건 한 개인으로서의 임수현이 어떠냐는 말이었어요."

"네?"

그녀의 손은 키보드 위에서 멈춘 채 움직이지 않았다.

왜 묻는 거지? 그 사람이 나한테 고백한 걸 말했나? 아니야. 그럴 사람이 아닌데. 그럼 차 비서가 왜 그에 대한 걸 묻는 건데?

"역시 좋아하시려나? 부자에다 잘 생기고, 그 정도면 매너도 좋으실 것 같고. 게다가 좋은 집안 출신이고요."

순간 심장이 쿵쾅쿵쾅 발광질을 했다. 그런 그녀의 마음을 아는지 모르는지, 아예 무시하기로 한 건지 그는 아무렇지도 않게 슬쩍 눈동자를 굴렸다. 본부장실의 살짝 열린 문틈으로 이곳을 주시하던 눈동자를 발견했다.

"좋은 분인 건 맞지만 좋아하진 않아요."

"오, 왜요? 많은 여자가 좋아하지 않나요? 남자로서 매력은 별로예요?"

그의 물음이 끝나자마자 세영이 기다렸다는 듯 말했다.

"저, 저는 별로 관심 없어요. 좋은 분인 건 확실하지만……."

"……."

잠시 정적이 흘렀다.

"그러시군요."

그는 책상에 걸터앉았던 엉덩이를 들어 올리며 다시 살짝 열려 있는 본부장실의 문틈을 보았다. 더 이상 눈동자는 있지 않았지만, 그는 씁쓸한 표정으로 문틈을 보고는 고개를 돌렸다.

"그냥 인간적으로서 임 본부장님이 어떤지 궁금해서요. 대답해주셔서 감사해요, 선배님."

* * *

업무가 대강 끝났다. 오후 5시가 되자 브리핑 자료들을 챙기기 시작했다. 향료 제공업체인 레오네 사와 관련된 업무, 헤드헌팅된 조향사들 중 확답이 온 사람 목록, 영업부에서 제공한 마케팅 관련 자료들까지 보기 쉽게 갈무리해 서류철에 꽂았다. 정말 보고 싶지 않지만 그의 수행비서로서 필요한 일이었다.

똑똑.

문을 두드리고도 한참을 기다렸다. 안에서 응답이 없었으니까. 다시 두드리려고 손을 든 그 순간, 대답 대신 문이 벌컥 열렸다. 문틈 안으로 말쑥하게 차려입은 그가 눈에 들어왔다. 그와 눈이 마주치자마자 피했다. 단순한 업무들 중 하나이니 쿨하게 넘기면 그만이지만 그의 표정이 지난 일주일과는 조금 다르게 느껴졌다. 그를 제대로 아는 건 아니지만, 상처를 받고도 티 내지 않으려는 모습이 역력했다.

'알 게 뭐야. 내가 아무리 비서라고 해도 상사의 사랑놀이를 맞춰줄 필요까지는 없잖아.'

"업무 보고 드리려고 합니다."

"들어와요."

본부장실은 기이한 향기가 돌았다. 향수를 직접 조향하는 사람은 아니지만 그는 새로 들어오는 향료들이나 거래를 트고 싶다고 원료회사에서 보내오는 에센셜 오일은 무조건 먼저 시향을 해보곤 했다. 안 그래도 그러던 중이었는지 오일이 가지런히 정리된 장을 닫은 그가 의자에 앉았다.

"해봐요."

딸칵딸칵 마우스를 누르며 모니터만 바라보는 그의 심경은 어지러웠다. 자신을 대놓고 싫다는 여자는 그녀가 처음이었고, 싫다는 여자에게 매달리는 것도 처음이었다. 모든 게 낯설었다.

"본부장님께서 주셨던 자료는 오전 중으로 레오네 페터 씨에게로 보냈습니다. 그리고 스위스 본사로의 방문일정을 잡아야 하는데 언제가 좋을지 말씀해주셔야 합니다. 제 생각으로는……."

앞에 선 그녀가 열심히 떠들고 있었지만 하나도 머리에 들어오지 않았다. 딸칵딸칵, 의미 없이 뉴스 기사들을 눌러서 그녀의 소리를 마우스 소리에 묻히게 했다.

"이후 본부장님의 일정을 조율해본 결과 2주 뒤에 방문하시는 건 어떨까 싶습니다."

"……."

"본부장님?"

이제야 누군가가 밉다는 감정을 제대로 알겠다. 아니, 정확히는 애증. 자신을 알아주지 않는 여자에 대한 미움. 이제야 자신이 받아주지 않았던 여자들이 자신에게 품었을 미움이 이해가 간다.

"여기까지 합시다. 나머진 아침에 듣죠."

모니터만 바라보던 그가 고개를 들었다. 그녀의 입에서 나오는 말들은 어차피 아는 사항들이다. 업무 보고를 하는 것도 확실히 해두고 싶어서일 뿐 정말 업무가 뭔지 몰라서 필요로 하는 건 아니었으니까.

"먼저 퇴근할 테니까 알아서 가요. 그럼."

옷걸이에서 코트를 벗겨내고는 그대로 그녀를 스쳐 지났다. 그러나 나오자마자 잠시 걸음을 멈춰야 했다. 자신의 마음을 황폐하게 만든 원인이 서 있었기 때문이었다. 먼저는 박세영이 환하게 웃어주었고, 두 번째로는 박세영의 마음이 자신에게 단 1g도 없다는 것을 확인 사살시켜주었다.

"퇴근하십니까? 기사 대기시켜놓겠습니다."

언제 봤다고 이렇게 친한 척일까? 이쯤 되니 모르겠다. 차도현이라는 남자. 정말 비서로서 자신에게 관심이 있어서 그런 건지, 박세영을 좋아하는 자신을 눈치채고 일부러 엿 먹이려는 것인지 헷갈렸다.

"됐어요. 비서면 기억해 두는 게 좋을 겁니다. 난 나 혼자 출퇴근합니다."

지금은 생각할 시간이 필요했다. 그래, 하나씩 다시 짚어보자. 고백이 급했다는 것도 알고, 박세영은 자신을 남자로 볼 생각조차도 없었다는 걸 안다.

그는 마침 뒤따라 나온 세영을 곁눈질로 보고는 빠른 속도로 엘리베이터로 향했다. 브리핑을 다 듣지도 않고 먼저 퇴근해버린 그의 뒷모습을 보는 세영은 느낌이 묘했다. 고백을 찬 지 일주일 동안 한 번도 그가 이런 식으로 자신을 피한 적이 없었으니까. 엘리베이터의 버튼을 누르고 안으로 들어가는 그 모습을 지켜보던 그녀의 앞으로 키가 큰 남자가 가로막았다.

"업무 보고가 생각보다 일찍 끝난 것 같네요, 선배님."

"아, 네. 바쁜 일 있다고 해서요."

정신을 차리고 다시 자리로 돌아와 서류철에 준비해두었던 자료들을 다시 훑어보았다. 혹시 그의 성에 차지 않았던 것이 있나 싶어서였다. 하지만 오늘의 자료도 평소와 똑같았다. 여자로서 그를 신경 쓸 이유는 없지만 비서로서는 있다. 고작 3개월을 일했지만 그동안 봐온 그는 상사로서는 존경받을만한 사람이었다. 악질 워커홀릭이라는 점만 뺀다면 괜찮았다.

본부장이 퇴근했으니 비서들도 일단은 업무가 끝났다. 오늘은 조금 더 일찍 퇴근 준비를 서둘렀다.

"약속 있으세요?"

막 신발을 갈아 신었던 그때 도현이 물었다. 싱그러운 미소를 머금은 채로. 얼떨떨한 표정으로 고개를 젓자 그가 다시 환하게 웃으며 입을 열었다.

"그럼 저녁이나 같이 하실래요? 제가 살게요."

* * *

몇 시간을 이곳에서 기다린 건지 모르겠다. 뜨거운 스튜가 들었던 냄비는 어느새 차갑게 식었다. 이럴 이유 따윈 없다. 옆집으로 이사를 온 것이 화근이다. 이상하게 계속 말을 걸고 싶어지니까. 당연히 퇴근하고 돌아왔을 거라고 생각하고 문을 두드린 것인데 집에 아무도 없다. 어느덧 시간은 저녁을 먹을 시간을 훨씬 넘기고 말았다.

"도대체 언제 들어올 거야."

스튜가 든 냄비를 들고 모양 빠지게 누군가를 기다리는 모습을 자신이 아는 사람이 본다면 참 꼴이 우스울 것이다. 생각해보니 한 번도 누굴 이렇게 기다린 적이 없다. 기다림은 늘 상대방의 몫이었고, 자신은 기다림을 받는 쪽이었으니까. 그는 애꿎은 스튜 냄비만 바라보며 한숨만 푹푹 쉬었다. 이러고 보니 자신의 마음을 모르겠다.

정말 박세영이 좋아서 이러는 건지, 자신을 최초로 찬 그 여자를 유혹하고 싶어서 이러는 건지.

"고마워요. 덕분에 안전하게 왔어요."

그때 어디서 소곤소곤 말소리가 들려왔다. 목소리 주인공의 얼굴을 보기도 전 정체를 눈치채버리고 몸을 급하게 돌렸다. 그녀와 자신의 집이 있는 연립주택의 골목길 끝자락까지 길게 진 그림자를 따라 가로등 아래로 시선을 옮긴 그는 인상을 구겼다. 젊은 두 남녀였다. 어쩐지 왜 이렇게 안 오나 했더니 이 시간까지 여태 둘이 같이 있었던 모양이었다.

"저것들이!"

수현의 얼굴에 잔잔한 분노가 일었다. 그는 분노로 인해 제 모습이 어떤지를 잊어버리고 스튜냄비를 든 채로 터벅터벅 계단을 밟고 내려가기 시작했다.

자신들의 모습을 상사가 보았다는 것을 모르는 두 사람은 생각보다 긴 인사를 나누는 중이었다.

꽤 근사한 식사를 했다. 선배 주제에 얻어먹어도 되는지 모르겠지만 먼저 사주겠다고 했던 건 그였고, 식사를 하면서 아주 많은 이야기를 나누며 알았다. 그 또한 혼자 살고 있고, 정신을 차려보니 비서시험을 준비하고 있었다고 말했다.

"여기에 혼자 사세요?"

"아, 네."

"그러시구나."

도현은 낡긴 했지만 혼자 살기에는 좋아 보이는 연립주택을 올려다보다 말했다.

"혼자 살기에 좋은 곳 같네요. 큰길 주변이고."

"데려다줘서 고마워요."

"그럼 들어가세요, 선배님. 내일 봬요."

도현이 발자국 물러서며 그녀를 향해 살짝 손을 흔들었다.

"저기, 차 비서님."

물러서려는 도현을 세영이 급하게 불렀다. 이상형의 남자를 이대로 보내기에는 몹시 아쉽다. 호감인지 아닌지는 몰라도 식사를 얻어먹은 주제에 그냥 보내는 건 선배로서도 체면이 영 아닐 것 같았으니까.

"괜찮으시면 차라도 한잔하고 가세요. 저녁도 사주시고, 데려다주시기까지 했는데."

코트 주머니에 손을 찔러 넣고 잠시 생각하는 듯하던 도현이 고개를 끄덕였다. 굳이 거부할 이유는 없었으니까. 이제 함께 일할 동료고 사수다. 친해지지 않을 이유가 없는 사이라는 뜻이기도 했다. 막 그녀에게로 걸음을 옮기려던 그 찰나였다.

"데이트라도 했나 봐요?"

어디선가 들려온 익숙한 목소리에 놀란 두 사람의 고개가 소리가 난 방향으로 돌아갔다.

"본부장님?"

"⋯⋯."

그였다. 우스꽝스러운 앞치마와 빨간 냄비를 든 채 서 있는 수현을 발견한 도현은 두 눈을 의심했다. 그의 모습은 잘못 봤다고 착각할 만큼 어울리지 않았다. 향수사업부를 책임지고 진두지휘하는 그가 앞치마 차림에 냄비까지 들고 있다니. 파파라치가 보면 특종감이라고 인정사정없이 찍어댈 만한 모습이었다.

수현은 그들이 자신의 모습을 뭐라고 생각하든 상관없었다. 혼자 사는 남자가 못 보일 꼴을 보인 건 아닌데다, 세영을 제외하면 도현에게 잘 보일 필요가 없었다. 당장도 자신의 비서실에서 쫓아내도 모자랄 만큼 거슬리는 놈이지만 세영을 힘들게 할 수 없어서 참는 것뿐이다.

"왜 둘이 같이 옵니까?"

어쩐지 늦는다 싶었는데 같이 있는 이유가 궁금했다. 먼저 퇴근한다고 해버린 과거의 행동이 후회스러울 따름이었다. 안 그래도 자신과 세영의 사이를 방해하는 것 같은 이놈의 존재가 무척이나 거슬리던 참이다.

"본부장님은 왜 여기에서 나오십니까?"

"여기 삽니다."

"예? 하지만 여긴……."

도현은 그제야 조금 당황스러운 눈으로 세영을 보았다.

"아, 혹시 같이 사시는……."

도현의 말에 정신을 차린 세영이 손사래를 쳤다. 그러나 당황한 입은 쉬이 터지지 않았다. 이상형의 남자에게 오해를 받는 건 끔찍했다.

"아니에요, 그게……."

"그렇다면 어쩔 겁니까?"

이대로 도현에게 오해를 받는 것도 괜찮겠다 싶어 그녀의 말을 끊으며 불쑥 세영의 옆에 나란히 섰다. 생각지도 못한 상황에 도현의 얼굴에 당황하는 빛이 피어올랐다. 비서와 본부장이 그렇고 그런 사이? 삼류 드라마에서나 나올 법한 신데렐라 스토리다. 정작 본부장 비서실로 배속될 때 아무 이야기도 듣지 못한 상태라 도현의 얼굴에서 당혹감은 사라지지 않았다. 게다가 회사에서의 그녀는 본부장에게 여자로서의 관심은 없어 보였기 때문이었다.

만일 누군가가 괴롭히는 쪽이냐, 괴롭힘 당하는 쪽이냐를 묻는다면 아무래도 자신은 괴롭히는 쪽일 것이다. 마음에 들지 않았던 이놈이 아무래도 박세영에게 마음을 품었던 것 같은데, 당황을 넘어 표정관리가 되지 않는 모습을 보니 통쾌함 그 자체였다. 그녀에게 조금 미움은 받겠지만, 이놈을 갈라놓을 수 있다면 뭔들 못할까.

"그, 그런 거 아니에요, 차 비서님! 그냥 옆집 사는 사이에요!"

그때 세영이 급하게 소리쳤다. 오해받는 건 죽기보다 싫었으니까.

"오늘 감사했습니다. 내일 봐요."

급하게 뒤돌아 또각또각 구둣발 소리를 바쁘게 내며 계단을 오르는 그녀를 향해 수현이 웃음기를 머금은 채 소리쳤다.

"천천히 가. 넘어질라."

* * *

"으앙, 난 몰라! 아오, 그 또라이 자식!"

들어오자마자 옷도 갈아입지 못하고 베개에 얼굴을 파묻고 팔다리를 침대에 통통 두드렸다. 고백을 거절했다는 이유로 옆집에 이사 왔을 때부터 또라이라는 건 대강 눈치채고 있었지만, 회사 동료 앞에서 당당하게 미친 소리를 지껄일 줄이야. 그것도 살면서 처음 만난 이상형의 남자 앞이다.

"아아, 내일 도현 씨 얼굴 어떻게 보라고."

따지고 싶어도 상사다. 괜히 수틀리면 회사에서 피 보는 수가 있다. 어이없던 그 고백 이후로 자신을 대하는 그의 태도가 조금은 누그러졌다고 하지만, 여전히 악질 워커홀릭이고 자신은 그에게 기어야 하는 비서다.

딩동!

이 시간이면 울리지 않아야 할 초인종이 울렸다. 짜증스럽게 부스스 몸을 일으켰다. 굳이 현관에 대고 누구냐고 물어보지 않았다. 이 시간에 아무렇지도 않게 초인종을 울릴 사람이라면 딱 하나였으니까. 잠금장치를 벗기려다 말고 차라리 자는 척을 하고 있을까 고민했다. 그러나,

"안 자는 거 알아."

바깥에서 들려온 수현의 목소리에 어쩔 수 없이 잠금을 풀었다. 문을 열자마자 문틈을 비집고 들어온 것은 빨간 냄비였다. 얼떨결에 냄비를 받은 채 고개를 들었다. 아까의 그 우스꽝스러운 앞치마는 벗은 것인지 수현은 카디건에 편한 바지 차림이었다.

"……이게 뭐예요?"

손잡이를 타고 따끈한 기운이 올라왔다. 뚜껑으로 덮었지만 제법 맛있는 냄새가 솔솔 풍겼다.

"비프스튜. 너무 많이 만들어서 나눠 먹으려고 가져온 거야."

너무 많이 만들었다기보다는 말 붙일 기회를 엿보려고 만든 것이다. 그러나 그의 속내를 알 길이 없는 세영은 처음 보는 그의 모습이 당황스럽기만 했다. 아까 차 비서에게 실없는 소리를 할 때도 들고 있더니 정말 가져다주려고 기다렸던 모양이다. 저 덩치에, 저 옷차림에 참 어울리지도 않는 일을 하신다.

"저…… 스튜 별로 안 좋아하는데요."

"저번엔 고기면 다 좋다고 하더니."

그가 냄비를 열었다. 저녁은 먹고 들어왔지만 맛있는 냄새가 식욕을 돋웠다.

"식어서 다시 데운 거야. 별로 안 먹고 싶으면 버리든가."

상사가 만들어서 나눠준 요리를 버릴 정신 나간 사원은 없다. 설마 요리도 잘하는 건가 싶어 냄비 안의 재료를 보던 그녀는 입술을 깨물었다. 듬성듬성 예쁘지 않게 잘린 채소들을 보고 있으니 그가 어울리지 않게 식칼을 들고 고군분투했을 모습이 보이는 것 같아서 웃음이 나올 뻔했다.

"그리고 그놈 일은 걱정하지 마."

수현은 뒷머리를 긁적였다. 함께 시간을 보내고 온 두 사람에게 괜히 질투가 나서 별로 어른스럽지 못한 태도를 보이긴 했지만, 그녀를 곤란하게 만들고 싶진 않았다. 더군다나 두 사람이 남자와 여자로서 서로에게 관심이 있는 건지, 동료로서 그런 건지 아직은 알 수 없는 일이었으니까.

"장난친 거라고 말했으니까 괜히 속으로 끙끙 앓지 말고."

그가 걱정을 콕 짚었다. 그녀가 발끈했다.

"아, 앓긴 누가 앓는다고요. 별로 신경도 안 썼어요."

"신경을 안 써?"

웃음기를 머금은 수현이 살짝 고개를 숙였다. 그 바람에 이마에 숨결이 닿고 말았다. 갑자기 열이 화르르 나는 것 같다.

미쳤어. 미쳤다고. 지금 나 놀리는 거 뻔한데 왜 두근거리는 거야.

"내가 내 비서를 모르겠어? 분명히 집으로 들어오자마자 또라이니 뭐니 내 욕했겠지."

순간 등골이 시렸다. 귀신도 아니고 너무 정확하게 맞췄다.

"무, 무슨 욕이에요! 안 했어요. 욕."

"그럼 다행이고."

순간 머리로 그의 손길이 닿았다. 고개가 무거웠다. 머리를 쓰다듬으려는 건가? 갑자기? 그러나 체온은 아주 잠시 머물렀을 뿐이었다. 그의 손가락에는 작은 실오라기가 딸려 나왔다.

"그럼 잘 자."

보통 갭 모에라고 한다. 친절하지 않을 듯한 사람이 친절한 행동을 하는 것처럼, 생긴 것과는 다른 행동을 할 때 이르는 말. 그의 체온이 닿았다 떨어지면서 얼굴은 뜨거워졌다. 필사적으로 고개를 숙여서 그가 보지 못하도록 했다. 매번 자신을 혼내던 악랄한 상사가 좋은 행동 좀 했다고 풀어질 만큼 멍청이가 아니다.

"……네, 본부장님도 안녕히 주무세요."

문을 닫고 식탁에 스튜가 든 냄비를 놓았다. 이제야 냄비 뚜껑을 열고 음식 냄새를 제대로 맡아보았다.

뭐, 맛은 있을 것 같았다.

젓가락으로 고기를 집어 입안에 넣고 오물오물 씹던 그녀는 피식 웃음을 터뜨렸다. 그가 만든 비프스튜는 생각보다.

"맛없어."

별로였다.

* * *

"예, 생각보다 잘 지내시는 것 같았습니다."

-그렇다면 다행이지만. 혹시 밥은 거르는 거 아닌가 해서.

운전대를 잡은 채 잠시 생각에 빠졌다. 향수사업부 본부장실로 발령을 받자마자 봤던 그의 앞치마 차림은 도저히 잊을 수 있는 게 아니었으니까. 굳이 비서인 박세영 씨의 옆집으로 이사까지 한 것을 보면 보통 마음은 아닌 것 같은데 굳이 알릴 필요가 있을까 싶었다.

그런 개인적인 일까지 명하시진 않았다. 그저 아들이 잘 지내는지 정기적으로 보고하라는 말만 있었을 뿐이다.

-선도 보지 않겠다고 하고, 갑자기 집을 나가더니 기껏 구한 집이 낡은 연립주택이라니. 도저히 아들이라는 놈들은 알다가도 모르겠어.

수화기 너머로 속상한 어머니의 넋두리가 흘러나왔다. 도현은 군이 대구하지 않았다. 월급쟁이 비서로서 관여할 수 있는 부분은 여기까지였다. 선배 비서들에게 배웠다. 오너 일가에 무슨 일이 있던지 일단 귀를 닫고, 눈을 감아라. 어떤 것도 발설하려 하지 말고, 보려고 하지 마라. 회사일과 관련이 있는 것이 아닌 한은 절대적으로 함구해라.

박세영 씨의 일은 군이 회사 일과 관련되어 있는 것 같지는 않으니까 말할 필요가 없었다.

-어쨌든 알았어요, 차 비서. 거기에서 계속 수고 좀 해줘요.

"예, 회장님."

반대편에서 전화가 끊어지는 소리가 난 후, 그도 그제야 자세를 낮추고 어느덧 불이 꺼진 도련님의 집을 바라보았다. 박 회장에게 전화할 때와는 다르게 표정은 다소 심각하게 굳어진 채였다. 한참을 멀뚱히 불이 꺼진 집을 바라보던 그도 차에 시동을 걸고 좁은 골목길을 빠져나왔다.

* * *

출근하는 도련님의 표정이 그다지 좋지 않았다. 본가에서 나오면서 기사고 뭐고 전부 다 끊었다. 그래야 옆집에 사는 박세영 씨가 불편하지 않을 듯싶었다. 계획은 이랬다. 본래 남녀 사이라는 것이 자주 보면 가까워지고, 가까워지면 감정이 생기고, 감정이 생기면 자연스럽게 연인관계로 발전한다. 어제 빨간 냄비에 스튜를 끓여서 가져다준 것도 혹시 아침이면 그녀가 도로 냄비를 돌려주기를 기다릴 생각이었다. 그러나 예상은 보기 좋게 빗나갔다.

회사에 출근하자마자 본 광경이 안 그래도 마음에 들지 않는 남자 비서와 그녀가 하하 호호 떠들면서 웃고 있는 모습이라면, 어떤 남자가 기쁜 마음으로 일을 시작할 수 있을까?

"박 비서."

그가 성큼성큼 비서 데스크로 다가갔다. 도현과 이야기를 나누고 있던 그녀가 마치 몰랐다는 듯이 자리에서 벌떡 일어나 그를 향해 꾸벅 인사를 했다.

"오셨습니까, 본부장님."

"어제 못한 업무 이야기나 하죠. 들어와요."

곁눈질로 도현을 살폈다. 마음에 들지 않는 놈. 어제도 나름 경고 아닌 경고를 했다고 생각하지만 알아듣질 못한 건지, 오늘도 박세영을 향해 살랑살랑 눈웃음이나 치고 있다. 같은 사무실 동료니까 그럴 수 있다고 생각하고 싶어도, 자신이 경영수업이다 뭐다 정체를 숨기고 가장 밑바닥부터 시작할 때도, 여자 사원들에게 눈길도 주지 않았다. 아무리 생각해도 이놈이 박세영에게 관심이 있다고 생각할 수밖에 없다. 아니, 같은 남자니까 아는 거다. 남자란 족속들은 쓸데없는 곳에 시간, 돈 낭비는 절대 하지 않으니까.

'불쾌해. 불쾌한데 대놓고 싫다고 티를 낼 수는 없잖아. 만일 나 때문에 이놈이 그만두면 박세영에게 온갖 미움을 받게 될 텐데. 아무래도 박세영은 이놈을 마음에 들어 하는 것 같으니까. 거기다……'

사무실로 들어와 바로 코트를 벗고 의자에 앉았다. 그 뒤를 따라 들어온 세영이 어제 정리해두었던 파일철을 그대로 들고 와, 다 하지 못한 업무 브리핑을 하기 시작했다.

'하지만 박세영 씨는 일이 너무 많아서 다 감당하기 힘들다고 하던데요.'

윤 실장이 했던 말이 마음에 걸린다.

"스위스 출장일은 언제가 좋으신지요? 본부장님의 일정을 조율하면 2주 후부터 정하시면 될 것 같습니다."

"박세영 씨."

그의 입에서 나온 호칭은 박 비서가 아니었다. 서류철만 들여다보고 있던 세영도 그제야 조심스럽게 곁눈질로 그의 눈치를 살폈다. 그러나 자신을 부르고도 그는 한참 동안 말이 없었다.

완벽한 자신의 삶에 처음으로 오점을 남긴 여자. 도대체 이 여자가 뭐가 그렇게 대단한지 이제야 생각해본다. 외모? 저 정도면 꽤 예쁘다고 할 수 있지만 특출하지는 않다. 능력? 대기업 비서로 들어온 거라면 꽤 능력이 있다고 할 수 있지만, 자신은 애초에 누군가의 능력을 보고 반하는 사람이 아니다. 그런데 왜. 이유를 모르겠다.

"예뻐 보이지?"

"……네?"

당황이 서린 세영의 되물음에 그는 대답하지 않았다. 이전처럼 그저 자신의 말을 밀고 나갈 뿐이었다.

"당신 말이야."

"……."

"왜 예쁘냐고."

그렇게 예쁠 구석도 없는데 말이야.

역시나 세영은 당황한 표정이다. 어쩌면 한 번도 이런 식으로 불도저처럼 밀고 나오는 남자가 없었던 걸까? 그래서 어찌할 바를 몰라서 그렇게 차갑게 자신을 거절한 걸까? 다시 생각해도 쪽 팔린 기억이다.

"아냐. 됐어. 스위스 일정 물었지?"

탁상 달력을 살피던 그가 달력을 한 장 넘기고는 말했다.

"15일 뒤. 그땐 박 비서도 같이 출국이야. 출국 준비 해둬."

"예? 제, 제가요? 그래도 외국 일정은 차 비서가 더 나을 겁니다. 저보다는 외국어도 더 잘하고요."

세영으로서는 정말 본부장을 위한 차원에서 말했겠지만 별로 듣고 싶지 않았다. 수현은 고개를 젓고는 입을 열었다.

"난 내가 믿을 수 있는 사람을 데려가고 싶어. 그게 박 비서고. 외국어? 내가 잘하는데 굳이 박 비서까지 잘할 필요 있어?"

"그리고 저는 분실해서 여권도 없습니다."

"그럼 오늘 만들어."

막무가내다. 애초에 데려가려고 마음을 먹었던 것처럼 보였다.

업무 브리핑을 끝내자마자 급하게 화장실로 향했다. 비서데스크에는 도현이 있고, 탕비실이라고 편한 장소는 아니었으니까. 달리 갈 곳이 없었고, 얼떨결에 출장 명령을 받은 그녀는 죽을 맛이었다.

미쳤어. 세상천지에 자기 여비서랑 출장 가는 정신 나간 놈이 어디 있어? 괜히 스캔들이라도 나면 어쩌려고. 자, 잠깐. 스캔들?

"이 자식 설마……."

순간 머릿속으로 스캔들이 터졌을 때의 일이 재생되었다.

'임수현 본부장, 묘령의 여인과 스위스 밀월여행?'

'임 본부장, 일반인 여성과 열애.'

'신데렐라를 택한 왕자, 일반인 여성과 결혼한 재벌의 사례는?'

이상한 기사들이 쏟아질 것이 불 보듯 뻔했다.

'저 사람이래요.'

'어머, 정말? 생각보다 정말 평범한데. 좋겠다. 부잣집 남자도 잡고, 돈도 잡고.'

가는 길마다 알아보고 수군거릴 수도 있고.

'심심치 않게 넣었어요. 우리 아들한테서 떨어져 줘요. 비서면 비서답게 일이나 할 것이지 괜히 일 복잡하게 만들고 있어.'

회장님께 돈 봉투를 받을 수도 있다. 아무리 막장으로 치닫고 있어도 설마 일을 크게 벌일까 싶다. 수현의 성격이라면…….

그러나 거울 속 자신을 바라보는 세영의 표정에선 자신감이 사라졌다. 생각해보면 자신이 아는 임수현 본부장의 모습은 딱 본부장의 모습이지 그냥 일반적인 사람의 모습은 아니다. 지난밤에도 그렇다. 그가 스튜를 했다면서 직접 가져다줄지 누가 알았을까. 물론 맛은 없었지만 말이다.

'그래, 무슨 일이 있어도 스위스 일정은 따라가면 안 돼. 옆집으로 이사까지 한 사람이 여행 가서 무슨 짓 벌일지 어떻게 알

아? 나는 그 사람에 대해 아무것도 몰라. 알고 싶지도 않고, 알아야 할 이유도 없어.'

그러나 그가 어떤 마음으로 자신에게 고백했고, 분명히 차였으면서도 옆집으로 이사를 온 그 이유가 궁금했다.

머릿속을 정리하고 막 화장실에서 나왔을 때였다. 터덜터덜 복도를 걷던 세영은 젊은 여자의 목소리를 들었다. 목소리가 들려오는 곳은 본부장실이 있는 복도였다. 시간은 오전 11시, 손님이 오기로 했다면 자신이 모를 리가 없다. 차 비서가 있긴 하지만 못내 걱정스러웠던 마음이었다. 복도 가까이 다가섰던 그녀는 묘한 향기에 잠시 걸음을 멈췄다.

"마침 저기 오시네요."

키도 크고 예쁜 사람이었다. 온몸을 감싸고 있는 건 명품이 아니었지만, 명품이라는 생각이 들게 럭셔리했다. 도현과 이야기를 하던 그녀가 고개를 돌렸다. 아, 어디선가 본 것 같은데. 잠시 생각에 빠졌다. 사람 얼굴을 기억하는 데에 재주가 있는 건 아니지만 비서로서 업무에 필요한 얼굴은 익힐 필요가 있었다. 하지만 아무리 생각해도 어디서 봤는지 기억이 나지 않는 여자였다. 복도 가득한 향기는 그녀에게서 풍기고 있었다.

"선배님, 조향사라고 하십니다."

"아!"

기억이 났다. 그 순간 조향사 명부에서 봤던 기억이 떠올랐다.

"혹시 박세영 비서님?"

"네. 어떻게 오셨습니까?"

그녀가 먼저 손을 내밀자 세영이 얼떨결에 그녀의 손을 잡았다.

"반가워요. 백서휘라고 해요."

이름을 듣고 완전히 기억이 났다. 리리컬로 오기로 되어 있던 수석조향사의 이름이 백서휘였다. 유명한 명품 브랜드 향수 조향사로도 유명했던 그녀를 신생 기업인 리리컬에서 얼마나 많은 돈을 주고 불러왔는지 모르겠지만, 많은 조향사 가운데 유일하게 단번에 OK사인을 보낸 사람이었다.

"본부장님을 좀 뵙고 싶은데 괜찮을까요?"

"본부장님과 미리 약속하시고 오신 건가요?"

"약속?"

서휘가 생각하는 듯하더니 곧 혼잣말처럼 입을 열었다.

"우리 사이에 약속이 필요한가?"

마치 수현과 친하다는 듯이 구는 그녀의 모습을 보니 기분이 이상해졌다. 그 악질 워커홀릭을 무서워하지 않는 사원도 있다니 그저 신기할 따름이었다.

"왜 이렇게 시끄럽습니까?"

그때였다. 사무실에 홀로 있던 그가 복도의 소란스러움을 느끼고 문을 열었다. 일할 때만큼은 조용한 것을 좋아하는 그를 또 화나게 만들겠다는 생각에 서둘러 소개하려던 찰나였다.

"본부장님, 이쪽은……."

"본부장님!"

한순간에 일어난 일이었다. 서휘가 두 팔을 벌려 수현의 목에 대롱대롱 매달렸기 때문이었다.

망했다. 당장 떨어뜨려야 해!

서휘를 말리기 위해 한 발자국 앞으로 나섰다. 그러나 굳이 힘들게 두 사람을 떼어놓을 필요까지는 없었다. 얼떨결에 안긴 수현이 한쪽 팔을 들어서 그녀의 등을 토닥였기 때문이었다. 마치 처음부터 아는 사이였다는 행동이었다.

"오랜만이다. 백서휘."

"못 본 사이에 왜 이렇게 멋있어졌어, 너?"

반갑게 인사 중인 두 사람을 보는 세영의 심장도 그제야 시큰거리기 시작했다. 수현의 얼굴에 핀 건 악당의 처음 보는 표정이었다.

* * *

서휘를 대롱대롱 달고 본부장실로 들어오자마자 그가 귀찮은 듯이 소리 냈다.

"백서휘 떨어져. 무거워."

"넌 내가 반갑지도 않냐?"

그제야 서휘가 그의 목을 감쌌던 두 팔을 풀었다.

"여기야? 네 사무실?"

"응."

"일은 할 만하고?"

"응."

"왜 이렇게 단답형이야? 하여간 어렸을 때나, 지금이나."

"응."

"……."

말을 말자.

그녀가 멋대로 소파에 풀썩 앉았다. 수현의 표정에는 피곤함이 가득했다. 본부장실 안에 간단하게 차를 탈 수 있는 전기포트를 켜고 커피잔에 티백을 담았다. 그를 안 지 20년도 넘었지만 처음 보는 모습이었다. 불필요한 일이라면 절대로 하지 않는 놈이라는 걸 아는데 직접 차를 타다니 낯설었다.

"너 커피 안 마시지?"

"비서 시키지 왜 네가 직접 하냐? 둘씩이나 있더만."

"……."

두 비서 모두 다 얼굴을 보기가 껄끄러워서 그렇다는 말은 절대 할 수 없었다. 굳이 자신의 이야기를 떠벌릴 생각도 없을뿐더러 예전부터도 입이 무거웠다. 거기에 비서에게 쩔쩔매고 있다는 사실을 저 마녀가 알아버린다면, 단지 놀리는 것으로 끝나지 않을 것은 뻔했다.

"뭐야 너 스위스 가냐?"

언제 간 건지 그녀가 멋대로 집무 책상 앞에 앉고는 마우스를 움직였다.

"아, 너 뭐 하는 거야? 남의 걸 왜 맘대로 봐?"

거칠게 찻잔을 내려놓고 컴퓨터 앞에서 호기심이 인 듯 열심히 딸각딸각 소리를 내며 클릭질인 그녀를 옆으로 밀었다. 자연스럽게 밀린 서휘였지만 눈에는 의심이 가득했다. 도도하고 냉정한 그가 헐렁한 모습을 보이는 경우는 거의 없다. 10년 지기지만 본 적은 딱 한 번이었다. 자신이 그에게 헤어지자고 했던 그날이었다.

"웬 여행 정보? 여행가?"

"레오네 사 방문 겸 겸사겸사."

그녀의 앞으로 찻잔을 밀어 놓고 보고 있던 윈도우 창을 내렸다.

"일정 며칠로 잡았는데? 야, 스위스 가면 이 누나한테 물어봐야지. 스위스에 사는 사람이 바로 곁에 있는데."

"됐다. 너한테 말했다가 무슨 봉변을 당하라고."

"너무하네."

그가 탄 찻잔을 들고 홀짝이던 그녀는 그제야 사무실을 제대로 훑어보기 시작했다. 그러다 에센셜 오일이 든 장식장을 보는 순간 의아한 표정을 지었다. 어떤 물건이든 줄지어 세우는 것을 좋아하는 그가 듬성듬성 정리했기 때문이었다.

성격이 바뀐 건가?

어떤 오일이 있는지 제대로 보기 위해 장식장을 열고 에센셜 오일 병을 건드린 순간, 뒤에서 그가 거칠게 그녀의 손목을 잡아챘다. 당연히 서휘의 얼굴은 놀람으로 일그러졌다.

"만지지 마."

예전에도 이런 표정을 본 적 있다. 기억은 잘 나지 않지만, 그가 집에서 애지중지 키우던 햄스터를 만졌을 때와 비슷했다.

"나름 정리해놓은 거야. 만지지 마."

"아, 미안해. 그냥 어떤 향료가 있는지 궁금해서."

그제야 서휘가 뒤로 물러섰다. 수현은 서휘가 건드려서 살짝 삐뚤어진 병을 아까처럼 똑바로 맞추었다. 라벨이 정면이 아닌 측면으로 기울어진 형국이었지만, 언제부터인가 이런 모습으로 줄지어진 모습이 보기가 편했다. 물론 이유는 간단했다. 박세영의 손을 거쳤기 때문이었다.

"왜 연락도 없이 갑자기 왔어?"

"우리가 꼭 연락해야 만날 수 있는 사이야?"

"네 애인이 안 싫어해?"

장식장 문을 닫고 풀썩 집무 책상 앞에 앉은 그에게로 서휘가 말을 이었다.

"요즘 다니엘도 한참 바쁘거든. 신제품 만든다고. 그래서 나 혼자 왔어."

첫사랑까지는 아니지만 첫 여자친구였다. 집안끼리도 아는 사이였고, 서로의 사정에 대해선 모르는 것이 없다는 생각으로 사귀었다. 그러나 한 달도 가지 못하고 이별 통보를 받았다. 지금 이렇게 친구 사이로 다시 지낼 수 있는 것도 사귄 기간이 길지 않았고, 그녀도 어엿한 약혼자가 있기 때문이었다. 더군다나 이젠 남녀로서의 감정은 전혀 없다.

"그래서 넌 결혼 언제 하려고?"

그녀가 찻잔을 내려놓고 가방 속에서 서류 봉투를 꺼내 내밀며 물었다.

"……뭔 결혼이야?"

"너 이쪽 방면으로 소문 자자하다. 사귀면 대부분 한 달도 못

가서 깨진다고. 그러더니 요새는 연애도 안하네?"

오랜 친구인 그녀가 자신의 소식을 모르는 것이 이상하지만, 이렇게 모든 걸 다 안다는 듯이 떠드는 것도 피곤한 일이다. 지금 연애를 하지 않는 이유까지 알리고 싶지는 않아서 대꾸하지 않았다. 비서에게 빠져서 절절매고 있다고 하면 사흘 밤낮을 잠도 자지 않고 놀릴 것이 뻔하니까.

* * *

"선배님? 오늘 어디 몸 안 좋으세요?"

혼자만의 세상에 빠져 있다가 도현의 목소리를 듣고 현실로 돌아왔다. 그제야 멈췄던 손을 놀리기 시작했다. 경영지원팀에 제출할 서류를 작성하다 샛길로 빠져 있었다.

"아뇨. 조금 피곤하네요."

"몸 많이 안 좋으시면 조퇴라도 하시는 편이 어때요?"

"그 정도까진 아니에요. 걱정해 줘서 고마워요."

걱정스럽게 말한 그에게 웃으며 대답했다. 얼굴로는 웃지만 속으로는 전혀 웃을 수 없었다. 처음 느끼는 묘한 기분이다. 27년을 살면서 한 번도 느껴보지 못했던 감정이다.

'아, 정신 차리자. 지금 뭐 하는 거야. 일해야지. 제대로 안 하면 그 악질 워커홀릭이, 그 악당이 온갖 자존감 무너뜨리는 말로 날 상처 줄 게 뻔한데.'

마음잡고 일을 하려고 해도 예쁘게 웃던 그 여자가 아른거렸다. 악마 같은 본부장 밑에서 일을 한 지 고작 3개월이긴 하지만 한 번도 그가 누군가를 반갑게 맞이하는 건 보지 못했다. 친구 사이인가? 친구 사이에 그렇게 사사로이 포옹을 한다고? 아니, 왜 그걸 신경 쓰는 거지? 머리가 터지기 일보 직전이었다.

'오랜만이다. 백서휘.'

한 번도 없었다. 누군가의 이름을 다정하게 부른 적이.

'박세영 씨.'

아니, 있었는데 인지하지 못했다. 그냥 그는 귀찮은 사람이었으니까.

일을 하다 말고 벌떡 일어났다. 옆에서 업무 보조를 하고 있던 도현이 놀란 눈이 되어 고개를 들었다.

"선배님?"

"……자, 잠깐 화장실 좀 다녀올게요."

또각또각 소리를 내며 급하게 화장실로 향했다. 본부장실이 멀어지면 멀어질수록 마음을 먹먹하게 감싸던 불안도 사라지는 듯 싶었다. 세영은 그제야 자신이 업무시간 내내 안절부절못했던 이유를 깨달았다.

지금 저 악당을 의식하고 있다.

"미쳤어. 미쳤다고. 미쳤어."

일주일 조금 더 전에 자신에게 고백했던 그를 아주 시원하게 차버린 자신이다. 그것도 뻥뻥. 애초에 마음이 있었다면 그렇게 처절하게 차버리지도 않았다. 그땐 회사고 뭐고 그만둘 각오로 그렇게 말했으니까. 그렇게 자위했다.

거울 속 자신을 보았다. 평소와 똑같은 박세영이다. 아, 그래. 잠깐 착각한 것뿐이다. 그딴 악마가 뭐가 좋다고 이러고 있을까.

"후우. 가서 일하자. 일하다 보면 생각 안 나겠지."

대강 마음을 정리하고 다시 비서 데스크로 돌아왔을 때 그녀의 심장은 다시 한번 발광질을 해야 했다. 도현의 말 때문이었다.

"아, 선배님. 본부장님은 손님과 나가셨습니다. 다시 회사로 들어오지는 않을 거니 퇴근 시간 되면 알아서 퇴근하라고 하셨습니다."

* * *

데려다주겠다는 도현의 제안을 거절하고 터덜터덜 걸어서 집까지 왔다. 따지고 보면 지구상 생명체 중 사람이 가장 간사하다던데 지금 자신의 상황이 딱 그 꼴이었다. 차 놓고, 정말 별로라고 온갖 상처가 될 말로 뻥 걸어 차 놓고는 왜 신경이 쓰이는지 모르겠다. 어쩌면 자신을 좋아한다며 안절부절못하던 그의 태도를 즐겼던 걸까?

"그렇다면 나 완전 최악인데."

어느덧 집 앞으로 도착하자마자 고개를 들었다. 자신의 보금자리가 있는 3층, 그 옆은 악당의 집. 둘 다 불이 꺼져 있다. 아직 그가 집에 들어오지 않은 모양이었다.

'박세영, 네가 이렇게까지 신경 쓸 이유는 없잖아. 둘이 사귀든 뭐든, 결혼할 사이든 무슨 상관인데? 넌 그 사람을 찼고, 상관

할 이유는 없잖아. 너 좋다고 이사까지 한 놈이 다른 여자랑 있으니까 그건 싫어?'

아니, 아직 모르는 일이다. 두 사람이 사귀든 말든 그건 자신이 상관할 바가 아니다. 비서인 그녀가 관여할 수 있는 부분은 어디까지나 공적인 회사일뿐이고, 자신이 바라던 악당의 관심도 딱 거기까지였다. 그래서 회사에서 잘릴 수 있을 정도로 거칠게 말을 해왔었다.

집으로 들어가 침대에 발라당 누웠다. 기지개를 켜며 팔을 위로 올린 그녀의 손으로 벽이 만져졌다. 벽이 만져지고 나니 다시금 마음속이 캄캄해졌다. 이 얇은 벽을 사이에 두고 이틀을 지냈다. 자신을 못살게 굴 것이라고 생각했던 바와 달리 그는 생각보다 얌전히 지내고 있다. 괜히 과민반응을 했던 게 아닐까? 본부장이라는 인간이 아무 생각 없이 이사 왔을 수도 있을까?

'세상 천지에 어느 재벌 2세가 그냥 낡은 연립주택으로 이사 온다고.'

신경 쓰이게 하려고 온 게 분명하다. 관심 두지 말아야 하는데 신경이 쓰인 그 시점부터 그에게 진 것이나 다름없다. 결국 그의 의도대로 돌아가고 말았다. 시원하게 걷어찼으면 계속 쿨하게 있어야 하는 건데 쿨하지 못했다. 지금도 마찬가지다.

"너 이런데 살아?"

그때였다. 이제는 제법 익숙해진 여자 목소리였다. 현관문 바깥으로 울리는 소리에 침대에 누웠던 몸은 절로 벌떡 일어났다. 낡은 연립주택은 방음이 하나도 되질 않아서 모든 소리가 여과

없이 흘러들어왔다.

"너 어디 아프냐? 죽을 때 됐어?"

"날 죽여야 속이 풀려?"

"말이 그렇다는 거지. 임 이사님이랑 안 어울려도 너~무 안 어울려서."

어느덧 세영은 현관문에 바싹 귀를 대고 두 사람의 대화를 엿들었다. 지금 이게 무슨 짓인가 싶지만, 두 사람의 대화를 듣지 않으면 답답해 미칠 것 같았다. 아, 그래. 이건 어디까지나 비서로서 그가 괜한 스캔들에 휘말릴까 봐 걱정되기 때문이다. 그가 스캔들에 휘말리면 일거리가 많아지니까.

철컥, 열쇠로 현관문을 따는 소리가 들리고 얼마 지나지 않아 여자의 구두와 남자의 구두 소리가 번갈아 나더니 곧 문이 닫혔다. 더는 두 사람의 대화를 들을 수가 없었다. 힘없이 문에서 떨어졌다. 아무리 생각해도 지금의 모습은 자괴감에 빠지기 일보 직전이다. 결국 임수현의 작전이 먹혀들고 말았다. 신경이 쓰이라고 이사 온 그에게 신경을 쓰고 있는 모양새였다.

물을 마시려고 유리잔을 든 그녀는 멀뚱히 바라보다 침실의 벽에 잔을 대고 귀를 붙였다.

'보통 영화에서 이러면 잘 들리던데.'

하아, 들리긴 들리는데 웅얼웅얼 거리기만 하고 제대로 들리진 않는다. 또 자괴감에 빠지기 일보 직전이다. 아니, 이미 자괴감에 빠졌다. 어떤 비서도 아무리 스캔들이 무섭다고 하더라도 엿들을 생각은 안 하니까. 그럼 합법적으로 대화를 들을 수 있는 방법이 있을까?

"나 지금 뭐 하는 거지?"

정신을 차렸을 땐 손에 빨간 냄비가 들린 채였다. 그냥 냄비만 가져다주기에는 예의가 아닌 듯싶어서 잘 하지도 못하는 요리까지 했다. 냄비 안에는 고향에서 이모가 보내준 굴로 만든 굴죽이 가득했다.

이건 어디까지나 냄비를 돌려주러 가는 거고, 그냥 돌려주기보다 음식을 담아서 주는 게 나을 것 같아서 하는 행동일 뿐이다. 절대 저 집에 있는 두 남녀가 뭘 하는지 궁금해서가 아니다.

노크를 할까 말까 망설였다. 이상하게 보이진 않을까? 괜히 설레발치는 건 아닐까? 그냥 그만둘까? 하지만 냄비는 돌려줘야 하고 굴은 나름 고급 음식이다.

"하아."

한숨을 푹푹 쉬며 고민하다 결국 똑똑 문을 두드렸다. 그러나 두드리고도 한참을 인기척이 없었다. 없는 척하려는 걸까? 생각과는 다르게 심장은 불안에 떨었다. 다시 한 번 똑똑 문을 두드렸다. 그제야 문이 늦장을 부리며 천천히 열렸다.

"박세영?"

그였다. 씻은 후였는지 머리에는 수건이 얹혀 있었고, 채 닦이지 못한 물기가 뚝뚝 떨어졌다.

"아, 저, 그, 그게……."

설마 그가 씻는 중이라고 생각하지 못했던지라 입술이 덜덜 떨렸다.

"이, 이거 돌려드리려고…….."

그에게 빨간 냄비를 내밀었다. 그가 입가에 옅은 미소를 폈다. 언젠간 돌려줄 때 마주칠 장치로 마련한 냄비였는데 바로 다음 날에 가지고 올 줄이야. 거기다 음식까지 담아서. 나름 감동이었다. 관심조차도 없다는 듯이 행동했던 그녀가 친히 찾아올 줄은 몰랐다. 그게 단순히 비서이기 때문에 상사인 자신에게 잘 보이기 위한 행동이라고 하더라도 상관없었다.

"그냥 가져오면 되는데 뭘 음식까지 했어?"

그는 뚜껑을 열어 음식이 뭔지 확인한 순간 세영이 눈치채지 못하게 살짝 이맛살을 구겼다 폈다. 냄비 속은 바다향이 가득했다. 어떤 재료를 썼는지 눈치챈 그는 애써 곤란함을 숨기고 냄비를 받았다.

그 사이 세영은 현관에 벗어놓은 여자 신발을 보았다. 역시나 둘이 함께 있는 것이다. 그가 씻은 거라면 자려고 하는 걸까? 그렇다면 둘이 애인 사이? 그럼 왜 좋다고 해놓고 이사까지 온 거야? 머릿속에서 시작된 망상은 그녀를 섭섭하게 만들었다.

"잘 먹을게."

"네, 시금치랑 굴 넣은 죽이에요. 저희 고향이 바닷간데 이모가 보내셔서…… 아, 이거 너무 많이 해서 남아서 드리는 거예요. 일부러 만든 건 절대 아니에요. 그러니까 마, 맛있게 드세요. 내일 봬요."

섭섭함 때문에 눈물이 날듯 해서 금세 뒤돌았다. 정확하게는 섭섭함을 느끼는 자신에게 화가 났다. 좋아하는 남자도 아니면서 왜 이렇게 그 앞에서 벌벌 떠는 걸까? 이상하다. 아무리 생각해도 이상해, 박세영. 저 남자한테 갑자기 없던 관심이라도 생겼어?

집으로 들어오자마자 침대에 엎드렸다. 아무리 생각해도 오늘의 행동은 너무 충동적이었다.

"아아, 나 이상하다고 생각하면 어떡해! 완전 이상하잖아. 싫다고 해놓고! 아 몰라!"

두 다리를 활어처럼 팔딱이며 매트리스를 통통 두드렸다. 하지만 그런다고 부끄러운 마음이 사라지는 건 아니었다.

식탁에 앉아 세영이 만들어 온 굴죽을 바라보는 수현의 입가에선 미소가 떠나지 않았다. 마음 같아선 이대로 보존하고 싶지만 힘들게 만들었을 그녀를 생각해 숟가락을 들었다.

"아함, 깜빡 잠들었네."

그때 거실 소파에 누워 회의 자료를 쥔 채 잠깐 잠들었던 서휘가 일어나 식탁으로 다가왔다. 그녀는 숟가락을 쥐고 냄비 안의 죽을 떠 후후 불고 있는 그를 보며 한 마디 던졌다.

"그거 굴죽 아니야?"

"맞아."

"어디서 났냐?"

"궁금한 것도 많으시네. 일어났으면 집에나 가."

대충 대답하고 입안으로 한가득 넣어 맛을 음미하는 그를 보며 그녀가 기가 찬 듯이 말했다.

"너 굴 알레르기 있잖아."

"알레르기는 무슨. 나 굴 겁나 좋아해. 왜 이래? 나 혼자 먹을 거야. 달라고 하지 마라.”

“됐네요. 너나 많이 드세요.”

걱정스러운 그녀의 시선을 무시한 채 그는 다시 한 번 큼지막하게 죽을 한 숟가락 떠 입 안으로 넣었다.

“아, 그건 그렇고. 너 스위스 가는 거 수행비서가 박세영 씨라고 했나?”

“응.”

그녀가 조금은 걱정스러운 표정으로 입을 열었다.

“웬만하면 남자 비서 데려가지 그래? 요즘 시대가 어느 시댄데 괜히 잘못했다가 그 아가씨만 곤란해지면 어쩌려고 그래? 스캔들이라도 터지면?”

“…….”

숟가락을 놀리던 수현이 행동을 멈췄다. 아무래도 저놈 이상하다. 가장 기본적인 걸 생각 못했다고? 진짜 죽을 때가 됐나보다.

“아, 맞아. 그렇지. 스캔들.”

이제야 생각이 났다는 듯 중얼중얼 거리던 그가 걱정스러운 표정으로 입을 열었다.

“스캔들 나면 박세영이 제일 곤란하겠지?”

“그걸 말이라고 하냐? 넌 막아줄 경호원이 있지만 그 아가씬 아니라고.”

심각한 표정을 짓다가도 빨간 냄비에 가득한 굴죽을 보며 그가 미친놈처럼 실실 웃었다.

“넌 일단 집에나 가라.”

그가 다시 한 번 굴 향이 가득한 죽을 떠 입안으로 밀어 넣었다. 그동안 자신이 너무 들이대기만 해서 박세영이 부담스러웠던 건 아닐까 이제야 생각했다.

* * *

제대로 잠도 못 잤다. 이럴 이유가 없다. 회사를 벗어나면 비서로서 있을 이유도 없는데, 왜 그의 스캔들을 걱정하는 건지. 평소보다도 일찍 나와서 그의 집 앞을 서성였다. 만일 나온다면 우연인 척 인사라도 할 생각이었다. 그러나 시간이 10분, 20분이 지나도록 그는 모습을 드러내지 않았다. 생각하고 싶지 않은 못된 상상이 머릿속을 잠식했다. 그녀와 내내 함께 있느라 일어나지 못하는 건 아닐까, 머릿속이 복잡했다.

잤을까? 혹시 둘이 좋아하는 사이일까?

어제는 퇴근시간도 아닌데 함께 사무실을 나섰고, 회사로 돌아오지 않았다. 결국 저녁시간이 되어서야 함께 집으로 들어오는 걸 목격했지 않은가. 둘이 그렇고 그런 사이가 틀림없다. 그게 아니고서야 함께 집에 있을 이유가 없다.

결국 힘없이 뒤돌았다. 나타나지 않는 그를 기다리느라 생각지도 못한 지각까지 했다. 지하철 안에서 내내 불쾌함을 느꼈다. 연애를 하려거든 안 보이는 곳에서 하든지, 보란 듯이 하는 그의 행동에 순간 진절머리가 났다.

그래, 이것도 그의 작전이겠지. 그렇게 처절하게 찼으니 자존심 상하지 않은 남자는 없을 것이다. 더군다나 세상 모든 여자가 바라마지 않은 그 임수현이니 당연할지도 모른다.

'감히 날 차? 네가 뭔데? 대기업 본부장 비서가 되더니 뭐라도 된 줄 알았나 봐?'

그가 하지도 않은 말들이 머릿속에서 재생되었다. 정말 그가 자신을 그렇게 생각하면 어쩌나 하는 걱정까지 밀려들었다. 그런 마음으로 찬 게 절대 아니었는데…….

출근을 하니 이미 도현은 업무 중이었다. 또각또각 구두 소리에 그가 고개를 들더니 반갑다는 듯이 웃었다.

"오셨어요, 선배님?"

"네, 좋은 아침이에요."

그의 시선을 피하며 근무 준비를 시작하는 그녀에게 도현이 말했다.

"다행이에요. 오늘 본부장님 출근 못하신다고 연락 왔거든요."

가방에서 수첩을 꺼내던 손이 멈췄다. 출근을 못한다고? 순간 어제 현관에 놓여 있던 여자 구두가 떠올랐다. 그가 누구를 만나건 자신이 상관할 바는 아니다. 하지만 일은 제대로 해야 하잖아. 그냥 사원도 아니고 총책임자인 본부장이면서 자기는 띵가띵가 연애나 하시겠다? 수첩을 쥔 손에 힘이 들어갔다.

"그렇군요. 알았어요."

보란 듯이 다른 여자와 연애하는 모습을 보이는 그에게 더는 을로서 살지 않기로 했다. 그만 생각하자. 어차피 마음이 떠난 사람이고, 자신이 마음을 졸일 필요까지는 없다. 그딴 나쁜 놈 머릿속에서 지워버리자고 생각했다.

"저, 차 비서님?"

그녀의 부름에 업무를 하던 그가 고개를 돌렸다. 여전히 환하게 웃는 표정으로.

"네, 선배님."

"저녁에 시간 괜찮으면 같이 영화나 보실래요? 제가 쏠게요."

그가 다른 여자를 만나는데 자신이라고 다른 남자를 만나지 말라는 법은 없다. 어차피 사귀던 사이도 아니고 그의 일방적인 고백이었다.

그녀의 물음에 도현은 환하게 웃었다.

"좋아요. 그럼 저녁은 제가 살게요."

* * *

머리가 어질어질하고 속은 메슥거렸다. 밤새 화장실을 몇 번이나 들락날락했는지 모른다. 당연히 잠은 제대로 잘 수 없었다. 일어나 보니 아침이었다. 도저히 이대로 출근은 못할 것 같아서 버릇처럼 세영에게 전화를 걸려던 찰나, 아픈 이유가 그녀가 준 굴죽 때문임을 들키지 않으려고 그 재수 없는 놈에게 전화를 걸었다.

그럼 제가 모시러 가겠습니다. 병원에 가시는 게 좋을 듯 싶습니다.

"아뇨, 됐어요."

친절하게 데리러 오겠다는 그놈에게 단답으로 대답하고 전화를 끊었다. 미쳤다고 박세영도 아직 안 들어온 공간에 그놈을 들일 수는 없었다.

"출근은 제대로 했나?"

무거운 눈꺼풀을 들어 올리고 손을 뻗어 얇은 벽을 매만졌다. 고작 이 얇은 벽이 자신과 박세영의 사이를 가로막는다. 가까이 있는 듯하면서도 잡히지 않는 것이 꼭 자신과 그녀 사이를 말하고 있는 듯했다.

시간은 벌써 오후 7시, 이미 퇴근 시간을 2시간 넘겼다. 차도현 그놈이 자신의 소식을 그녀에게 전했겠지만, 이 시간이 지나도록 그녀에게 아무 연락이 없는 건 못내 섭섭했다. 그래도 어제 빨간 냄비에 음식을 해서 가져다줄 때는 조금 관계가 풀렸다고 생각했다. 그런데 역시 착각이었나 보다.

'네, 시금치랑 굴 넣은 죽이에요. 저희 고향이 바닷간데 이모가 보내셔서…… 아, 이거 너무 많이 해서 남아서 드리는 거예요. 일부러 만든 건 절대 아니에요. 그러니까 마, 맛있게 드세요. 내일 봬요.'

그녀의 귀여운 인사가 들리는 것 같다. 일부러 만든 건 절대 아니라고? 그의 귀에는 일부러 만들었으니 알아달라는 것처럼 들렸다. 그 모습이 너무 사랑스러워서 알레르기가 있다는 말도 하지 못하고 우걱우걱 먹었다. 하지만 조금이라도 마음이 생겼다고 여긴 건 착각이었던 모양이다. 그 정도야 회사 동료 지간이라면, 비서와 본부장 사이라면 있을 수 있는 일일 테니.

'집에 왔나?'

전화를 할까 말까 망설이던 손가락은 화면 대신 이불을 꾹 눌렀다. 괜히 아픈 모습을 보이거나, 아프다는 것을 알아채면 그녀가 곤란해질 것 같았다.

그러니 그만두자. 내일 만나면 되니까.

몽롱한 정신에 애써 눈을 감고 잠을 청해보지만 머리를 둥둥 울리는 두통은 그를 지독하게 괴롭혔다.

* * *

차도현, 그는 이상형에 가까운 사람이다. 아니, 정확히 말하면 이상형이나 다름없다. 4개 국어를 구사하고, 일하는데 요령을 부리지 않으며 미소가 예쁘고 상냥한 말투를 쓰는 사람. 그가 본부장실 비서로 온 지 얼마 지나지 않았지만, 세영으로서는 여러모로 업무가 가벼워졌다. 일을 같이 맞드는 사람이 생기니 그만큼 마음에도 여유가 생겼다.

퇴근시간에 맞춰서 영화표를 예매했다. 제목은 요즘 한창 상승세를 타고 있는 '연애의 목적'. 소위 썸타고 싶은 남자와 보기에 손색이 없는 영화였다.

「내가 그때처럼 선배 좋아할 거라고 생각해요?」

「응.」

「도대체 그건 무슨 자신감이에요?」

「난 널 그때처럼 좋아하거든.」

그런데 왜 하필이면 영화 내용이 지금 자신과 본부장의 상황과 비슷할까?

한때 썸을 타다 그냥 끝나버린 두 남녀가 10년 만에 다시 만나서 예전처럼 다시 뜨겁게 사랑할 수 있을까에 관한 영화다. 물론 자신과 본부장의 사이가 10년 전에 만났다가 불타오른 건 아니지만, 상사와 부하직원 사이로 만난 두 주인공에게서 그와 자신이 겹쳐보였다.

'저는 본부장님 굉장히 별롭니다.'

이제야 생각하지만, 말의 정도가 심했다. 그가 자신을 자르지 않은 것이 다행이다. 그의 처지를 생각해서 조금 더 부드럽게 거절할 수도 있었다.

'죄송해요. 좋아하는 사람이 있어서요.'라든지, '죄송해요. 아직 연애할 생각은 없어서요.'라든지.

영화를 보는 중간, 자기도 모르게 폰을 매만졌다. 이제야 생각하지만 왜 그가 출근을 하지 않았는지 물어보지도 않았다. 지난밤 그 예쁜 여자와 밤을 새웠을 것을 생각하니 왠지 자존심이 상해서. 하지만 그런 게 아니라 아프거나 그런 거라면?

'잠깐만. 왜 자존심이 상해? 내가 여자친구야? 좋아하지도 않으면서……'

그때 전화를 쥔 손 위로 보드라운 손이 덮였다. 깜짝 놀라 소리를 지르는 것도 잊은 채 고개를 돌렸다. 도현이었다. 그는 살짝 허리를 숙여 세영을 향해 속삭였다.

"어디 아파요?"

"아, 아뇨."

"왠지 조금 불편해 보이셔서."

그녀는 고개를 젓고 스크린으로 시선을 옮겼다. 지금은 도현과 데이트하는 중이고 그 망할 본부장을 생각할 여유는 없다. 혹시 알까? 지금 함께 영화 보는 이 사람이 훗날 남편이 될지.

영화 속 여주인공이 당돌하게 소리쳤다.

「좋아요. 연애는 해줄게요. 근데 결혼은 꿈도 꾸지 마세요.」

그런 그녀를 향해 남주인공이 자신만만한 표정으로 되받아친다.

「그래. 하지만 그때가 되면 제발 결혼해달라고 나한테 매달리게 될걸?」

영화는 나름 재밌었다. 중간에 망할 본부장이 생각나서 집중하기 힘들었지만 굳이 집중하지 않고 봤어도 이해가 갈 정도로 가벼운 내용이라 다행이었다. 괜히 자신이 먼저 신청한 데이트에서 도현에게 실례를 범할 뻔했다.

도현이 저녁을 사겠다는 말에 자리를 옮기긴 했지만 그녀의 마음은 이미 집으로 향하는 버스에 있었다.

"선배님?"

"……네?"

"무슨 생각 해요? 불렀는데 대답도 없고."

식당에서 나와 잠시 걸었다. 극장과 레스토랑이 있던 곳은 세영의 집에서 멀지 않았고 소화하며 걷기에 좋았다. 밤바람이 꽤 차가웠다. 옷 속으로 스며드는 차가운 기운을 느끼고 살짝 옷을 추스르는 그녀를 발견한 도현이 겉옷을 벗어 그녀의 어깨에 걸쳤다.

"괜찮아요. 차 비서님 입으세요."

"괜히 감기 걸려서 내일 못 나오면 나만 고생인 거 알죠?"

매너도 좋고, 상냥하다. 그런데 왜 그와의 데이트에 집중할 수가 없는 걸까. 별다른 대화도 없이 무작정 걸었다. 손에 쥔 핸드폰은 스팸문자로 울리는 진동조차도 없었다. 영화가 끝나고 도현에게 물어볼까도 했지만 괜히 이제야 물어보는 자신이 그에게 이상하게 비칠 것 같아 입도 열지 못했다.

아니지. 난 그 사람 비서잖아. 비서니까 궁금해하는 건 당연하잖아.

"저, 차 비서님."

언제부터 자신이 이렇게 충동적인 인간이었는지 모르겠다. 일부러 차도 두고 여기까지 함께 걸어와 준 그에게 못된 짓이라는 건 안다. 그러나 지금은 급하게 가야 할 곳이 생겼다. 어깨에 아슬아슬하게 매달려 있던 그의 겉옷을 벗어 도로 내밀었다. 얼떨결에 옷을 건네받은 도현이 미처 입을 떼기도 전 그녀가 말했다.

"오늘 감사했습니다. 밥 맛있었어요. 내일 봐요. 그럼."

"선배……."

그가 미처 입을 떼기도 전 뒤돌아 또각또각 구두 소리를 내며 뛰었다. 숨이 턱까지 차올랐다.

"하아! 하아!"

평소에는 5분 정도 걸어야 하는 거리를 단숨에 뛰었다. 어느덧 연립주택의 낡은 계단이었다. 바쁘게 뛰어올랐다. 또각또각, 몇 번이나 넘어질 뻔했지만 간신히 계단 난간을 잡으며 몸을 지탱했다.

"하아! 하아! 하아!"

자신의 집을 지나쳐 고작 2m가량 떨어진 그의 집 앞에 섰다. 문틈으로 약간의 불빛이 새어나오는 것이 보였다.

똑똑똑!

빨간 냄비를 돌려줄 때와는 다르게 망설임 없이 노크를 했다. 그가 나올 거라고 생각했다. 빨간 냄비를 받아줄 때처럼. 철컥철 컥, 잠금을 푸는 소리가 들리고 얼마 안 가 현관문이 끼익 기분 나쁜 소리를 내며 열렸다.

"어머? 박 비서님?"

"……."

그러나 문을 열고 나타난 얼굴은 그가 아니었다. 예상은 했지만 모른 척하려고 했던 그녀였다. 서휘는 숨을 헐떡이며 아무 말도 하지 않는 그녀를 살폈다. 머리는 헝클어졌고 이마에는 살짝 땀도 배어있다.

"수현이 만나러 왔어요?"

그제야 괜한 짓을 했다는 후회가 밀려들었다. 자신이 아니더라도 걱정해줄 여자가 있는 남자다. 고작 고백받은 것뿐인데 의식한 자신이 잘못이다.

"……아, 죄송해요."

혹시 이상한 표정을 짓고 있진 않을까 걱정스럽다. 지금 기분은 왠지 울 것 같으니까.

"무슨 일이야?"

서휘의 뒤에서 그가 나타났다. 방금 막 샤워를 마치고 물이 뚝뚝 떨어지는 머리를 대충 수건으로 문지르며 앞으로 나선 그는 현관에 서서 자신의 구두 앞 코만 바라보고 있는 비서를 발견했다.

"죄, 죄송합니다. 오늘 출근을 하지 않으셔서 혹시 무슨 일이 있는 건 아닌가 걱정돼서 와본 겁니다. 죄송합니다. 그럼."

뒤돌아 현관을 나가려는 그 순간이었다.

"거기 서. 박세영."

그의 입에서 나온 건 박세영 씨도, 박 비서라는 호칭도 아니었다. 아주 깔끔하고 담백하게 불린 이름 세 글자였다. 그냥 무시하고 집으로 들어가면 그만이다. 그러나 발은 족쇄에 묶인 듯 전혀 움직이지 않았다. 티 내려고 하지 않았는데, 자신까지도 속이려고 했는데 내심 출근하지 않은 그를 무척이나 걱정했다는 사실이 뼈저리게 느껴졌다. 동시에 서휘를 향한 질투까지도. 좋아하는 것도 아니면서, 사귀는 사이도 아니면서 뻥 차버린 그때는 잊은 것인지 마음은 간사하게도 그를 향했다.

"백서휘 넌 그만 돌아가."

서휘도 그제야 묘한 분위기의 두 사람을 느꼈다. 세영의 뒷모습을 바라보는 수현에게서 낯선 느낌이 들었다. 이제야 모든 걸 이해할 수 있었다. 그래서 으리으리한 궁궐 같은 집을 두고 낡은 연립주택으로 옮겼고, 누군가가 가져다 준 굴죽을 알레르기가 있으면서도 꾸역꾸역 먹어서 온종일 앓은 이유가 있었다.

'박 비서 여기에 사나? 하여간 임수현 멍청하기는.'

서휘는 군말 없이 가방과 외투를 챙겨 바로 집 밖으로 나갔다. 또각또각 그녀의 구두 소리가 멀어져 아예 들리지 않자, 이번에는 그가 세영의 손목을 잡아 돌려세웠다. 필사적으로 그와 눈을 마주치지 않으려고 애썼다. 하지만 이미 들킨 뒤였다.

"왜 울어?"

"……누가요."

"너."

억지로 턱을 잡아 고개를 들려고 하는 그의 손길을 피했지만 이미 잡힌 뒤였다. 스르르 짚으로 끌어당겨져 벽에 몰아 세워졌다. 등으로 차가운 기운이 스며들었다. 그러나 몸을 움츠릴 수 없었던 이유는 그가 생각보다 가깝게 붙었기 때문이었다. 이마로 바로 숨결이 느껴질 정도였다.

"울었네."

"아니라니까요."

"그럼 이 자국은 뭔데?"

엄지가 눈가를 훔치고 지나갔다. 미처 흐르지 못했던 눈물이 손끝에 묻어 나왔다.

"그게 너무 추워서……."

"땀 흘리고 있잖아."

"땀 흘리고 나니까 추워서요."

"너 말이야."

주변은 너무 조용해서 그가 꿀꺽 침을 삼키는 소리도 크게 들렸다. 억지로 고개를 돌려 그와 시선을 피했다. 울었다는 사실을 들킨 것만으로도 쪽팔려 미치겠다. 그냥 오지 않는 건데……. 그냥 차 비서와 데이트를 잘 끝냈어야 했는데…….

"나 신경 쓰여?"

가장 들키고 싶지 않았던 그에게 정곡을 찔리고 말았다.

"놔요."

그의 손을 거칠게 쳐냈다. 눈물이 멈추지 않는다. 쪽팔리고, 창피해서 미치겠다. 그의 집에서 그가 아닌 서휘가 나오는 그 순간부터 울 수밖에 없는 운명이었을지도 모른다. 우는 자신을 알아버린 그 앞에서 멈춰야 하는데, 왜 우냐는 그의 말에 눈물은 더 서럽게 터졌다.

"박세영. 고개 들어."

"……."

"왜 울어? 날 신경 쓰는 게 아니면 왜 우는데?"

그의 말투는 평소와 달랐다. 강압적이지도, 사무적이지도 않았다. 본부장으로서가 아니라 그녀에게 관심이 있는 남자로서의 말투였다. 그 말투가 너무 상냥해서 감히 고개를 들기가 무서웠다. 이대로 고개를 들어버리면 정말 신경이 쓰여서 미쳐 죽는 줄 알았다고 소리칠 것 같았으니까. 하지만 그전에 고개를 든 감정은 서운함이었다. 입은 마음과는 상관없이 멋대로 움직였다.

"……혹시…… 둘이 내내 같이 있었어요?"

"……."

"이럴 거면 옆집에 왜 이사 왔어요?"

그제야 그녀가 스스로 고개를 들었다. 더는 울지 않았다. 서운함이 고개를 든 그 순간부터 눈물은 말랐다. 그녀의 말은 따지듯이 날아들었다. 날카로운 송곳이 되어 심장이며 머릿속이며 아주 너덜너덜하게 만든다. 자신이 별로라고 고백을 찼던 순간부터 그의 마음은 이미 조금씩 해져있었다.

"행동 조심하세요. 괜히 스캔들이라도 나면 제가 피곤해져요."

"……겨우 그 말하려고 온 거야?"

"스캔들이 나면 제일 먼저 바빠지는 사람이 누구라고 생각하세요?"

이미 눈물을 봤지만 그녀는 솔직해질 생각이 없어 보였다. 자신에게 오늘 하루 동안 무슨 일이 있었는지 궁금하지 않은 걸까? 무작정 서휘와 자신의 사이를 의심하는 그녀의 태도가 서운했다. 자신의 진심은 별로 중요하게 보이지 않다는 듯 느껴졌다. 누군가에게 고백했던 것이 처음이었던 그는 처음으로 진심이 짓밟히는 묘한 기분을 느꼈다.

그는 착잡한 표정으로 한숨을 쉬며 이마를 긁었다.

"너한테 내 진심은 뭔데?"

이제야 차분히 물어볼 마음이 들었다. 단순히 재벌집 철없는 남자의 호기심처럼 보였을까? 처음 느끼는 감정에 무작정 불도저처럼 밀어붙인 건 자신도 잘못이라고 생각한다. 전혀 배려가 없는 행동이었으니까. 하지만 자신의 고백을 뻥 차 놓고, 진심을 가볍게 치부하는 그녀의 행동에 그는 은근히 상처받기 시작했다.

"꼭 서휘랑 나 사이에 무슨 일이 있었으면 하는 말투네 그랬으면 좋겠어?"

"무슨 말을 그렇게 하세요? 전 본부장님 걱정해서 하는 말이에요."

"걱정?"

두 사람은 격정적이었다. 그는 벽에 손을 대고 그녀를 두 팔 안으로 가두었다. 걱정이라는 말에 서러워졌다. 실망시키고 싶지 않아서 그녀가 준 굴죽을 꾸역꾸역 먹고 결국 하루 종일 앓았다. 정말 걱정했다면 오전 중에 연락이 왔을 것이다. 그러나 세영은 그러지 않았다. 어쩌다 자신에겐 관심도 없는 여자를 좋아해버린 걸까?

"정말 나를 걱정하긴 했어? 그래서 이렇게 빨리도 찾아오신 건가?"

아파서 끙끙거리면서도 종일 그녀를 생각했다. 괜히 일에 지장을 주고 싶지 않아서 연락하지 않았던 것뿐인데, 차라리 솔직하게 말했더라면 이런 거지 같은 기분은 느끼지 않았을 지도 모른다.

"……갈게요."

사랑은 유치하면서도 참 못됐다. 자신의 마음을 알아주지 않는 상대를 상처 주고 싶어 하니까. 이 어이없는 상황이 괴로웠다. 몸이 아픈 것보다도 머리가, 마음이 먹먹했다.

급기야 고개를 돌린 채 자신과 눈도 마주치지 않는 그녀를 노려보던 그는 벽에 댔던 두 팔을 내렸다. 인간은 가정이라는 말을 참 좋아하는 동물이다. 이곳에 이사 오면서 '어쩌면'이라는 생각을 가장 많이 했다. 어쩌면, 자주 얼굴을 마주치다 보면 그녀의 마음이 움직일지도 모른다고 여겼다.

또각또각 슬픈 구두 소리를 내며 그녀가 집을 나갔다. 서운함에 붙잡을 생각도 못 했다. '네가 잘못 생각한 거야. 나랑 서휘 사이에 아무 일도 없었어.'라고 말하면 끝날 문제지만, 그전에 자신의 진심이 짓밟혔다는 서운함은 그를 꽉 막힌 사람으로 만들었다.

오해가 깊어졌지만 누구도 오해를 풀 생각이 없는 밤은 그렇게 깊었다.

* * *

"헤어지자."

"뭐? 야, 네가 사귀자며."

"내가 백날 좋아해 봐야 뭐해. 넌 날 안 좋아하잖아."

철없는 시절이라고 할 수 있는 어린 시절, 좋아한다고 고백해놓고 자신이 먼저 찼다. 혼자만 좋아하는 기분이 정말 엿 같았다. 너무 어렸을 때부터 친구였기 때문인지 그는 좀처럼 남자로 다가오지 않았다. 그저 오는 여자 안 막고 가는 여자 잡지 않는 타입이었다. 어렸을 때부터 그랬다. 그랬던 그놈이 이젠 여자에게 쩔쩔매는 모습을 보이다니. 자신도, 그도 나이를 많이 먹긴 먹은 모양이다.

서휘는 사진 속 같은 교복을 입고 어두운 표정을 지은 수현을 보았다. 마음을 달라고 했을 땐 주지도 않다가 이제야 다른 여자에게 마음을 주는 그에게 친구로서의 뿌듯함보다는 여자로서의 섭섭함이 먼저 고개를 들었다. 너무 오랫동안 친구로서 봐왔기 때문이었다.

"넌 날 정말 좋아한 게 아니었구나. 근데 나랑 왜 사귄 거니?"

평생 누군가를 사랑하는 일 따윈 없는 놈이라고 생각했다. 자신과 헤어지고도 그는 연애를 했지만 길게 가지 않았다. 아마 헤어진 여자들도 대부분 자신과 같은 감정을 느꼈다. 계속 주는데 돌아오는 것이 없다. 인형 혹은 잘 만들어진 인공지능과 연애하는 기분이랄까. 그런 놈이 이젠 사람으로 진화했다.

"그래도 네가 잘 되는 편이 나한테도 좋은 거겠지?"

친구로서의 시원섭섭함을 가장했지만, 서운함은 아주 오랫동안 서휘에게 머물렀다. 그녀는 일부러 씩씩한 표정을 짓고 전화를 들었다. 전화를 거는 상대는 수현이었다.

* * *

뜬눈으로 밤을 지새웠다. 얼굴이고, 눈이고 퉁퉁 부었다. 냉동실에 얼려놓은 숟가락으로 어떻게든 부기는 뺐지만, 완전히 빠지지 않아서 어디 아픈 사람처럼 보였다. 어기적어기적 출근 준비를 하고 일찍 현관문을 나섰다. 최대한 그를 마주치고 싶지 않아서 평소 출근시간보다 일찍 나섰을 뿐이었는데, 끼익 소리는 그녀의 문뿐만 아니라 옆집에서도 울렸다.

같은 생각을 했던 건지 그도 문고리를 잡은 채 멀뚱한 표정으로 그녀를 바라보고 있었다. 지난밤의 일을 여전히 잊지 않은 두 사람은 눈을 마주쳤다가 금세 못 볼 것을 본 양, 고개를 돌렸다.

철컥, 철컥!

연달아 열쇠로 문을 잠그는 소리가 나고 그녀가 먼저 뒤돌아 또각또각 소리를 내며 계단을 내려가기 시작했다. 또각또각 여자 구두 소리 뒤로 터벅터벅 걷는 남자의 걸음이 뒤따랐다. 신경 쓰고 싶지 않아도 수현의 발소리는 금세 따라붙었다.

"박세영 씨."

어제의 일로 회사가 아닌 한, 더는 말을 걸 일이 없다고 생각했다. 그러나 그의 입은 또박또박 세영의 이름을 발음했다. 어쩔 수 없이 걸음을 멈췄다.

"타."

한 음절의 말만 들렸다. 무슨 의민지 제대로 파악하지 못하고 돌아선 그녀의 눈으로 그가 자신의 차를 톡톡 건드리고 있었다. 함께 타고 가자는 의미였다. 어제 그런 일이 있었는데 '네, 좋아요.'라며 탈 줄 알았다는 건가?

"아뇨, 괜찮습니다. 본부장님."

"차에서 업무 이야기할 거라서 그래."

"……."

그는 대답도 듣지 않고 운전석에 올랐다. 새삼 느낀다. 임수현은 자신의 지위를 철저히 이용할 줄 아는 좋게 말하면 지혜로운 사람, 나쁘게 말하면 약삭빠른 사람이라고. 상사가 일 이야기를 하자는데 거절할 비서는 없다. 세영은 어쩔 수 없이 조수석의 문을 열고 앉았다.

도대체 얼마나 대단한 일이라서 출근 중에 업무 이야기를 하겠다는 거지?

그녀는 뾰루퉁한 얼굴로 창밖만 바라보며 그가 먼저 입 열기를 기다렸다. 그러나 아무리 기다려도 그에게선 말이 없었다. 답답하다. 달리는 차를 세워달라고 할 수도 없고, 먼저 무슨 이야기를 할 거냐고 묻기도 껄끄러웠다. 그녀가 얼마나 곤란한지 관심이 없는 건지, 일부러 곤란하게 만들 요량이었는지 그는 한참동안 말이 없었다. 차가 회사 지하주차장에 도착할 때까지도 정적은 이어졌다.

결국 참지 못하고 차가 주차된 다음에서야 물었다.

"도대체 하실 말씀이 뭔가요, 본부장님."

차에서 내리며 그가 그녀를 곁눈질로 보았다.

"그냥 같이 출근하고 싶어서."

"……네?"

두 귀를 의심했다. 장난인가 싶지만 그의 말투에서 장난기는 찾아볼 수 없었다.

"옆집에 살면서 한 번도 같이 출근한 적은 없잖아? 한 번쯤은 맞닥뜨리겠다 싶었는데 누가 피하더라고."

"……어, 업무 이야기하실 거 있으시다면서요."

"아, 그거? 생각해보니까 나도 자료를 보면서 이야기해야 할 것 같아. 나 별로 머리 안 좋거든."

그는 처음 이사 온 날 집 앞에서 마주쳤던 것처럼 아주 뻔뻔했다.

"……."

지금 장난하는 것도 아니고 어제 일 잊은 거야?

"어제 일 때문에 화난 거 알아."

어떻게 안 것인지 속을 또 귀신같이 꼬집었다.

"내가 밤새 고민해봤거든. 잠도 안 자고 말이야. 원인을 알았어. 우린 서로에 대해서 너무 몰라."

그래서 하고 싶은 말이 뭔데, 임수현?

얼음처럼 굳어버린 그녀를 향해 그는 여전히 여유로운 자세로 입을 열었다.

"바로 연애하자고 안 해. 우린 서로에 대해 알 필요가 있으니까."

"……."

"6개월."

그가 알 수 없는 소리를 뱉었다.

"6개월 동안 서로에 대해 공부하는 건 어때?"

"……네?"

그는 당황한 그녀를 향해 환하게 웃었다. 어차피 알아들었으면서 되묻는 모습이 사랑스럽게 느껴졌다. 아무래도 단단히 빠졌나 보다.

그녀로서는 그의 변화가 어이가 없었다. 어떻게 사람이 하루아침에 이렇게 달라질 수 있을까? 자다가 사람이 바뀐 게 아니라면 분명히 이상했다. 그러거나 말거나 그는 이미 뒤돌아 지하 엘리베이터 버튼을 누르고 그녀에게 손짓했다.

'임수현, 잘 들어. 연애를 목적으로 들이대지 마. 갑자기 좋다는 놈을 누가 받아 들이냐? 무조건 널 알리겠다는 목적으로 들이대. 수컷 새들이 왜 암컷 새한테 구애의 춤을 추겠어?'

새벽녘 갑자기 왔던 그 전화로 인해 그는 자신이 해야 할 바를 깨달았다. 지금은 무작정 사귀자고 불도저처럼 밀 때가 아니라 살랑살랑 구애의 춤을 출 때라는 것을 깨달았다.

'백서휘, 참 눈치도 빠르단 말이야.'

Chapter 2

관심이
필요한 나이

6개월의 말미. 말이 좋아서 말이지 6개월 주겠다던 그의 말은 예고나 다름없었다. 6개월 안에 자신과 사귀겠다는 말과 비슷했다. 그가 여태껏 했던 업무 스타일을 본다면 이런 결론을 도출할 수밖에 없었다. 이전에 이사회에서 프레젠테이션을 했을 때도 마찬가지였다. 그는 이런 화법을 썼다.

'한 달. 한 달만 주시면 레오네 사에서 향료를 가장 싼 가격에 들여올 수 있습니다.'

결국 그가 이사진들에게 했던 약속은 채 한 달도 걸리지 않았다. 고작 2주 만에 레오네에서 안정적으로 원료를 공급하겠다고 나섰기 때문이었다. 장사 수완은 좋은 사람이지만 사람 관계에서도 그럴까?

그나마 회사에서의 생활은 괜찮다. 도현도 있고 본부장을 만나러 오가는 사람들도 꽤 많아서 업무 브리핑을 할 때 빼고는 단둘이 마주칠 수 있는 일도 별로 없다. 문제라면 퇴근하고 나서였다. 언제부터인가 정신을 차려보니 출퇴근을 같이 하고 있었고, 운전대도 자신이 아닌 그가 붙잡았다. 아무리 봐도 자신을 어떻게 해보겠다는 의도가 다분했다.

"태워주셔서 감사합니다. 그럼."

그녀가 취할 수 있는 액션은 재빨리 그 자리를 뜨는 일이었다. 주차를 하자마자 차에서 내려 급하게 연립주택으로 향했다. 그러나 또각또각 자신 있게 걷던 구두 굽 소리는 이어지지 못했다. 뒤를 묵직하게 당기는 기묘한 힘에 다리를 멈췄다.

"이러기야?"

불편하게 함께 출퇴근한지 어언 닷새째. '그래, 내일 아침에 봐.'라고 인사하던 그의 태도가 바뀌었다.

뒤돌아봐야 하나? 고개가 무겁다. 이대로 돌아서면 그는 어떤 표정을 짓고 있을까? 세영이 자기도 모르게 주먹을 쥐어 가슴에 댔다. 두려움 때문에 심장이 쿵쾅거렸다. 어쩌다가 이런 또라이에게 걸렸을까 싶다가도, 그런 또라이에게 불을 지핀 자신에게도 잘못이 있다는 생각이 들었다.

처음 고백을 했을 때부터 상사의 마음을 생각해서 조금만 더 부드럽게 거절을 했더라면, 그도 이렇게 구차하게 매달리진 않았을 테니까.

"뭐, 뭐가요?"

"매번 차 얻어 타고 오면서, 쌩 사라져야 하냐고. 신데렐라야?"

"아뇨!"

요즘 가장 예민한 단어였다. 만일 임수현, 그와 잘 되기라도 하면 자신에게 붙는 대외적인 타이틀은 신데렐라다. 미안하지만 남자 잘 만나서 팔자 피는 못난 여자로 살고 싶지는 않았다. 대기업 비서면 꽤 능력도 괜찮고, 혼자 살기에도 딱 좋을 만큼만 벌고 있다. 그런데 신데렐라?

"누가 신데렐라예요?"

"정해진 시간이면 어김없이 사라지니까."

"어차피 퇴근하면 볼 사이 아니잖아요."

말을 뱉고 나서야 후회했다. 살살 달래도 모자랄 마당에 또 거칠게 말이 나와 버렸다. 아니, 이건 그가 잘못했다. 퇴근해서 집으로 들어가는 그 순간부터 머릿속을 잠식하는 건 그와 수석 조향사 백서휘였다. 사사로이 집까지 드나드는 사이면서, 모든 사원이 무서워하는 마왕을 아무렇지도 않게 이름을 부르는 여자가 떠올랐다.

두 사람이 무엇을 하든 상관할 바는 아니지만, 괜히 스캔들이라도 나면 회장실로 불려 다닐 사람은 자신이다.

'비서가 단순히 업무만 돕는 게 아니야. 임 이사 스캔들 한 번에 주가가 얼마나 오르내리는지 몰라서 그래?'

잘못은 아들이 했는데 회장님은 자신에게 책임을 전가할지도 모른다.

"퇴근하면 볼 사이가 아니야?"

"……네, 일단은……."

뒤에서 묵직하게 당기던 힘이 사라졌다. 놓은 걸까? 뒤에서 잡아당기는 힘은 약해졌는데 걸음이 무거워졌다. 신경 쓰는 게 아닌데. 별로 신경 쓰고 싶지 않은 사람인데…….

급하게 걸음을 옮겼다. 3층까지 계단을 밟아 올라가는 그녀의 뒤로 남자의 발소리도 함께였다. 도대체 이 사람은 언제쯤 옆집에서 이사를 나갈 작정인 걸까? 설마 고작 한 번 찼다고 평생을 옆에 들러붙어서 괴롭힐 작정일까?

"안녕히 주무세요."

뒤따라오던 그에게 급하게 인사하고 열쇠로 문을 열려던 찰나였다. 그의 손이 세영이 열려던 문을 지그시 누르며 닫아버렸다. 놀란 바람에 열쇠를 떨어뜨렸다. 그의 숨소리가 크게 들렸다.

"뭐하는 거예요?"

"할 말 있어서."

그녀는 그와 할 말이 없었다. 바라는 거라면 제발 자신에게 관심 좀 꺼주는 것 밖에 없었다.

"요 며칠 박세영 씨를 관찰했거든. 나름 위치가 위치인지라 사람 관찰하는 거 좋아해."

"누굴 구경거리로 아세요?"

"구경거리? 누가 구경거리로 여겼대? 보고 싶으니까 본 거지."

고개가 무거워서 들 수가 없다. 도대체 이번에는 얼마나 폭탄 발언을 하시려고 이렇게 뜸을 들이는 걸까? 좀처럼 종잡을 수 없는 사람이다.

제발, 제발 날 좀 그냥 내버려 둬.

"나랑 백서휘 아무 사이 아니야."

마치 마음을 들여다본 듯이 나온 말에 그녀는 당혹스러움을 감추고 몸을 돌렸다. 벽에 두 손바닥을 대고 그대로 두 팔 사이에 자신을 가둔 채 가만히 내려다보는 그가 보였다. 은은하게 주변을 밝히는 복도의 센서등 때문에 얼굴은 제대로 보이지 않았지만, 한 가지 확실한 건 바로 이마에 숨결이 닿을 정도로 아주 가까웠다.

"아직도 오해하는 것 같아서 말하는 거야."

아니, 이건 정곡을 찔린 게 아니다. 단순히 그의 비서이기 때문에 피곤한 일은 만들고 싶지 않아서 발악을 한 것뿐이다. 그것뿐인데…… 왜 안심이 되는 거지?

"그게…… 저랑 무슨 상관인데요?"

"상관이 없어요? 엄청 신경 쓰시는 것 같아서 말해주는 거야. 여전히 오해를 하고 있나 싶어서. 좋아하는 사람한테 오해받는 건 정말 싫거든."

그의 말투는 상냥했다. 소리가 부딪치는 고막이 녹아버릴 정도로. 어느덧 꺼끌꺼끌하게 느껴지던 공기마저도 상냥하게 느껴졌다. 최악이다. 이러니까 꼭 이 사람에게 관심이 있었다는 듯이 느껴진다. 관심 따위 없는데…… 없어야 하는데…….

"그 녀석 나랑 어렸을 때부터 친구야. 어머니끼리도 아는 사이고. 중요한 게 뭔지 알아?"

"……."

그가 고개를 숙였다. 귓가로 더운 숨결이 느껴졌다. 귀며, 목덜미가 녹아버릴 것 같았다.

"내가 관심 있는 건 박세영 씨 하나라는 거야. 그러니까 하나만 말할게."

"……."

"출근하면 질투 나서 미치겠으니까. 차 비서랑 둘이 친하게 지내지 마."

발끝을 몽글몽글 간질이던 이상한 감각이 살갗을 타고 올라왔다. 간질간질한 것만이 아니라 뜨겁기도 했다. 그동안 가슴속에 응어리진 채 내려가지 않던 답답한 것이 스르르 녹아서 사라지는 듯싶었다. 얼굴이 뜨거워졌다. 어두운 곳이라 다행이다. 신체 변화를 그가 모르니까.

"무슨…… 말이에요. 질투를 왜 해요."

퉁명스러운 말에도 그의 말은 자상하기만 했다. 마치 그녀가 그동안 날을 세우고 있던 이유를 안다는 듯이. 벽에 대고 있던 차가운 손이 그녀의 뺨을 쓰다듬었다. 순간 기분 좋은 소름이 오소소 돋았다.

"반지까지 주면서 고백했던 일은 잊었어?"

술도 먹지 않았는데 술을 먹은 듯 정신이 몽롱해졌다. 툭하면 자신을 혼내던 그 악당이 맞는 걸까? 그가 이렇게 부드럽게 말할 줄도 알았던 남자던가? 정신이 나갔나 보다. 따스한 그를 마주하고 있는 것이 생각보다 기분이 좋았다.

"그래서 언제쯤 넘어와 줄래? 나랑 계속 이렇게 계속 척지고 있을 거야?"

"6개월 시간 주신다면서요."

"정말 6개월 다 채우려고?"

그가 장난스럽게 웃었다. 6개월이라는 말을 왜 먼저 뱉어버린 걸까? 그에게 여지를 준 것이나 다름없다. 고백을 뻥 차버린 주제에 그에게 여자로서 관심이 동했다는 걸 그가 알아버리고 말았다.

"그리고 수석 조향사님이랑 그렇고 그런 사이라는 거 별로 의심 안 했어요. 호, 혼자 오해하신 건 본부장님이세요."

"그래? 내가 괜한 소릴 한 건가?"

그가 양쪽 입가를 당겨 웃었다. 이 남자 안 믿고 있다. 망했다.

"본부장님이 좋다고 하면 전 무조건 받아들여야 돼요?"

"아니, 그건 아니지. 나중에 나 좋아 죽으면 어쩌려고 이렇게 차갑나 몰라?"

뻔뻔하다. 근데 그 뻔뻔함이 과하지 않고 참 적당해서 듣기 좋다는 게 문제다.

"진짜 이상한 소릴 하시네요. 저, 저는 들어갈게요! 안녕히 주무세요."

또 붙잡겠지라는 생각과 달리 그는 너무도 순순히 슬쩍 옆으로 비켜주었다. 반쯤 열려있던 문을 열고 들어가자마자 문에 등을 기댄 채 주르륵 미끄러지듯 주저앉았다.

"하아…… 하아……."

전력 질주를 한 것처럼 가슴께가 뻐근했다. 그제야 제 속도를 잃고 방방 뛰기 시작한 심장을 느끼고는 손으로 쓸어내렸다.

아무래도 저 또라이가 옆집으로 이사 오는 바람에 옮았나 보다. 수석 조향사와 아무 사이도 아니라는 말 때문에 자꾸 비식 웃음이 새어 나오려는 자신이 너무 낯설었다.

"하아씨, 몰라. 나 미쳤나봐."

* * *

향수를 만드는 방법은 지극히 간단하다. 향기를 응축한 에센셜 오일을 에탄올에 적정 비율로 섞는다. 향수가 비싼 이유는 원료가 비싸서가 아니라 향수 노트 때문이다. 모두가 향수는 만들 수 있지만, 아무나 만든 향수가 좋은 향기를 내는 법은 있을 수 없다.

도현은 향수라고 해봐야 써본 건 그냥 유명 브랜드 혹은 인터넷에서 산 유명 상품이 다였다. 지금이야 향수 사업부 본부장의 비서로서 이것저것 공부해보는 중이지만, 생각보다 향기라는 영역이 참 묘하다는 느낌을 받을 때가 많았다.

시간은 오후 10시, 어느덧 야근을 끝내고 집으로 돌아갈 때가 되었다. 요 며칠, 무슨 일이 있었는지는 모르겠지만 본부장과 선배 비서가 늘 함께 다니기 시작했다. 단순히 옆집에 사니까 당연히 출퇴근도 같이 하겠다 싶지만 함께 있는 그들을 보면 가슴 한

구석이 시큰거리기도 했다.

퇴근 전, 연구팀으로부터 받은 샘플 향수를 손목에 분사하고 문지르려던 찰나였다.

"향수는 문지르면 안 돼요."

또각또각, 여자의 구두 소리가 빈 복도에 울렸다. 낯설지만 아는 목소리였다. 자연스럽게 자리에서 일어나 그녀를 향해 미소지었다. 골백번도 더 연습했던 비서의 미소였다.

"이 늦은 시간에 어쩐 일이세요?"

"오늘도 그 워커홀릭이 일찍 퇴근한 모양이죠?"

그녀는 불이 꺼진 본부장실을 조금은 애처로운 눈빛으로 바라보았다. 나름 그가 불쌍해서 연애 조언도 해주었고, 늘 함께 퇴근하는 두 사람을 보면서 어느 정도 진전이 있었구나 생각은 했는데. 이렇게 얼굴 보기가 힘들어질 줄은 몰랐다. 그러면서 가슴 한구석이 시리다는 느낌도 들었다.

그의 행복이 그를 사랑하는 방법이라고 생각했는데, 막상 상황이 닥치고 나서야 뒤늦게 깨달았다. 아직 임수현을 잊지 못했다고.

불이 꺼진 본부장실을 보며 아무 말도 않는 그녀에게 도현이 가까이 다가섰다.

"남기실 말씀 있으시면 제가 전하겠습니다."

"아뇨."

그녀가 눈동자만 굴려 도현을 눈에 담았다.

"그러지 않아도 돼요. 샘플로 보낸 향수 평이 듣고 싶을 뿐이었으니까."

"안 그래도 연구팀에서 제게도 하나 보내셔서요. 의외예요. 당연히 여성용 향수를 먼저 출시할 거라고 생각했는데."

그는 잠시 말을 멈추고 손목을 자신의 얼굴 앞에서 살짝 흔들었다. 향수는 대놓고 맡기 보다 슬쩍 흘리듯이 맡을 때가 가장 정확하다니까.

"외람되지만 말씀드리겠습니다."

그제야 눈동자뿐 아니라 몸도 그의 방향으로 돌리고 살짝 두 팔을 꼬아 팔짱을 꼈다. 임수현에게 컨펌을 받는 것이 아님에도 묘하게 긴장이 되었다. 그와 스타일이 비슷한 남자이기 때문이었다. 비서 주제에 마치 본부장처럼 차려입은 그가 눈에 들어왔다.

"일단, 남자 향수 치고는 꽃향기가 강합니다. 무슨 꽃인진 정확히 모르겠습니다만. 대나무 향기도 나는 듯하고요. 비가 내린 숲이 생각나기도 합니다."

서휘는 속으로 놀라는 중이었다. 향수에 대해 깊이 공부하지 않은 듯하면서, 그 수많은 향기를 전부는 아니지만 조금씩 잡아내고 있었다.

"그리고 무엇보다 이 향기 본부장님이 생각납니다만."

눈을 감고 향기를 음미하던 그가 스르르 눈꺼풀을 들어 올리며 대답했다. 정확했다. 임수현을 보았을 때 첫 느낌은 차갑고, 두 번째 느낌은 익숙하며, 세 번째 느낌은 따스하다. 친구로 지내기 때문에 쉽게 여기지만 본래는 참 어려운 남자다.

"생각보다 후각이 좋네요?"

"요즘 향기에 대해서 공부 중입니다. 수석 조향사님께 칭찬을 들으니 기분이 묘합니다."

"어쨌든 고마워요. 평 잘 들었어요."

만날 사람은 자리에 없고, 연락도 없다. 굳이 모르는 남자와 계속 서 있을 이유는 없었다. 막 뒤돌아 복도 끝 엘리베이터로 향하려는 그녀를 향해 도현이 말했다.

"혹시 본부장님 좋아하십니까?"

"……."

"본부장님을 테마로 만든 겁니까?"

생각보다 당돌한 비서다. 약혼자까지 있는 여자한테 도대체 뭘 묻는 건지 본인은 이해하고 있는 걸까? 굳이 대답할 가치를 느끼지 못한 그녀는 대답 대신 또각또각 소리를 내며 그 자리를 벗어났다.

* * *

추적추적 굵은 빗방울이 창문을 두드렸다. 회의 자료를 보다 그대로 소파에 잠들었던 수현은 우르릉 쾅쾅 천둥 치는 소리에 그제야 무거운 눈꺼풀을 들어 올렸다. 어두워서 지금이 아침인지 뭔지 제대로 가늠하지 못했다. 탁자에 버려진 듯 놓여 있던 휴대폰을 들어 확인하고 나서야, 출근할 시간이 거의 임박했음을 깨달았다.

길게 하품을 하며 자리에서 일어나 출근 준비를 하기 시작했다. 본래의 성정이라면 야근도 불사하는 몸이지만, 그녀와 함께 퇴근하고 싶다는 생각으로 일거리를 집으로 가져오기 시작했다. 집이면 일이 제대로 안 될 거라고 생각했는데 의외로 집중이 더 잘 된 편이랄까?

거실의 커다란 전신거울을 보며 넥타이를 매던 그는 거울 옆 얇은 벽을 매만졌다. 아마 그녀도 바쁘게 출근 준비를 서두르고 있겠지. 조금 뒤면 만나겠지만 그는 이 시간부터 늘 설레곤 했다.

거울 속 아주 완벽하게 매만져진 남자를 확인하고 현관 앞에 섰다. 그러나 바로 나가진 않고 멀뚱히 서서 손목시계의 초침을 바라보았다.

초침이 4를 지나가는 그 순간.

째깍 째깍 째깍!

문고리를 돌렸다. 어떻게든 마주치려고 그녀와 함께 출퇴근을 했던 닷새 동안 알아낸 사실이었다. 그러나 문 바깥으로 나선 그의 표정으로는 당혹감이 일었다. 그녀의 집 현관문은 꽉 닫힌 채 열리지 않았기 때문이었다.

'뭐야. 오늘은 좀 늦나?'

먼저 나갔다면 나가는 소리라도 들었을 텐데 듣지 못했다. 어느덧 초침은 4를 지나 6을 지나가고 있었다. 조금은 기다리는 것도 나쁘지 않았다. 그것을 빌미로 그녀에게 데이트 신청할 수도 있을 테고. 그대로 문 옆에 등을 대고 잠시 기다렸다. 바깥으로는 쾅쾅 천둥소리가 세차게 울렸지만, 그의 신경은 오로지 그녀의 집에만 집중했다.

"비서 주제에 감히 본부장보다 늦게 나와? 나오기만 해봐."

으름장을 놓듯 나온 말과는 다르게 그의 표정에는 웃음기가
가득했다.

* * *

침대는 방금 막 누군가가 일어난 듯 흐트러져 있었다. 꺼지지
않은 가로등의 불빛이 들어오는 유리창의 그림자가 침대에 가득
드리워졌다. 주르륵주르륵 미끄러지는 빗물의 형태가 기괴하고
음산했다.

"흑흑! 흐흐흑!"

울음소리는 침실 구석에 놓여 있던 옷장에서 울렸다. 전화를
꽉 쥐고 바들바들 떨던 그녀는 바깥에서 다시 한 번 세차게 치는
천둥소리를 듣고 두 손으로 두 귀를 막았다.

"흐흑!"

눈을 질끈 감고 이 공포가 빨리 끝나기를 기다렸다.

'세영아, 아빠 손잡아. 응? 괜찮아. 괜찮아. 이리 와.'

갑자기 두통이 일었다. 비탈길을 데굴데굴 구르던 차에서 부딪
쳤던 정수리가 뻐근했다.

"흐흑! 흑!"

제발 누가 좀 도와줘.

쿵!

옷장 바닥에 몸이 쓰러졌다. 여전히 두 손으로는 두 귀를 막은
채로. 눈을 질끈 감았던 눈꺼풀 위로 밝은 빛이 퍼졌다. 눈꺼풀을

간질이던 것은 휴대폰의 밝은 빛이었다. 천둥이 치면 늘 있던 일인데 오늘은 이상하게 생각나는 사람이 있다.

* * *

운전대를 잡은 손이 하얗게 질렸다. 너무 세게 쥔 탓에 손가락 뼈가 도드라졌다. 전방을 주시 중인 그의 표정은 불만으로 가득했다.

'감히 먼저 가?'

들이대서 화가 났나? 화를 낼 이유가 있나? 자신은 그저 서휘와 아무 사이가 아니라는 오해를 풀고 싶었을 뿐이다. 하지만 현실은 결국 박세영을 만나지 못했다. 별로 자신의 말을 믿지 못하는지 그녀는 결국 나타나지 않았다. 문을 두드려도 응답이 없었다. 한참을 씨름하다 서휘의 전화를 받고 발길을 돌려야 했다.

"임수현, 너까지 얼굴에 천둥 칠래?"

조수석에 세영 대신 앉은 서휘가 화장품 뚜껑을 닫으며 볼멘소리를 했다. 차라리 조수석은 비워두고 가고 싶었건만 급하게 회의자료를 받아야 한다며 부산을 떤 서휘 때문에 어쩔 수가 없었다. 가뜩이나 어제 샘플로 보낸 향수를 시향도 하지 않았다고 하니 섭섭한 기운이 가득이라 그녀와는 생각지도 않았던 카풀을 하는 중이었다.

"뭔 천둥. 너야말로 왜 우리 집에 그 중요한 자료 두고 갔냐?"

"사람이 살다 보면 깜빡할 수도 있는 거지. 왜? 세영 씨 대신

142

내가 앉아서 싫어?"

수현은 대답하지 않고 피곤한 표정으로 서휘를 한 번 노려보고는 다시 앞을 주시했다. 불만이 있는 건 사실이지만, 서휘가 앉아서 불만인 건 아니다. 세영이 자신만 버려두고 먼저 출근해버린 것이 불만이지.

"근데 별일이다?"

"뭐가."

여전히 이놈은 자신에게 무뚝뚝하다. 아무리 살갑게 대한다고 한들 그 살가움이 되돌아오지 않는다. 그래서 이놈에게 이별을 고했었다. 자신이 없으면 죽을 것 같다는 남자를 택했다. 그런데 평생을 살면서 알지 못했던 이놈의 모습을 봤기 때문일까? 요즘은 이상하게 이놈이 탐난다. 약혼자가 있음에도.

"네가 비서 하나에 이렇게 휘둘릴 줄은 몰랐거든."

"휘둘리긴 누가 휘둘려?"

저렇게 성을 내며 말하는 것, 그 자체도 처음이다. 차라리 틱틱대면 몰라도 지금 그의 모습은 서휘의 가슴에 커다란 구멍을 만들어내고 있었다.

"너한테 그딴 조언 따위 하는 게 아니었어."

"뭐?"

서휘가 혼잣말을 흘리고 막 조수석 쪽 창밖으로 시선을 돌렸을 때였다.

지이잉! 지이잉!

조수석과 운전석 사이 컵홀더에 잠시 끼워둔 전화가 요란하게 울렸다. 막 신호를 받아 출발한 차에서 전화를 확인할 수 없었지만, 그래도 박세영일지도 모른다는 생각에 손을 뻗었던 그는 전화 대신 만져지는 서휘의 손을 깨닫고 이맛살을 구겼다.

"뭐야? 내 전화 어디 있어?"

그녀가 액정에 뜬 번호를 확인하더니, 아무렇지도 않은 듯 전화를 끊어버리고는 말했다.

"스팸이야. 신경 끄고 운전이나 해."

다시 그가 운전대를 잡는 것을 본 서휘는 살짝 고개를 돌렸다. 그러고는 조수석 창으로 보이는 비에 물든 도시의 풍경으로 시선을 옮기고는 아랫입술을 깨물었다. 방금 자신이 저지른 엄청난 짓을 이해할 수가 없는 듯했다.

* * *

회사에 도착하자마자 은근히 눈치를 줄 생각이었다. 상사를 밖에서 기다리게 하더니 아무 말도 없이 출근했느냐고. 그러나 본부장실 앞 복도에 선 수현은 우두망찰했다. 데스크를 지키고 있는 건 그 재수 없는 놈 하나뿐이었다.

"오셨습니까. 본부장님."

"……박 비서는 어디 있습니까?"

허리를 숙여 인사하던 도현이 곧 의문스러운 표정을 지었다. 같이 올 줄 알았던 두 사람 중 하나가 한 사람의 행방을 묻는다.

"아직 오지 않으셨습니다만……."

수현의 표정은 불안으로 일그러졌다. 당연히 있을 거라고 생각했는데 그녀가 없다. 무슨 일이 생긴 것이 분명하다. 그게 아니고서는 3개월 넘게 성실하게 근무하던 그녀가 무단결근을 할 이유가 없다.

생각하고 자시고 할 것이 없었다. 급하게 몸을 돌렸다. 아무리 문을 두드려도 나오지 않았으니 바깥에서 일이라도 생긴 건가? 오는 도중에 사고라도 났으면 어쩌지? 불안은 심장을 발끝부터 머리끝까지 가만히 있지 못하게 만들었다.

"임수현! 너 어디 가!"

그때 그와 함께 본부장실로 올라왔던 서휘가 그의 팔뚝을 붙잡았다. 너무 급박한 상황에 그녀가 옆에 있다는 것도 잊고 있었다. 그는 서휘의 손을 부드럽게 쳐내며 입을 열었다.

"놔줘. 나 가야 돼."

"오겠지. 무슨 일이 있으면 연락이 올 거고."

"연락이 없잖아. 지금이 몇 신줄 알아? 평소보다도 15분 늦었어. 박세영이 늦을 리가 없다고."

그래. 자신의 완벽한 비서는 한 번도 결근도, 지각도 한 적이 없다. 지각이라고 해봐야 평소보다 5분 늦은 게 다였으니까 공식적인 지각은 한 번도 한 적이 없다. 출근하면 늘 비서데스크에 앉아 있다가 자신을 맞이했고, 커피를 타주었다.

"야, 너 본부장이야. 고작 비서가 늦는 건데 왜 이렇게 호들갑이야? 넌 지금부터 나랑 할 일 있잖아. 그것 때문에 아침에 같이 출근한 거고. 잊었어?

고작 비서?

수현이 인상을 구겼다. 그의 팔뚝을 붙잡고 놓지 않으려던 서휘는 처음 보는 그의 험악한 표정에 당황하며 자기도 모르게 한 발자국 뒷걸음질 쳤다. 학교를 다니던 시절에도 자신을 귀찮게 하는 여자들이 있어도 한 번도 화를 내지 않았던 놈이다. 그런 놈이 지금은⋯⋯.

"좋은 말 할 때 놔. 너한테까지 화내고 싶지 않아."

그는 이미 화내고 있었다. 학창시절 자신이 먼저 그를 찼을 때도 그는 화는커녕 어이없다는 표정도 짓지 않았다. 그저 왜 헤어지느냐고 따지듯 묻기만 하고 순순히 자신을 놔주었을 뿐이었다. 전두엽에 감정을 느끼는 부분이 있긴 있을까 의심스럽던 그놈이 지금 화를 낸다. 고작 비서 하나 때문에 이렇게 변할 수 있을까.

그녀는 조심스럽게 수현의 팔뚝을 놓았다. 저항하는 힘이 사라지자마자 그가 급하게 엘리베이터를 타고 내려갔다. 망연자실한 채, 아니, 조금은 슬픈 표정으로 얼굴을 일그러뜨린 채 서 있던 그녀의 뒤로 긴 그림자가 드리워졌다.

"좋아하시죠? 본부장님."

"⋯⋯."

"근데 다른 여자를 좋아하시네요."

"⋯⋯."

그의 재수 없는 남자 비서가 굳이 확인사살까지 시켜준다. 그녀는 뒤돌아 당돌한 비서를 향해 입을 열었다.

"비서 주제에 다른 사람 일에 관심이 많네요? 비서면 비서답게

146

굴어요. 오너 일가에 관심 갖지 말고, 주어진 일이나 해요. 선배 비서들이 그렇게 말 안 하던가요? 눈 감고 귀 막으라고."

또각또각 화가 가라앉지 않은 구두 소리가 복도에 울렸다. 그러나 그것도 얼마 가지 않아 멈췄다. 도현이 그녀를 붙잡았기 때문이었다. 생각해보면 처음 봤을 때부터 참 거슬리는 게 많은 비서였다.

"오해 마십시오. 오너 일가에 관심이 있는 게 아닙니다."

고작 그런 얘기 하려고 지금 붙잡은 거야?

그녀가 서슬 퍼런 눈으로 도현을 쏘아보았다. 그러나 그는 흔들림 없이 허리를 살짝 숙여 그녀의 귓가로 속삭였다. 처음부터 서휘는 안중에 없었다는 듯한 행동이었다.

"제가 관심 있는 건 본부장님이지, 오너 일가가 아니거든요."

그의 회심에 찬 말에 그녀는 도현을 노려보던 것도 잊은 채 저도 모르게 입술을 벌리고 들어선 안 될 말을 들은 표정을 지었다.

"그럼 살펴 가십시오. 본부장님 돌아오시면 제가 연락 넣어드리겠습니다. 그럼."

남자가 뒤돌아 도로 자신의 비서 데스크로 향했다. 멀뚱히 그의 뒷모습이 보이지 않을 때까지 지켜보던 서휘는 '허!'하고 어이없는 웃음소리를 내고 뒤돌아 엘리베이터 앞에 섰다.

＊ ＊ ＊

「고객님이 전화를 받지 않습니다. 삐 소리 후, 음성사서함으로 연결됩니다.」

살면서 이렇게 불안에 떨어본 적이 있었나? 전화를 붙들고 있는 손이 하얗게 질리다 못해 뼈가 뚫고 나올 듯이 뼈마디가 튀어나 왔다. 신경질적으로 조수석에 전화를 내던지고 운전대를 잡았다. 그러나 막상 출발할 수가 없었다. 어디로 가야 그녀를 찾을 수 있 는지 모른다. 좋아한다면서 여전히 그녀에 대해서 아는 게 없다.

"젠장."

아니야. 침착해야 돼. 침착하게. 난 할 수 있는 일이 많잖아.

조수석에 거칠게 던져 놓았던 전화가 눈에 들어왔다. 자신이기 에 할 수 있는 일이 떠올랐다.

"아, 윤 실장. 나예요."

그는 불안으로 방망이질치는 심장을 가라앉히며 차에 시동을 걸었다.

"당장 일 하나만 부탁할게요. 부탁할 사람이 진짜 실장님 밖에 없어요."

-예?

수화기 너머 상황 파악을 하지 못한 윤 실장의 당황한 목소리 가 들렸지만, 남의 기분까지 생각해줄 여유가 없었다.

"한 번만 말할 테니까 잘 들어요. 오늘 교통사고내역, 박세영 씨 휴대폰 위치 추적, 집 근처 CCTV, 블랙박스 다 조회해요."

-하, 하지만 이사님 그건 제가 사사로이.

"부탁해요. 그 정도 능력 있으니까 대기업 회장님 비서실장 하 고 있잖아요?"

-이사님!

그의 말이 끝나지 않았음에도 전화를 끊고 조수석에 던졌다. 자, 그럼 일단 어디로 가지? 차에 시동은 걸었지만 쉽사리 나아갈 수는 없었다. 그는 다시 한 번 세영에게 전화를 걸기로 했다. 운이 좋으면 받는 것이고, 아니면 할 수 없다. 발바닥에 불이 나게 찾아다니는 수밖에는 달리 방법이 없다.

뚜르르- 뚜르르-

꽤 많은 신호음이 울렸지만 들리는 음성은 아까와 똑같았다.

「고객님이 전화를 받지 않습니다. 삐 소리 후, 음성사서함으로 연결됩니다.」

Chapter **3**

진심이 닿다

「세영이는 엄마 보물이야.」

아득히 먼 곳에서 들려오는 것 같았는데 소리는 점점 지척으로 다가왔다. 옷장에 갇힌 채 눈을 질끈 감고 바들바들 떨던 그녀도 그제야 슬쩍 눈을 떴다. 잠시 눈을 의심했다. 분명히 옷장에 있었는데 눈앞으로 펼쳐진 광경은 옷장이 아니었다.

"왜 벌써 일어났어."

엄마?

비가 내리는 길을 달리고 있는 차 안. 지독한 악몽이 시작되고 있음을 깨달았다. 앞 좌석에 앉은 엄마, 운전석에서 운전대를 잡고 간간이 대꾸하는 아빠의 뒷모습이 보였다. 백미러로 그의 눈과 마주쳤다.

"조금 더 자지 그래, 우리 공주님. 아직 집에 도착하려면 한참 남았는데."

이 인사는 17년 전에도 들었고, 매번 천둥이 치는 날이면 머릿속에서 재생하는 것들이었다.

하아! 하아! 하아!

그녀의 숨이 거칠어졌다. 잊고 싶어도 절대 잊을 수 없는 광경이 뇌리를 스치고 지나갔다. 운전대를 잡고 있는 아빠, 바깥을 보며 걱정스럽게 중얼거리는 엄마, 앞 유리가 보이지 않을 정도로 세차게 내리는 빗줄기, 어두운 고속도로, 갑자기 환해지는 주변 환경까지 재생되었다.

안 돼! 앞에 트럭이!

나이가 막 두 자리가 됐을 무렵 겪었던 일은 쉽사리 잊히지 않았다. 잊어버리려고 애를 쓰면 쓸수록 더 선명해질 뿐이었다. 살짝 뒤를 보던 아빠의 환한 표정과 미처 감지하지 못했던 환한 쌍라이트가 눈앞으로 다가왔다.

안 돼! 안 돼! 제발 그만!

우르릉 쾅쾅! 우르릉 쾅쾅! 굵은 빗줄기들 사이로 천둥이 몰아쳤다. 머릿속으로 천둥이 치는 것 같다. 머리를 지끈 지끈하게 만드는 편두통이 일었다. 들리지 않아야 하는 그날의 비명이 고막을 울리는 것 같았다.

무력했다. 할 수 있는 게 아무것도 없다. 그저 사고가 나는 가족들을 바라보는 방법 밖에는. 그녀는 다시 눈을 감았다. 악몽을 볼 바엔 차라리 아무것도 보지 못하는 게 나으니까. 지금 바라는 건 눈앞에 보이는 이 악몽이 부디 끝나는 것이었다.

쾅! 쾅! 쾅!

그리고 그때 누군가가 문을 세차게 두드렸다.

* * *

계속 허탕이었다. 얼마나 돌아다녔을까? 윤 실장의 연락을 받고 도로 집으로 돌아왔다. 이 근방에서 신호가 끊겼다고 했다. 그렇다면 답은 하나였다. 아예 여기에서 나오지 않았거나, 휴대전화가 여기에 떨어져 있거나. 그는 다시 한 번 귀에 전화를 대고 집중했다.

「전화기가 꺼져 있습니다. 잠시 후 다시 걸어주세요.」

아까까지는 그저 받지 않았던 전화가 이젠 아예 꺼져버렸다. 세영에 대한 걱정으로 먹먹할 때는 이미 지났다. 그는 무슨 일이 있어도 그녀를 찾을 생각이었다. 자신을 아침부터 바람맞혔던 그 빌어먹을 비서를 꼭 찾아야 한다.

출근할 때와는 달리 차에서 내린 그는 몹시도 망가져있었다. 반듯하게 정리되었던 머리는 헝클어졌고, 칼 각을 잡아 주름 하나 없이 빳빳하던 정장은 잔뜩 구겨져 빗물에 젖어 본래의 색을 잃은 지 오래였다.

온갖 생각을 다 했다. 혹시 자신이 싫어서 말도 없이 결근을 한 건지, 어디가 아픈 건지, 그도 아니라면 증발을 했다든지.

'주변에 있던 차들이 모두 빠져나간 터라 블랙박스 조사는 어려웠지만 방범용 CCTV 조회는 마쳤습니다. 박 비서가 나간 흔적은 없었습니다. 그런데 박 비서는 왜 찾으십니까? 갑자기 사라졌습니까?'

전화로 자신의 지시사항을 전달하는 윤 실장에게서 자신을 의심하는 듯한 분위기를 느꼈지만 굳이 들추지는 않았다. 괜히 일을 크게 벌였다가 그녀를 곤란하게 할 수도 있는 노릇이었다.

'제발. 부탁이니까 제발 집에만 있어라.'

쾅! 쾅! 쾅!

문 앞에 서자마자 세차게 문을 두드렸다. 뭐가 됐든 만일 집에 있다면 얼굴이라도 보여줬으면 했다. 불안해서 미칠 지경이었으니까.

"박세영!"

이제 이곳이 아니면 더는 그녀를 찾을 곳이 어딘지 모른다. 그녀의 가족이 누군지도 모르고, 가까운 친구가 누군지는 더더욱 모르고, 갑자기 어딘가로 훌쩍 떠난다면 어디로 갈 계획인지도 모른다. 하나도 아는 것이 없다. 좋아한다면서 아는 정보는 그녀가 입사할 때 냈던 이력서에 있던 내용이 전부였다.

'최악이다. 임수현.'

쾅쾅 쾅! 문을 두드리는 손에 더욱 힘이 들어갔다. 문에 둔탁하게 부딪치는 손이 얼얼할 정도였다. 몇 번이고 계속 두드렸다.

어느덧 세차게 내리던 비도 그치고, 더는 천둥도 치지 않았다.

'제발 최악까진 가지 마라.'

경찰에 신고하는 건 최후로 미뤘다. 혹여나 그녀를 곤란하게 만들 수 있다는 생각 때문에. 하지만 꿈쩍도 하지 않는 현관문을 보고 있으니 괜한 걱정이었다는 생각이 들었다. 차라리 처음부터 신고를 했더라면 조금 더 빨리 그녀를 찾을 수 있었을지도 모른다고. 아니, 하물며 그녀가 세 들어 살고 있는 이 연립주택의 주인이라도 누군지 알았더라면 좋겠다 싶었다.

"박세영!"

몇 번이고 불렀지만 응답이 없었다. 이쯤이면 자신이 할 만큼은 한 것 같다. 아무리 재벌집 아들이라고 하더라도 공권력이 미치는 영역에 도달하기에는 한계가 있다. 차라리 처음부터 경찰에 신고를 했더라면 조금 더 빨리 그녀를 찾을 수 있었을 텐데.

불안감으로 전화를 들었다. 귀에 달라붙는 전화의 촉감이 아릴 정도로 차가웠다.

철컥!

그때 현관 안쪽에서 잠금이 벗겨지는 소리가 들렸다. 들을 수 없을 거라고 생각했던 기묘한 소리에 전화를 든 채 그대로 굳었다.

"누구세요."

다 죽어가는 목소리였다. 그녀가 집에 있었으면서 없는 척했다는 실망감이나 서운함보다도, 그녀가 연락을 받지 않아서 걱정을 끼쳤다는 분노보다도 먼저 앞서 달려 나온 건 안도였다.

눈앞에서 즉사해버린 가족들의 모습이 서서히 옅어졌을 무렵은 천둥이 멈춘 뒤였다. 을씨년스러운 분위기를 만들던 비도 그친 뒤였다. 그때 들린 소리였다. 쾅쾅! 현관문을 세차게 두드리는 소리. 천둥이 치는 소리에, 비가 내리는 소리에 듣지 못했던 작은 울림이었다.

열자마자 보인 건 흐트러진 모습으로 서 있는 그였다. 회사를 가지 않았다. 늘 함께 집 문을 열고 나와 어쩔 수 없이 맞닥뜨려서 하던 강제적 출근도 하지 못했다. 그제야 정신이 들었다. 시간은 벌써 오후 5시. 회사에 출근하기에는 지나치게 늦어버린 시간이다. 이 악질 워커홀릭이라면 화가 나고도 남는다. 아무리 좋아하는 여자라고 한들 일을 하는 데 있어서 개인감정을 섞는 사람은 절대 아니었으니까.

"아, 본부장님 그게……."

"……."

지나치게 조용한 그에게 눈도 마주치지 못하고 말은 덜덜 떨리며 입술 밖으로 비집고 나왔다.

"죄, 죄송합니다. 몸이 안 좋아서……."

사회가 돌아가는데 맞물리는 아주 작은 톱니바퀴로서 말도 안 되는 변명이었다. 아무리 아파도 다들 기를 쓰고 출근하고 자신의 자리에서 모든 책임을 다한다. 가뜩이나 자신은 본부장 비서실의 책임자이기도 했다. 책임과 의무를 중요시하는 그에게 씨알도 먹히지 않을 변명이었다.

이대로 그가 화를 낸다면 할 말이 없다. 무단결근한 건 자신의 잘못이니까. 아무리 천둥과 악몽에 시달렸다고 한들 그것까지 상

사가 신경 쓸 이유는 없다. 어디까지나 아주 개인적인 이유일뿐
이다.

고개를 푹 숙이고 그의 입이 열리기만을 기다렸다. 욕이든 뭐
든 빨리해줬으면 좋겠건만 그에게서는 한참 동안 말이 없었다.
고개가 무거워 갸우뚱하는 그 찰나였다.

"걱정했잖아."

"……."

비서로서의 책임과 의무를 물을 것이라고 생각했던 것과 달
리 그의 입에서 나온 말은 무척이나 상냥했다. 오히려 너무 놀라
서 딸꾹질이 나올 뻔했다. '네?'라고 되묻지도 못하고 몸을 따스
하게 감싸는 두 팔을 느꼈다. 그대로 그의 품에 안긴 채 멍한 표
정을 지었다. 그의 어깨너머로 보이는 하늘은 맑게 개었고, 해 질
녘의 붉은 기운이 그득했다.

"왜 전화 안 받았어?"

"……."

"한참 찾았잖아."

"……."

"아니, 됐다. 아팠으면 정신도 없었을 테니."

만나면, 만일 그녀가 문을 열고 나오면 비서 주제에 본부장인
자신을 걱정시키고, 무단결근까지 했다며 쏘아붙일 생각이었다.
그는 자신이 생각보다 모질지 못하다는 사실을 깨달았다. 화를
낼 수가 없다. 그녀를 만난 것만으로도 머리끝까지 솟았던 화가
가라앉았다. 아니, 애초에 화조차도 나지 않았다. 화가 난 척하고

있었을 뿐이다.

화를 낼 거라고 생각했는데 그의 표정엔 웃음기가 서려 있었다. 마치 다행이라는 듯이. 헝클어지고, 망가지고, 깔끔하지 못한 모습인데 어째서인지 사무실에서 말끔한 모습을 보았을 때보다 그가 더 편하게 느껴졌다.

"화 안 내세요?"

그녀가 물었다. 자신이 아는 본부장은 뒤처지는 사원들, 심지어 임원들까지도 인정사정 봐주지 않는 사람이다. '그렇게 일하고 월급 받아 가니까 좋아요?'라며 남들에겐 농담으로 들리지 않는 농담을 아무렇지도 않게 할 사람인데 왜 그의 표정에선 화가 보이지 않을까?

"넌 좋아하는 사람이 아픈데 화낼 수 있어?"

무언가가 심장을 꾹 눌렀다. 자기도 모르게 몸을 떨며 그에게서 한 걸음 물러났다. 지금 그의 모습은 자신이 알던 그가 아니었다. 아니, 자신에게 좋아한다고 고백을 한 이후로만 보였던 그였다. 그렇게 밀어내고 자존감 무너질 정도로 여자로서는 차가웠는데도 그를 얼리지 못했던 모양이다.

뒤로 물러서는 그녀를 느끼고 억세게 손목을 움켜잡았다.

"어디가 얼마나 아파? 열이라도 나는 거야?"

"아! 저!"

고개를 뒤로 뺄 사이도 없었다. 정신을 차렸을 땐 입술 표면으로 그의 덥고 습한 숨결이 느껴졌다. 마치 체온계가 된 것처럼 지그시 눈을 감고 세영의 이마에 자신의 이마를 붙인 채 가만히 그녀의 체온을 느꼈다.

너무 갑작스럽게 가까이 붙은 그를 깨닫고 고장 난 듯 방망이질 치던 심장은 더욱 부산스럽게 나부댔다.

'떨어져야 해. 떨어져야 하는데.'

몸이 말을 듣질 않았다. 그에게서 풍기는 은근한 비 비린내와 습한 기운이 싫지 않았다. 5년 전, 대학생일 때 마지막으로 했던 연애 이후로 이렇게 남자가 가까이 붙은 건 처음이었다. 이전에도 그와 가깝게 붙었다고는 하지만 입술 사이에 약 1cm의 틈만 놓고 가까웠던 건 아니었으니까.

그녀와 이마키스를 한 채 가만히 체온을 느끼던 그가 스르르 눈을 떴다. 제발 떨어져 주었으면 했건만 그는 이마를 붙인 채 입을 열었다.

"열 있는 것 같은데?"

그제야 그가 떨어졌다. 시선을 내려 그의 눈을 마주치지 않으려고 했지만 허사였다. 비에 젖은 손이 불쑥 그녀의 이마를 짚었으니까. 어쩔 수 없이 고개가 들렸다. 걱정스러운 눈으로 내려다보는 차갑지만 따스한 눈동자와 마주쳤다.

"얼굴도 빨갛고."

이마를 짚었던 손은 뺨을 쓰다듬었다. 그녀의 체온보다 조금 더 낮았던 그의 체온은 차갑게 느껴졌다. 오히려 점점 열이 오르던 상황이라 보드랍게 닿은 낮은 체온은 기분 좋게 그녀의 이마를 식혔다. 속에서 몽글몽글 이상한 기분이 퍼졌다.

"병원에 가는 게 좋겠어."

"그 정도는 아니에요. 그냥 쉬면 나아요."

억지로 끌고 갈까 생각도 했지만 억지로 그녀를 피곤하게 만들 필요까지는 없었다. 열이 나긴 하지만 미열이었고 엄청 아픈 것 같지는 않았으니까.

"가서 눕자."

이대로 두면 그가 집으로 들어오게 될 텐데 몸은 말을 듣지 않았다. 그가 시키는 대로 침실로 들어가 반듯하게 누웠다.

"약은?"

그녀가 눕자마자 허둥지둥 침대 협탁을 뒤지는 그를 향해 고개를 저었다. 약 따위는…… 병원도, 약국도 다녀오지 않았는데 있을 리가. '준비성도 없네.'라며 중얼거리던 그가 별안간 벌떡 일어나더니 말도 없이 현관문을 나섰다. 갑자기 오른 열 때문에 생각이라는 것을 제대로 하기가 힘들다. 그저 지금 생각하는 건.

'날…… 심심풀이가 아니라 정말 좋아하는 건가?'

라는 의심. 그에게 관심이 가더라도 그 관심은 비서로서였고, 어차피 꺼질 관심이라고 생각해야 했다. 그가 자신에게 고백한 건 바쁘고 중대한 업무에서 받은 스트레스를 잠시라도 해소할 심심풀이였을 거니까. 그런데 지금 와서는 자신의 판단이 맞는지 의심스러웠다.

"밥은 먹었어?"

어느덧 다시 현관문을 넘어 들어온 그가 세영의 앞에 몸을 낮추어 앉았다. 그의 손에는 해열제가 들려 있었다. 아마도 제집에서 가져온 듯 보였다. 한낱 비서에게 본부장이 이렇게 친절할 이유는 없다. 고백도 그렇게 매몰차게 거절했는데. 이 사람에겐 치욕 세포라는 게 없는 걸까? 아니면 정말 가지고 놀고 싶은 건가?

"아뇨. 아직이요."

"잠깐 있어봐. 죽이라도 먹고 약 먹어야지."

어딘가로 전화를 걸려는 그의 옷자락을 붙잡았다. 번호를 누르던 그 자세 그대로 그가 고개만 돌려 세영과 눈을 마주했다. 눈빛에는 걱정이 가득했다. 평소 알고 있던 짜증스러움이나 까칠함이 없다. 어쩌면 지금껏 그를 자기 마음대로 오해했을지도 모른다.

"왜 그래? 어디가 또 안 좋아?"

아니, 아파서 그런 게 아니다. 정말 궁금할 따름이다.

"저한테 왜 이렇게 잘해주세요?"

"……뭐?"

드디어 자신이 아는 표정이 나왔다. 조금 짜증이 서린 표정. 그 표정에는 면역이 되었다고 생각했는데 아직도 적응은 안 된 모양이다. 그가 짜증스러운 눈초리를 하자마자 시선을 피할 수밖에 없었다.

그에게서 아무 말이 없었다. 역시 실수한 거다. 가만히 있어야 했다. 그러나 입은 멋대로 움직였다.

"저는 그냥 비서잖아요. 본부장님처럼 잘 사는 집 자식도 아니고, 그렇다고 능력이 좋은 것도 아니에요. 장난치시는 거라면 그만두셨으면 좋겠어요."

그는 전화를 쥔 손을 내리고 똑바로 그녀를 바라보았다. 여태껏 자신을 밀어내던 그녀의 행동이 떠올랐다. 한 번도 자신이 쥔 모든 것을 후회스럽거나 거추장스럽다고 생각한 적 없었다. 당연했으니까. 좋은 집안, 좋은 차, 좋은 집, 좋은 반려동물, 좋은 블랙카드, 무엇하나 좋지 않은 게 없었다.

"장난?"

한순간이었다. 미처 알아채지도 못한 그 사이 그가 침대 위에 반듯하게 누워 있던 그녀의 위로 올라갔다. 그의 눈가에는 서운함이 가득했다. 그의 눈을 보고 나서야 가슴께가 뻐근해오는 것이 느껴졌다. 좋아한다는 여자에게서 장난치지 말라는 이야기까지 들었으니, 정말 자존감이 밑바닥까지 곤두박질쳤을 것이다.

"몇 번을 말해야 돼? 열 번은 넘게 말한 것 같고. 한 백 번? 천 번?"

마음의 문이 자신에게도 반쯤은 열린 것 같은데 필사적으로 거부하는 그녀에게 진절머리는커녕 오히려 정복욕이 솟았다.

"한 만 번은 말해줘야 해? 그럼 나한테 올 거야? 그래. 더 비참하게 만들어도 좋아. 어떤 말이든 해도 좋은데 하나만 말하자."

가까스로 그의 시선을 피해 천장에 눈을 고정시켰다. 그가 덮칠 듯이 침대 위에 올라온 것만으로도 가슴 한 구석이 시큰거렸다. 한 번도 느껴보지 못한 감각이다. 심지어 첫사랑이라고 생각했던 학교 선배와 CC를 했을 때도 이러진 않았다.

"내 진심까지 매도하지 마. 만 번이 필요하면 만 번이든, 몇 번이든 말해줄게."

귓가에 그의 목소리가 차갑게 스며들었다.

"네가 정말 좋다고."

그의 마지막 문장이 심장을 푹 찔러버렸다.

* * *

사람이란 늘 후회하는 존재라고 했다. 미처 생각하지 못하고 있다가 때늦은 후회를 한다고 했다. 하지만 백서휘는 살면서 한 번도 후회한 적 없었다. 아니, 딱 한 번은 있었다. 소꿉친구나 다름없던 그놈, 임수현에게 고백했을 때. 그래도 좋아한다고 속삭여주면 돌아오는 게 있을 거라고 여겼다. 원래 기브 앤 테이크라고 하니까. 계속 퍼부어 줄수록 바라는 것도 많아졌다. 그러나 돌아오는 건 없었다. 아니, 돌아오는 게 있긴 했다. 임수현의 여자친구라며 시샘 어린 시선을 보내던 선후배들과 친구들의 눈빛이었다. 결론적으로 그놈이 돌려준 건 없었다.

그놈은 예전부터도 못 먹는 감으로 유명했다. 그녀는 그 못 먹는 감을 딴 사람이 되었다. 그리고 동시에 결국 감은 땄지만 먹지는 못한 사람이 되었다.

어느덧 하늘은 개었다. 혹시 회사로 돌아왔을까 싶어 그의 사무실로 찾아갔지만 없다는 응답뿐이었다. 처음 보는 모습은 오랫동안 마음에 꽁꽁 감춰두었던 섭섭함을 끌어냈다. 자신과 사귈 때도 그는 친구 이상으로 다가오지 않았다. 걱정하더라도 연인으로서가 아니라 친구로서가 전부였다.

그가 행복하면 자신도 행복할 거라는 생각에 연애 조언을 해주었던 것뿐인데, 고작 며칠이나 지났다고 둘 사이에 진전이 있다. 인정하고 싶지 않지만 지금 이 감정은 분명히 질투였다.

똑똑똑!

집 앞에 서자마자 망설임 없이 문을 두드렸다. 잠귀가 밝은 그라면 아무리 늦은 시간이라도 문을 열 테고, 자신은 일 이야기로 왔다고 하면 끝날 문제였다. 그러나 두드리고 아무리 기다려도 문은 열리지 않았다.

지이잉! 지이잉!

그때 전화가 울렸다. 액정을 확인하고 잠시 한숨을 쉬었다. 「다니엘」이라고 적힌 묵직한 이름 세 음절이 그녀의 마음을 쥐락펴락했다. 아무것도 모르고 스위스에서 열심히 생활하고 있을 자신의 약혼자. 나쁜 건 자신이다.

「여보세요?」

「휘, 스위스에 들어온다면서 언제 와?」

다니엘은 늘 다정했다. 임수현에게 다친 마음을 보듬어주고 새살이 돋게 해준 사람이었다. 지금도 마찬가지였지만, 그 다정함은 오히려 올가미가 되어 그녀의 목을 졸랐다. 지금에서야 의문이 들었다. 이 친절하고 상냥한 남자가 좋았던 건 사실이었지만, 정말 사랑이었을까 하고. 다니엘을 사랑하고 있다면 임수현에게 흔들리는 멍청한 짓은 하지 않을 테니까.

「다니엘.」

「응, 내 사랑.」

일상생활은 물론 침대에서도 훌륭한 이 남자가 지금은 무척이나 성가셨다. 제일 먼저 고개를 든 건 미안한 마음이었지만, 입

밖으로 내비칠 수는 없었다.

「조금 바빠서. 나중에 전화할게.」

「수현이 널 많이 바쁘게 해? 내가 한마디 해줄까?」

장난스러운 목소리가 수화기에서 울렸지만, 그녀는 전혀 웃을 수가 없었다. 그저 감정을 숨기기 위해 실소를 터뜨리며 대답할 뿐이었다.

「미안. 나중에 얘기해. 일 이야기 중이라서.」

급하게 전화를 끊고 아예 전원까지 꺼 백에 넣었다. 전화가 보이지 않으면 약혼자에 대한 죄책감이 조금이라도 줄어들까 싶어서 한 행동이었지만, 별로 소용은 없었다. 오히려 마음에 구멍만 더 커졌을 뿐이다.

똑똑똑!

다시 한 번 문을 두드렸지만, 한참을 기다려도 응답이 없었다. 연락되지 않는다는 이유로 평소의 모습은 버리고 불안에 떨며 세영을 찾아 뒤돌던 모습이 눈앞에 보이는 듯했다. 그는 자신에게 일이 생겨도 그렇게 누구보다 발 벗고 나서줄까? 아무리 생각해도 아니다. 그는 자신을 좋아하긴 하지만 그건 어디까지나 친구일 뿐이고, 여자로 봐주지는 않는다. 그래서 그를 찼다. 아무리 좋아한다, 사랑한다고 이야기를 해도, 그는 한 번도 그 쉬운 네 글자의 말을 해주지 않았으니까.

망설이던 구두가 결국 문에서 뒤로 물러났다. 그는 집에 없다. 집주인이 없는 마당에 멍청하게 계속 문을 두드리며 기다릴 이유는 없다. 막 뒤돌아 텅 빈 복도 끝으로 향하려던 그 찰나였다.

시간은 벌써 자정이 가까워진 음습한 때, 그가 옆집 문을 열고 나타났다. 그것도 매우 피곤한 표정으로. 그의 얼굴을 보자마자 끓어오른 감정은 분노보다 안도였다. 그래도 그녀의 집에서 자진 않았다는 안도였다. 그러나 그가 문 안쪽으로 얼굴을 들이밀고 속삭이는 말에 입술을 깨물어야 했다.

"옷만 갈아입고 다시 올게."

끼익, 문이 아주 천천히 닫혔다. 서휘와 그 사이를 가로막고 있던 두꺼운 현관문이 완전히 닫히고 나서야 그와 눈이 마주쳤다.

"웬일이야? 이 늦은 시간에."

티 내지 말자. 티 내면 안 돼. 이놈이라면 나랑 멀어질 거야.

그녀는 억지로 양쪽 입가를 올려 웃었다.

"왜 오긴. 자, 여기 자료."

그녀가 준비해뒀던 서류 봉투를 내밀었다. 그가 집 열쇠를 꺼내다 말고 봉투를 열어 종이 뭉치를 살피더니 고개를 끄덕였다.

"이쪽 일은 나보단 네가 전문가 아니야? 내가 아는 지식이라고 해봐야 각 노트에 쓰이는 향 종류뿐인데."

"그래도 본부장이잖아. 알려줘야 할 것 같아서. 그런데……."

그녀는 모른 척 그가 나왔던 세영의 집 현관문을 바라보며 말을 이었다.

"박세영 씨 찾았나 봐? 그렇게 난리 치더니."

"아, 몸이 아팠대. 그래도 너무하지 않냐? 연락이라도 주지. 갑자기 잠수타면 말라 죽는 사람이 여기 있는데."

그의 말투는 친한 친구에게 건네는 그 이상도, 이하도 아니었다. 그는 세영과 잘 되고 있는 자신을 정말 응원하고 있다고 생각하는 걸까?

"그런데 아까 그 말은 뭐야?"

"무슨 말?"

철컥! 그의 손에 문이 열렸다.

"별건 아니고. 정말 그냥 우연히 들어서. 너 박 비서 집에서 잘 거야?"

서휘의 물음에 그가 젖은 재킷을 벗고 넥타이를 풀며 대답했다.

"내가 미쳤어? 아직 사귀지도 않는 여자 집에서 자게."

"그렇지?"

별말이 아닌데 기뻤다. 그러나 그 기쁨은 그의 다음 말에 아주 작게 산화했다.

"오늘은 아프다니까 옆에서 지키려고 그래. 나한테 뭐 숨기는 것 같기도 하고."

"네, 네가 왜? 네 말대로 아직 사귀는 사이도 아니고 박세영 씨도 네가 부담스러울 것 같은데."

입은 필사적으로 움직였다. 이러다가 그가 알아버릴지도 모르는데 멋대로 움직였다.

"아참, 너 말이야."

셔츠 단추를 풀다 말고 그가 막 생각났다는 듯이 서휘를 향해 말했다.

"아침에 왔던 전화 왜 스팸이라고 했어? 박세영 전화던데."

"……아, 그랬어? 내가 착각했나 봐. 스팸처럼 보였는데."

"그래?"

현관에 우두커니 서서 옷 방으로 들어가는 그를 보고 나서야 입술을 깨물고 바들바들 떨었다. 지금 그녀를 화나게 만든 건 비서에게 친절하고 상냥한 그의 모습이 아니라, 드라마 속 되지도 않는 질투를 하는 악녀처럼 보이는 자신의 모습이었다. 아직 옷 방에서 나오지 않아 모습도 보이지 않는 그를 향해 소리쳤다.

"난 자료 전달했으니까 이만 갈게. 그럼 내일 봐."

인사도 듣지 않고 집을 나왔다. 이대로 기다렸다가 그의 얼굴을 보면 울음이 터질 듯싶었다.

* * *

자야 하는데 잘 수가 없다. 세영은 침실 바깥 거실 바닥에 방석을 깔고 앉아 스탠드만 켜놓고 무언가를 열심히 보고 있는 그의 옆모습에서 시선을 떼지 못했다. 옆집에 사는 사이인 것만으로도 껄끄러운데 그 옆집 사람이 지금은 자신의 집 거실을 점령했다.

'도데체 몇 번을 말해야 해? 열 번은 더 넘게 말한 것 같고. 한 백 번? 천 번?'

이해가 안 간다.

내가 예쁜가? 아니야. 예쁜 거랑은 거리가 멀 텐데. 멀어도 정말 한참 멀 텐데.

슬쩍 거울에 비치는 모습을 보았다. 평소보다도 엉망이다. 뺨에는 운 자국이 가득하고, 머리는 잔뜩 헝클어졌고, 안색도, 입술

색도 창백했다.

"왜? 잠이 안 와?"

거실에서 들려온 목소리에 놀라 바로 등 돌려 누웠다.

"아, 아뇨. 잘 거예요. 지금 엄청나게 졸려요."

졸리긴 개뿔. 오히려 정신이 맑아서 큰일이다. 그가 가져다준 약을 먹고 나니 만병통치약이라도 먹은 것처럼 몸이 너무 가볍다.

괜히 퉁명스럽게 대꾸하는 그녀의 뒷모습을 보고 그가 살포시 웃었다. 이웃집에 살다 보면 언젠가 이런 순간도 올 거라고 생각은 했지만, 그 순간이 이렇게 찾아올 줄이야. 말 한 마디 제대로 할 수 없고, 괜히 그녀가 신경을 쓰느라 잠을 못 잘까 봐 일하는 척하고 있긴 하지만 이 기분도 제법 괜찮았다.

눈은 30분째 같은 서류에 박혀 일이라고 하더라도 진전이 전혀 없었지만, 귀로는 그녀의 숨소리와 뒤척이느라 스치는 이불 소리가 들렸다. 이따금 고개를 돌리면 잠들지 못하고 뒤척이는 그녀가 보였다. 단순히 한 공간에 있기 때문이라기보다 그녀가 자신을 의식하고 있다는 사실이 가슴 한구석을 뭉클하게 만들었다.

"저기, 나 하나만 물어도 돼?"

적막한 공간으로 그의 말이 파고들었다. 그냥 자는 척 대답하지 말까? 그러나 아픈 저를 지키겠다며 일부러 편한 공간을 두고 이곳으로 온 그였다. 더군다나 그가 무엇을 물을지 이쪽도 무척이나 궁금해졌다.

"뭔데요?"

그가 끼고 있던 안경을 벗고 서류를 내려놓았다. 30분 동안 일하는 척하느라 참 피곤했다.

"정말 내가 그렇게 싫어서 거절한 건가 싶어서. 내 생각엔 그 땐 싫었지만 지금 박 비서는 나한테 흔들리는 것처럼 보이거든."

"흐, 흔들리긴 누가 흔들려요."

이제야 알겠다. 마음속에 있는 걸 그대로 표현하는 여자가 아니다. 어쩌다 저렇게 솔직하지 못한 여자에게 빠진 걸까?

"뭐, 그건 그렇다 치자. 솔직히 나 그런 거절 처음이었거든."

"거절을…… 처음 당하신 거예요?"

이제야 조금 미안한 마음이 든다. 어른들도 그러지 않는가. 뭐든 처음이 힘든 거라고. 그런 처음을 겪었으니 자존심도 상하고, 마음도 다치고, 우기면서 옆집으로 이사까지 왔다.

"음, 처음이었지? 고백도."

등 돌린 채 벽을 보고 대답하던 그녀의 눈이 커졌다. 고백이 처음이라니. 대한민국 여자 중, 아니, 대한민국에서 패션에 좀 관심이 있거나, 연예계 가십거리에 관심이 있는 사람이라면 모두가 아는 남자다. 그가 입는 옷은 그 순간 유행을 타 불티나게 팔리고, 그가 관심 있게 지켜보는 여자 연예인이 있다면, 그녀는 모든 여자의 워너비가 된다. 한 마디로 완벽한 그인데 고백이 처음이라니.

"이런 말 하는 것도 진짜 우습겠지만, 밤이라서 그런지 이런저런 얘기가 나와서 그래. 나 한 번도 누구한테 좋아한다고 말한 적이 없어."

"……왜요?"

그녀가 한 박자 늦은 물음을 했다. 살짝 몸을 뒤로 젖히며 두 팔로 몸을 지탱한 그가 침실을 바라보고 살포시 웃었다. 어느덧 그녀가 완전히 몸을 돌려 자신을 바라보고 있었기 때문이었다.

"좋아한 사람이 없으니까."

"그동안 사귄 사람은 많았잖아요."

"응, 많았지. 그래서 그런지 오래 못 갔어. 다들 나한테 지쳐서 떨어지더라고. 뭐라더라. TV에 나오는 남자랑 사귀는 느낌?"

"설마 여태껏 사귄 분들 가운데 하나도 안 좋아했어요?"

놀란 그녀가 침대에서 벌떡 일어나 걸터앉으며 묻자, 그가 곰곰이 생각하는 듯하더니 허탈한 표정으로 고개를 끄덕였다.

어떻게 저런 사람이 존재할까 싶다가도 왜 그가 갑작스럽게 고백을 했는지도 알 듯싶었다. 아무리 연애를 많이 했다고 하더라도 한 번도 진심이 들어간 연애를 해보지 못한 그는 소위 연애 고자나 마찬가지였다.

"완전 나쁘잖아요."

"응, 그래서 차일 때 뺨도 많이 맞았어."

그가 우스갯소리로 말했지만 심각해진 그녀의 표정은 풀릴 줄은 몰랐다. 차일 때 뺨도 얌전히 내주었다는 건가? 임수현이라는 사람은 생각보다 허점이 많은 사람일지도 모르겠다.

"그, 본부장님 찬 거요. 그거…… 너무 갑작스럽기도 하고 그동안 나한테 미운 짓 한 거 생각나기도 하고."

그가 살짝 미간을 좁혔다.

"미운 짓?"

"아니, 뭐. 떡 같은 걸 좋아하냐느니, 그거 하나 기억 못 해서 다 적고 있냐느니."

그녀가 구시렁구시렁 그에게 들었던 섭섭한 것들을 하나둘 꺼내기 시작했다.

"그리고 애초에 처음부터 그렇게 고백하는 사람이 어딨어요? 연애라는 건 말이에요. 확인 작업이라고요. 친구에서 조금 더 가깝게 지내다가 서로 마음이 동했을 때 할 수 있는 거예요."

섭섭한 것만 말하고 싶었는데 쓸데없는 이야기까지 나왔다. 아, 망했다. 눈을 질끈 감았다. 이러니까 자신이 더 애가 달은 사람처럼 보였다. 그때 꼭 감은 눈꺼풀 위로 그녀의 체온보다 조금 낮은 체온이 닿았다. 스르르 눈을 뜬 그녀의 앞에 언제 왔는지, 그가 침대 아래 앉아서 올려다보고 있었다.

"내가 실수했네. 먼저 친구가 돼야 했었는데 말이야. 그렇지?"

환하게 웃는 그의 표정에 모든 것이 멈춘 듯했다. 공기의 흐름도, 밤이면 더 잘 들리는 초침 소리도, 얇은 벽을 뚫고 들어오는 이웃집의 시끄러운 텔레비전 소리까지도 멈춘 듯싶었다.

* * *

평소 회장님을 독대하는 곳은 회장실이었고, 회장님이 퇴근해서 너무 늦은 시간에는 전화로 보고를 드리곤 했다. 그러나 오늘의 회장님은 도현을 자신의 자택으로 불렀다. 평창동에 있는 회장님의 커다란 성을 보자마자 순간 긴장으로 한숨이 나왔다. 비서로 입사하자마자 수습 비서로서 윤 실장을 따라 몇 번 와본 곳이었지만, 그래도 그에겐 어려운 곳이었다.

"어서 와."

"늦어서 죄송합니다, 회장님."

거기다 오늘은 늦은 시간도 아니었다. 오히려 딱 저녁을 먹을 시간이었으니 오히려 전화로 보고를 해도 늦지 않은 시간이었다. 아들이 나가고 혼자 커다란 집에 사는 어머니의 모습이 조금은 가엾다는 생각도 들었지만, 비서로서 관여할 일은 아니었다.

그러나 집으로 들어서자마자 그는 코끝을 찌르는 묘한 냄새에 더는 안으로 들어가지 못하고 우두커니 섰다.

"거기에서 뭐 해? 저녁이나 먹지."

"아, 예. 회장님."

주방에는 식사를 차리는 가정부가 분주하게 움직였다. 식탁에 차려진 음식을 보는 순간 그가 목울대를 움직였다.

"이게 다 뭡니까?"

그녀는 손짓으로 사람들을 모두 물리고 도현에게 비어있던 자리를 가리켰다. 김이 모락모락 피어오르고 있는 소고기 미역국이며, 식탁에 거하게 차려진 갈비찜이며, 잡채며 모두 특별한 날에나 먹는 음식들이었다.

"뭐긴. 차 비서 오늘 생일 아니야?"

회장님이 자신의 생일을 챙길 이유는 없다. 아들의 일거수일투족을 감시하라며 붙여준, 고작 비서에 불과했으니까. 그는 회장이 자신을 집으로 부른 이유가 단순히 아들에 관한 보고를 받기 위해서가 아니라, 자신에게 거하게 생일상을 차려주기 위해서였음을 깨닫고 뒤로 한 발자국 물러났다.

"저는 이런 거 받을 처지가 아닙니다."

"앉으라면 앉아. 비서면 비서답게 굴어. 윤 실장이 차 비서를 그렇게 교육했나?"

홀로 대기업을 이끄는 여인의 카리스마가 느껴졌다. 어쩔 수 없이 자리에 앉자 그녀가 친히 그의 손에 숟가락을 쥐여주었다.

"먹어 봐. 맛있을 거야. 미역국이라는 게 오래 끓이면 끓일수록 맛있다잖아? 우리 나 여사가 실력은 정말 좋거든. 오랫동안 푹 끓인 거야. 아주 맛있어."

"예, 회장님."

그렇게 불편한 식사가 시작되었다. 회장님을 알게 된 지 벌써 20년. 그녀의 도움으로 유학을 했고, 좋은 대학을 나왔으며 손쉽게 대기업에도 입사할 수 있었다.

"난 잘 모르겠는데 말이야. 비서들은 오너 일가에 절대 관심을 두지 않는다고 교육을 받는다며? 증권가에 도는 찌라시 같은 것들도 말이야 거의 대기업 비서들과 친한 기자들 입에서 나왔다는 거 알아?"

식사를 하다 말고 그녀가 조금 불편한 주제를 꺼냈다. 밥이 입으로 들어가는지, 코로 들어가는지 모르겠다. 애초에 이 식사 자리가 편한 건 아니다.

"그래서 난 개인적인 일도 나랑 15년 이상 일한 윤 실장한테도 얘기 안 해. 언제 날 배신할지 모르거든."

"윤 실장님이 배신할 것 같으십니까?"

조금은 당돌한 질문이었다. 그러나 그녀의 표정은 잔잔하기만 할 뿐, 파문은커녕 잠깐의 흔들림도 없었다. 하긴, 그랬으니 중견 기업을 대기업으로 키워냈다. 여자 혼자의 힘으로 말이다.

"이 얘긴 그만두고. 오늘 그 녀석 결근이던데 아니, 결근이기보다는 조퇴라고 해야 하나? 회사에 얼굴은 비쳤다고 하니."

"예, 회장님."

"갑자기 웬 조퇴야?"

"급한 일이 있으셨던 것 같습니다."

세영과 연락이 되질 않아서 미치광이처럼 여기저기 들쑤시고 다녔다는 사실을 말하는 편이 좋을까? 아무리 개방적인 사람이라도 아들이 어울리지 않는 여자 때문에 연립주택에 살며, 회사 일도 제대로 하고 있지 않는다고 하면 화가 나지 않을 어머니는 없을 것이다. 더군다나 회장은 남편과 이혼을 하고 혼자 아들을 키웠다. 그만큼 애착이 남다르다는 뜻이기도 했다.

"윤 실장이 그러던데? 오늘 비서실에 비서 하나도 나오지 않았다지? 박세영 씨라던가?"

어쩌면 자신 하나가 입을 다문다고 회장님이 모르는 일은 없을지도 모른다. 원래 높으신 분들은 여기저기에 귀가 있고, 가만히 앉아서 모든 것을 듣고 보고 있으니까.

"예."

"그래서 그 아가씨는 괜찮은 사람인가?"

비서라는 호칭이 붙지 않았다. 오늘의 회장님은 아들보다도 그 비서가 궁금하신 듯싶었다. 무턱대고 대답하는 것보다는 그녀가 무엇을 원하는지 눈치채고 대답하는 편이 낫다. 느리더라도 정확한 것이 중요하다고 윤 실장에게 배웠다. 그러나 아무리 회장님의 눈을 살펴도 회장님의 의도는 보이지 않았다. 단순히 비서가 어떤지 궁금한 건지, 그 비서가 아들을 꼬여낼까 걱정스러운지 그 의도를 알 수 없다.

"저는 잘 모르겠습니다."

두 사람의 관계가 어떤지 잘 모르는 건 자신도 마찬가지였다. 굳이 긁어서 부스럼 만들 필요 없다.

"그래, 가까이에 있는 차 비서가 잘 모르겠다면 그냥 내 걱정이겠지. 밥이나 천천히 먹고 가. 오늘은 집 나간 아들이 궁금해서 부른 게 아니니까."

그러나 그녀도 오늘은 크게 궁금했던 건 아니었는지 별 대꾸 없이 숟가락을 도로 들었다.

"아 참."

미역국을 먹다 말고 그녀가 잠시 잊었다는 듯 입을 열었다.

"수현이한테 얘기는 해봤니?"

그녀의 물음에 도현은 천천히 고개를 저었다.

* * *

수현은 이른 새벽이 되어서야 집으로 돌아갔다. 세영이 일어나자마자 본 건 거실에 덩그러니 놓인 방석이었다. 어제의 그가 썩 괜찮은 사람이라 그동안 자신이 알았던 수현의 모난 그림자가 둥글게 깎여갔다.

화장대에 앉아 출근 준비를 마친 그녀는 거울에 보이는 자신의 모습을 몇 번이고 점검했다. 머리카락은 흘러내리지 않았는지, 입술은 과하지 않은지, 눈 화장은 대기업 본부장 비서답게 사람들에게 좋은 인상을 줄 수 있는지, 그가 예쁘게 봐줄지.

'잠깐, 나 지금 뭐 하는 거지? 그 사람이 날 예쁘게 봐준다고?'

머리를 매만지던 그녀는 자신이 비서로서가 아니라, 옆집 남자에게 잘 보이고 싶어서 꾸미고 있음을 깨달았다.

'친구부터 시작해.'

그런 의미로 말한 게 아닌데, 얼결에 상사와 친구가 되게 생겼다. 그저 그의 고백이 너무 성급했음을 말하고 싶었던 것뿐이다. 그런데 친구? 친구인 그는 어떤 사람이지? 아니, 고백이 성급했음을 말하고 싶었던 거라고? 그럼 성급하지 않았으면 고백을 받아들였다는 말인가?

"아 몰라 몰라! 내가 왜 그딴 자식 때문에 고민하고 있어야 해."

현관문을 나와 발을 동동 굴렀다. 입으로는 그딴 자식이라고 말했지만, 은연중 자신이 문을 열 때 함께 열리지 않은 그의 집 문을 걱정스럽게 바라보았다. 돌아가라고 했지만 고집스럽게도 버티다가 이른 새벽에 돌아갔으니 무척이나 피곤할 것이다.

먼저 갈까? 기다릴 이유는 없는 것 같았다.

그러나 먼저 가려니 그가 비에 폭삭 젖어 헝클어진 모습을 보였던 어제가 떠올랐다. 단지 비서 하나가 연락되지 않는다고 그렇게 찾아다니는 본부장은 없다. 그렇게 찾아다녔다면 아침에도 이 앞에서 추운 바람을 맞으며 기다렸을 것이다.

아니, 기다릴 이유는 있다. 친구라면, 친구가 늦으면 기다릴 것이다.

그녀는 수현의 집 현관문 옆 벽에 등을 기댄 채 초조하게 시계를 보았다. 늦는 건 별로 문제가 되지 않는다. 다만, 그가 나왔을 때 뭐라고 대꾸를 하면 좋을지 조금은 고민해야 했다. 알아서 먼저 기다리고 있는 사실이 처음이고, 왠지 모르게 쑥스러웠으니까.

"이건 친구니까. 본부장님이 먼저 친구 하자고 그런 거니까 기다리는 거야."

"정말?"

"꺄악!"

갑자기 들려온 목소리에 놀라 휘청였다. 그가 문을 빼꼼 열고 혼자만의 딜레마에 빠져 중얼중얼 하던 그녀를 바라보고 있었다. 얼굴 가득 웃음기를 머금은 채. 정확하게는 터지려는 웃음을 억지로 참은 채였다.

"나, 나오셨어요?"

얼굴이 토마토처럼 빨개졌다. 너무 생각에 빠져 있느라 잠금이 벗겨지는 소리도 듣지 못했다. 도대체 어디에서부터 본 건지 모르겠지만, 그녀는 뻔뻔하게 빨개진 얼굴로 시큰둥한 표정을 지었다. 그 모습이 무척이나 사랑스럽다는 것도 모른 채로 말이다.

"잘 잤어?"

"네, 잘 잤어요."

"열은 없고?"

그가 잠금을 채우고는 슬쩍 그녀의 이마로 손을 댔다.

쿵! 쿵! 쿵! 쿵!

빠른 속도로 네 번의 두근거림이 지나고 그에게 들릴 수도 있겠다는 생각에 그의 어깨를 급하게 밀었다.

"뭐야? 걱정해주는 사람한테."

그가 섭섭하다는 투로 말했다.

"괜찮아요. 진짜."

"아프면 하루 더 쉬고."

"아뇨! 일할 수 있어요. 어제도 결근했는데 오늘도 빠질 수는 없어요. 일도 밀렸을 거고."

"흐음."

그가 살짝 팔짱을 끼고는 심술궂은 목소리로 말했다.

"그래도 어젠 무단결근이니까, 경위서 써야 하는 건 알지?"

"……네."

봐주는 줄 알았더니 그런 건 없나 보다.

"아, 그리고 저기."

"음?"

막 계단을 내려서려던 그에게 세영이 말했다.

"정장 세탁비요. 저 때문에 젖으신 것 같은데 드릴게요."

"……세탁비?"

"네."

그에게 너무 많은 빚을 져버렸다. 갚아 나갈 생각을 하니 눈앞이 캄캄하다. 비록 어제는 어쩔 수 없었다지만, 그가 업무도 제대로 보지 못하고 자신의 곁을 지킨 건 사실이다. 도대체 그런 종류는 어떻게 갚아야 하는 걸까?

"그건 차차 받을게. 어차피 옆집 사는데 급하게 할 건 없잖아?"

앞서 걷는 그에게 그녀가 종종걸음으로 따라붙었다.

"정말 여기서 계속 사실 생각이에요?"

"그럴 생각으로 왔어. 그리고 아직 한 달도 안 됐는데 벌써 쫓아낼 생각이야?"

"아뇨. 제가 집주인도 아닌데 본부장님을 무슨 수로 쫓아내요."

"그 말은 집주인이었다면 쫓아냈을 거라는 말로 들리네?"

"어떻게 그런 의미가 돼요."

"이럴 바엔 아예 이 건물 사버릴까? 나름대로 위치도 괜찮고, 재개발하면 딱 맞겠네."

한 마디도 안 진다. 그녀가 걱정스러운 건 전혀 생각도 없다는 듯이. 이러다가 회장님이 아시고, 그 아드님이 비서 때문에 이 낡아빠진 연립주택으로 왔다는 사실에 노발대발하기라도 하면 큰일이다.

"쫓아내려는 거 아니거든요?"

"아니면 아닌 거지. 귀엽기는."

그가 주먹을 쥐어 그녀의 머리를 아프지 않게 콩 쥐어박았다.

"아! 뭐예요!"

소스라치게 놀라며 머리를 문지르자 그가 운전석 문을 열며 대답했다.

"생각해보니까 어제 나 걱정시킨 벌을 안 준 것 같아서 말이야.

고작 경위서로 퉁치려는 건 아니지? 빨리 타. 출근해야지."

퉁치려는 생각은 없다. 다만, 이러다가 그가 진짜 너무 좋아지면 어쩌나 걱정될 뿐.

* * *

"너 무슨 일 있었니?"

회의라는 명목으로 어머니인 박 회장에게 불려왔다. 수현, 자신이 워커홀릭인 이유는 어머니의 업무 성정을 그대로 빼닮아서였다. 이혼하면서 남편에게 위자료로 준 계열사가 무너지면서 잠깐 휘청거렸던 때도 있었지만, 오히려 그때를 발판으로 삼아 대한민국 굴지의 패션 대기업으로 성장했다.

"아뇨. 왜 그러세요?"

"그냥. 요즘 너답지 않아서."

그녀가 서류를 보더니 조금 의문스러운 표정을 지었다.

"일주일 뒤에 스위스 출장? 여긴 백 연구원이 가기로 한 거 아니었니?"

"경영자로서 한번 둘러보고 싶어서요."

"그럼 같이 가는 거야?"

"네."

그녀는 결재란에 사인하고 수현에게 서류철을 내밀었다.

"내가 더 볼 것도 없구나. 어차피 책임자는 너니까. 참, 네 아버지가 이쪽에 기웃거리는 것 같더라. 예전부터도 그 버릇 남 못 주지. 보안에 특히 신경 써. 너라면 알아서 잘하리라 생각한다만."

아버지 이야기가 나오자마자 그의 표정이 어두워졌으나 아주 잠깐이었다.

"네, 회장님."

"그리고."

그가 막 일어서려던 찰나, 박 회장이 찻잔을 들며 말했다.

"집엔 안 들어올 거야?"

무턱대고 저지른 일이지만, 생각해보면 자신이 나가면 그 커다란 집은 어머니 혼자만 지켜야 한다. 그동안도 독립할 수 있었던 것을 그 이유로 차일피일 미뤄왔는데 자신의 사정이 달라졌다고 어머니만 집에 둔 것이 못내 미안해졌다. 하지만 돌아갈 이유가 더더욱 없어졌다. 안 그래도 그녀와 잘 되는 중에 괜히 멀어졌다가 마음조차 멀어질 생각은 없었다.

"심심하세요?"

"별로. 네가 있었다고 살가운 아들은 아니었잖아? 굳이 네 명의 집이 아니라 낡아빠진 집에 들어간 게 궁금해서 그래."

지금 세영의 존재를 말씀드리기에는 이르다. 아직 그녀와 완전히 시작한 것도 아니고, 비서인 그녀를 어머니가 어떻게 받아들일지도 문제였다. 괜히 박세영만 곤란에 빠질 수 있다는 소리였다.

"됐어. 네가 못된 짓 하고 다니는 것도 아니고. 참, 스위스 가는데 여자 비서 대동해서 갈 건 아니지? 스캔들 한 번 나면 회사 주가가 오르내리는 건 알지?"

그러고 보니 정작 세영에게 아직 이야기하지 않았다. 스위스 출장은 혼자서 다녀오겠다는 것을. 서휘는 남자 비서인 도현을 데려가라고 했지만, 굳이 회사에서도 보기 싫었던 사람을 출장에서까지 볼 필요가 있을까 싶었다. 거기다 귀하게 자란 도련님처럼 혼자 아무것도 못 하는 사람이 아니다.

"네, 어머니. 걱정 마세요."

* * *

상사와 좋든, 나쁘든 인간관계를 맺고 있는 모두를 챙기는 것도 비서의 업무 중 하나였다. 상처(喪妻)한 그룹 회장님께 근조화환을 보내는 것부터 시작해 사소하게는 명절 안부 인사를 전하는 것까지. 오로지 회사에서는 그를 위해 업무하고, 그를 중심으로 일한다. 비서에게 있어 가장 기본적인 자세였다.

"박 비서님?"

그때였다. 막 그의 다음 달 스케줄을 탁상 달력에 기입하고 마지막으로 확인하고 있었다. 어디선가 들려온 목소리에 고개를 든 그녀의 눈앞으로 서휘가 나타났다. 처음 봤을 때도 참 예쁜 사람이라고 생각했지만, 최근 그녀는 더욱 아름다워 보였다. 굳이 명품으로 치장하지도 않으면서 사람 자체가 명품 같다고 해야 할까? 아마 상표 없는 가방이라도 그녀가 들고 있으면 명품처럼 빛날 것이다.

"백 팀장님, 어쩐 일이세요?"

"수현이 만나러 왔어요. 지금 있나요?"

그녀의 입에서 반갑게 나온 수현의 이름이 조금은 불쾌했다. 아무리 친한 사이라고 하더라도 이곳은 회사이고, 그녀에게도 수현은 상사다. 하지만 자신에게 행동을 조심해달라고 말할 권한은 없다. 잘못된 행동이었다면 애초에 수현이 그녀에게 말했을 것이다. 아무 말이 없는 것을 보면 수현도 회사에서 친근하게 구는 그녀를 받아들이는 뜻이다.

"아뇨. 본부장님은 잠시 회장님께 갔습니다."

"어머, 그렇구나. 이 시간이면 있을 줄 알았는데."

서휘가 머리를 귀 뒤로 넘기며 시계를 확인했다. 그 모습이 같은 여자마저도 잡아챌 정도로 예뻐서 세영은 자기도 모르게 주눅이 들었다. 저렇게 예쁜 사람이 주변에 있으면서도, 왜 그는 자신이 좋다고 그 낡아빠진 옆집에 이사까지 온 걸까.

"수현이 일주일 뒤에 스위스로 출국인 거 알죠?"

그녀는 짐짓 이제 생각난 척 먼저 물었다. 어떤 소식을 듣더라도 일단 확인을 하고 대답하라는 윤 실장의 가르침답게 세영은 달력을 먼저 확인한 후 대답했다.

"네, 일주일 뒤에 출국이십니다."

"좋겠어요, 박 비서님. 수현이가 스위스 출국해 있을 때는 편하게 있겠네요."

편하게 있는다? 애초에 같이 출국인데 편하게 있을 리가. 마치 자신이 그를 따라 스위스를 수행하지 않는 것처럼 이야기하기에 정정해주어야 할 것 같아 입을 열었다.

"저도 함께 출국합니다, 연구원님."

그러나 세영의 말을 들은 서휘의 표정은 마치 금시초문이라는 듯 놀람으로 가득했다.

"그렇다고요? 이상하다. 수현이는 나랑 가기로 했는데……."

순간 머릿속으로 저린 기운이 스치고 지나갔다. 아직 수현에게서 아무것도 듣지 못한 그녀의 표정은 쉽게 감춰지지 않았다. 더군다나 도현도 아니고 서휘와 함께 간다니. 자기도 모르게 주먹을 세게 쥐고 애꿎은 달력만 바라보았다.

"아, 그러…… 셨구나. 죄송합니다. 제가 아직 아무것도 듣질 못해서요."

"괜찮아요. 요즘 수현이가 좀 바빴나요. 사업부 대편데 그런 사소한 건 당연히 바빠서 이야기할 틈조차도 없었겠죠. 이참에 땡땡이도 치고, 남자친구도 만들어요. 차 비서가 사람이 참 괜찮은 것 같던데."

그녀가 은근히 웃으며 말했다. 약 올릴 의도가 전혀 없어 보이지만 세영은 속이 박박 긁힌 기분이었다. 마치 두 사람 사이에 자신은 끼어들 수 없는 울타리가 쳐져 있는 기분이었다. 그리고 자신에게 스위스 출장에 가지 않아도 괜찮다고 말하는 것이 사소한 건가?

세영은 어느덧 첫눈에 이상형이라고 생각했던 차 비서보다도 수현을 머릿속에 훨씬 많이 담았음을 깨달았다. 그가 너무 깊이 들어오고 말았다. 이젠 표정 관리가 되지 않는다. 아침에도 다정하게 웃으며 시시콜콜 별로 머릿속에 저장하지 않아도 되는 이야기만 늘어놓던 그였다.

"왜요? 차 비서 별로예요?"

"네, 겁나 별로예요."

세영의 목소리가 아니었다. 두 여자는 목소리가 들린 방향으로 동시에 고개를 돌렸다. 마침 회장님께 보고하고 내려온 수현이 매우 불쾌한 표정으로 서휘를 쏘아보고 있었다.

하필이면 저 말을 들을 줄이야. 서휘는 속으로 불만을 삼키며 환하게 웃었다. 지금은 악의 없이 말한 척해야 할 타이밍이었다.

"본부장님, 왜 이렇게 얼굴 보기가 힘들어요?"

"너야말로 요즘 왜 이렇게 툭하면 올라와? 조향 끝났다고 네 일이 다 끝난 건 아닐 텐데?"

그의 말에는 은근하게 가시가 돋쳐 있었다. 그의 불만은 하나였다.

'감히 세영에게 차도현 이야기를 꺼내?'

은근히 까칠한 그의 태도가 왜 그런지 아는 서휘는 은근슬쩍 세영을 곁눈질하고는 다시 웃는 얼굴로 수현을 보았다.

"그래도 네가 책임자니까 그때그때 보고하는 게 좋다고 생각해서."

그는 불편한 듯 서서 자신과 눈도 마주치지 않는 세영의 모습을 보고 한숨을 삼켰다. 생각해보면 결정적인 조언을 한 것도 서휘지만, 그녀와 자신 사이에 묘한 어색함을 만드는 것도 그녀였다.

"일단 들어와서 얘기해."

두 사람이 본부장실로 들어가고 나서야 세영은 참았던 한숨을 푹 쉬며 자리에 앉았다. 관심도 없던 남자에게 관심이 생기면서

덩달아 문제도 생겼다. 그의 곁에 늘 붙어 있는 여자의 존재. 서로 친구라고는 하지만, 정말 친구로 지내는 게 다일까?

그에게 '본부장님 같은 건 굉장히 별로'라고 말한 것이 엊그제 같은데 간사하다. 그가 자신에게 구애하는 모습을 보면서 굉장한 착각에 빠지기라도 했나 보다. 어차피 자신과 어울리지 않는 사람이다. 동화 속에서나 '신데렐라는 왕자님과 행복하게 살았습니다.'라고 끝나지만, 현실은 전혀 아니니까. 오히려 자신보다는 예쁘고 가진 것도 많은 서휘가 더 어울린다.

'친구부터 시작해.'

그 말이 성가시다면서 가장 기대하고 있던 건 자신이었다.

본부장실로 들어오자마자 수현은 조금은 화가 난 표정을 지었다.

"너 내 연애 도와준다며?"

"응, 그랬지."

"그런데 차도현 얘기는 왜 꺼내냐?"

툴툴, 정말 불만스러웠던 듯, 통명스럽게 말했다. 솔직한 그를 보는 건 좋지만, 다른 여자와의 연애를 도와달라는 말이 얼마나 잔인한지 모르는 것 같다. 그것도 한때 사귀었던 여자에게. 하지만 그녀는 자신의 처지를 잘 알았다. 약혼자가 있는 마당에 마음이 있다고 표현하는 건 정말 못된 짓이었다.

"내가 진심으로 얘기했어? 그냥 얘기해본 거야. 솔직히 차 비서 정도면 괜찮잖아? 박 비서가 어떤 남자를 좋아하는지 취향 정도는 알아보는 게 좋지 않겠어?"

"쓸데없는 짓이야. 박세영이 차 비서를 좋아할 일은 없어."

"네가 어떻게 알아?"

서류철을 책상 위에 내려놓은 그가 자신만만한 표정으로 입을 열었다.

"당연하지. 박세영은 날 좋아하게 될 테니까."

그래. 멋모르고 사귈 때도 저런 모습을 보고 싶었다. 끝내 보여주지 않다가 다른 여자를 좋아하면서 보이다니. 잔인한 놈.

"아무튼 서류 여기에 두고 갈게. 읽어."

서휘가 도망치듯 서류를 멋대로 탁자 위에 두고는 나가버렸다. 왠지 화가 난 것 같은 그녀의 뒷모습에 당황스러운 건 수현이었다. 도대체 화가 날 이유가 뭐가 있다고. 화를 내야 할 사람은 자신이다.

"하여간 예전부터 제멋대로더니 지금도 똑같아."

안 그래도 세영에게 스위스 행은 혼자 다녀오겠다고 말하려던 타이밍을 놓쳤다. 자연스럽게 들어오면서 이야기할 생각이었다.

"박세영 씨, 잠깐 들어와."

얼마 지나지 않아 세영이 수첩을 들고 안으로 들어왔다.

"부르셨습니까, 본부장님."

"응. 전해야 할 말이 있어서."

전할 말이 스위스 행 무산인가?

'그렇다고요? 이상하다. 수현이는 나랑 가기로 했는데…….'

머릿속으로 서휘의 말이 맴돌았다.

"예, 말씀하십시오."

"스위스 출장 말이야. 그거 그냥 나 혼자 가기로 했어."

"……네?"

속으로는 서휘의 말이 사실이 아니길 바랐던 모양이다. 자기도 모르게 되묻고 말았다. 세영의 속을 알 리가 없는 수현은 이어 말했다.

"그때 박세영 씨도 조금 곤란했던 것 같기도 하고. 회장님도 괜히 내가 스캔들 일으킬까 봐 걱정스러우신가 봐."

"……아, 그러셨구나."

수현은 왠지 별로 내키지 않은 표정의 그녀를 느꼈다. 별로 따라가고 싶어 하지 않는 듯해서 좋아할 줄 알았더니 표정은 아주 어두웠다.

"스위스 같이 가고 싶었나 봐?"

그가 장난을 치듯 웃음기 서린 목소리로 물었다.

"……."

그러나 장난친 사람이 민망할 정도로 세영에게서는 아무 반응이 없었다. 시선 둘 곳을 잃은 채 가만히 서 있던 그녀는 갑자기 조용해진 분위기를 깨닫고 그제야 살포시 양쪽 입가를 당겨 웃었다.

"그럼 제 티켓은 취소하겠습니다. 그 밖에 지시하실 사항 있으십니까?"

웃고는 있는데 석연치 않다. 책상에 살짝 엉덩이만 걸터앉았던 그가 내려왔다.

"표정 뭐야?"

"무슨 말씀이십니까?"

들켰나? 서운하다는 걸.

"박세영, 고개 들어."

가슴에 커다랗게 구멍이라도 난 듯했다. 고작 옆집에 이사 와서 며칠 같이 다닌 게 전부이고, 얼마 전에 아픈 자신을 간호해준 게 다인데 그 좁은 사이를 비집고 들어왔다고?

"저 본부장님 정말 별롭니다. 제멋대로에, 곤란한 사람은 하나도 생각 안 하시죠."

세영에게 손을 뻗던 수현은 순간 인상을 험악하게 구겼다.

"박세영."

"왜 옆집에 이사 와서 괴롭히시는지 모르겠지만, 괜히 저 흔들지 말아 주셨으면 좋겠습니다."

"갑자기 왜 이러는 거야?"

대답할까 보냐.

"대답해."

그때였다.

똑똑똑!

아마도 심부름을 다녀왔을 차 비서일 것이다. 수현은 뒤돌아 마른 세수를 했다. 들어오라는 고작 네 음절을 뱉는 것은 한참 걸렸다.

"들어와요."

예상대로 도현이 문을 열고 들어오자마자 세영이 도망치듯 본부장실에서 나갔다. 들어오자마자 묘한 분위기를 읽은 도현이었지만, 본부장의 개인적인 연애까지 관여할 생각은 없었다.

"오후 4시에 광고대행사와 미팅 있으십니다. 늦지 않게 도착하시려면 지금 출발하셔야 합니다만."

"……알겠어요. 박 비서 대신 차 비서가 가죠."

비서 데스크에 남은 세영은 두 남자가 바쁘게 앞을 지나가며 일으킨 바람에도 고개를 들지 않았다. 그녀는 서휘를 질투하는 자신을 도저히 용납할 수가 없었다.

* * *

스크린으로 광고 시안이 재생 중이다. 대한민국에서도 탑으로 꼽는 배우가 스크린을 가득 채우고 있었지만, 수현의 신경은 다른 곳에 쏠려 있었다. 회장실에 올라가기 전까지만 하더라도 상냥했던 그녀가 손바닥 뒤집듯 바뀐 사실은 무척이나 당혹스러웠다. 또 그 이야기를 듣고 말았으니까.

'저 본부장님 별로입니다.'

이전에 자신의 고백을 찰 때는 의심할 여지없이 진심이 느껴졌지만 이번은 아니다. 필사적으로 속내를 숨기려고 일부러 매몰차게 말하는 것처럼 보였다.

'설마 아직도 서휘랑 나 사이에 뭐가 있다고 생각하는 건가?'

이쯤 되니 점점 지친다. 도대체 이 여자를 어디까지 이해해야 하는지.

"이상입니다."

"……"

190

스크린의 화면이 멈추고 회의실에 밝게 조명이 들어왔지만, 수현은 미동조차도 없었다. 광고 시안을 준비한 대행사에서는 당황스러운 표정으로 저들끼리 눈짓을 주고받았다. 만일 마음에 들지 않는다고 하면, 새로 배우의 스케줄을 잡아 다시 찍어야 할 판이었다. 더군다나 업계에서는 악명으로 유명한 남자라 걱정스러운 마음은 쉬이 가라앉지 않았다.

"본부장님?"

가만히 스크린만 응시하던 그의 눈과 스크린 속 매혹적인 유혹을 흩뿌리는 배우의 눈이 마주쳤다.

"이대로 가죠. 고생했습니다. 차 비서, 이사회에 보고드릴 자료 준비해요."

한참 후에 나온 말은 OK였지만, 어딘가 석연치 않았다. 여전히 찬물을 끼얹은 듯 조용한 좌중을 신경 쓸 새도 없이 그는 곧바로 자리에서 일어나 회의실을 빠져나갔다.

* * *

오랜만에 혼자 퇴근했다. 퇴근길 지하철은 여전히 붐볐고, 앉을 자리가 없어서 서서 와야 했으며, 업무의 피곤을 더 가중했다. 하지만 마음을 더 무겁게 짓누르는 건 자신의 말에 상처를 받은 듯, 한마디도 하지 않고 외근을 나가버린 그 사람의 모습이었다. 괜히 집으로 들어갔다가 그와 마주칠 것 같아서 여러 곳으로 전화를 돌렸다. 결혼해서 애 엄마가 됐고, 아이가 없다고 하더라도 남편과 시간을 보내야 한다는 거절이 대부분이었지만, 딱 한 사람이 연락되어 술집에 앉아 기다리는 중이었다.

"세영아!"

얼마나 기다렸을까? 기억 저편으로 묻어버렸던 누군가의 목소리가 들리자마자 세영의 표정이 환하게 변했다.

"이제 퇴근이야?"

초등학교 저학년 때부터 친구이고, 지금도 이따금 연락만 하는, 남자로 따지자면 불알친구 정도인 친구, 주희. 그나마도 회사에 취직하고 나서는 만나지도 못하다가 오늘 어쩌다가 시간이 빈다기에 약속을 잡았다.

"흐응, 완전 배고파. 근데 넌 밥집도 아니고 웬 술집에서 보자는 거야?"

주희가 배를 살살 문지르며 세영의 옆에 앉았다.

"그냥 술 땅겨서."

"고민 있어? 표정이 왜 그래?"

"내 표정이 왜?"

웃는 연습 골백번도 더했는데 주희의 눈엔 보인 모양이었다. 그런데도 세영은 어색하게 양쪽 입가를 당겨 웃었다.

"설마 연애 문제?"

"아, 아니거든!"

너무 정곡을 찔려서 깜짝 놀라 소리치고 말았다. 술집에서 저들끼리 떠들던 손님의 시선이 자신에게 날아들자마자, 그녀가 괜히 주희의 어깨를 통통 때렸다.

"연애는 무슨 연애."

"아니면 아닌 거지 과민반응이야. 일단 밥부터 먹자. 밥 먹으면서 가볍게 반주. 오케이?"

혼자 있었으면 우울했겠지만 주희가 있어서 다행이다. 두 사람은 식사를 시키고 한 잔씩 술을 주고받았다. 원래부터도 술은 잘 못 마시던 타입이라. 혀끝을 타고 목구멍 너머로 넘어가는 씁쓰름한 맛이 오만상을 쓰게 만들었다. 도무지 사람들은 이렇게 맛없는 걸 왜 그렇게 맛있게 넘기는지 이해가 안 간다.

"아, 부장 새끼 마음에 안 들어."

"왜? 또 너만 괴롭혀?"

빈 술잔에 술을 채우며 주희의 말을 맞장구를 치기도 하고, 함께 부장을 욕하기도 했다. 사원들에게 일만 시키고 자기만 덩그러니 퇴근하는 부장이라니. 그래도 함께 일하는 것보다는 마주치지 않는 편이 나은 것 같은데 아랫사람들의 실적을 자기가 가로채는 모양이었다.

"내가 언젠가 이거 인사과에 알릴 거다. 익명으로. 그 자식한테 빼앗긴 아이디어만 몇 개야? 도대체."

"혼자 그러지 말고 여럿이 덤벼. 괜히 덤터기 쓰지 말고."

"안 그래도 그러려고. 지만 먹여 살릴 처자식 있어? 대리님이랑 다른 사원들은 뭐 잘못이야? 웃기는 새끼야 하여간."

그래도 분이 풀리지 않는지 술을 단숨에 꿀꺽 삼켰다. 오만상을 쓰다가 곧 환하게 웃더니 주희가 세영의 빈 잔에 술을 따랐다.

"넌 뭐 고민 같은 거 없냐? 그래도 대기업 비서라서 나보단 나으려나? 참, 그 너희 또라이 본부장!"

생각해보면 친구에게 그가 또라이 중의 상또라이라고 온갖 욕을 했던 기억이 있다. 만일 자신이 그 상또라이에게 좋아하는 감정이 생겼다고 한다면 이 친구는 뭐라고 할까? 아마 정신 나간 것부터 시작해 세뇌 비슷한 것에 당했다고 노발대발할 게 뻔하다.

"그 또라이 잘 지내셔."

"그래, 그런 것 같더라. 요새 툭하면 인터넷 기사에 뜨더니만. 그래도 꼴에 개념은 있다고 군대는 갔다 왔더라? 아무리 생각해도 미친놈 같아. 보통은 빼려고 하지 않나?"

그녀가 키득키득 웃으며 말하자 세영도 웃음이 터지고 말았다. 미친놈 맞다. 어느 남자가 자기 찬 여자한테 어필하겠다고 옆집에 이사까지 할까? 그러고 보면 그는 어떤 마음으로 옆집에 온 거지? 백서휘라는 아주 예쁜 사람까지 집에 들이면서 그럴 수 있을까.

나쁜 놈.

"저기, 주희야."

"응?"

"회사에 아는 언니 이야긴데 나한테 그 남자 마음이 궁금하다고 그랬거든."

"뭔 얘긴데?"

그 사람의 마음이 어떤지 갈피를 잡지 못할 때는 누군가에게 물어보는 편이 정확하다.

"같이 회사에 다니는 상산데 그 상사가 어느 날에 좋아한다고 고백했대. 근데 그 상사한테 당한 것도 많고, 별로 좋아하는 감정

194

도 들지 않아서 바로 거절을 했대. 그랬더니 그 남자가 포기 안 한다고 옆집으로 이사까지 했다는 거야."

"야무지게 미친놈이네. 그래서?"

"근데 옆집에 살다 보니까 조금 관심이 생기더라는 거야. 생각보다 사람도 괜찮고, 그만하면 잘생겼고, 근데 웃긴 게 뭔지 알아?"

"뭔데?"

순간 서휘와 스스럼없이 대화를 나누던 모습이 머릿속에 들어찼다. 그 모습만 생각하면 가슴이 쿵쾅쿵쾅 발광질을 한다.

"아주 친한 여자 동료가 있는 거야."

"회사 생활하면 그럴 수 있지."

"어렸을 때부터 친구라 스스럼없이 이름도 부르고."

"그리고?"

"그 여자는 또 정말 예쁘고."

주희가 오만상을 썼다.

"그래서 그 남자 태도가 헷갈린대?"

"뭐, 말하자면 그렇겠지?"

테이블 위에 두 팔꿈치를 대고 자신의 두 뺨을 손바닥으로 감싼 채 그녀가 생각에 빠진 듯했다. 세영은 혹시 자신의 이야기라고 생각하는 건 아닌가 걱정스러운 마음으로 주희의 입이 열리기만을 기다렸다.

"그 둘이 엄청 친해? 서로 막 이름도 부르고, 집도 왔다 갔다 하고?"

"그런 것 같던데? 남자가 갔는지는 모르겠는데. 남자 집엔 여자가 툭하면 찾아온다고 그러더라. 회사에서도 툭하면 반말하고 이름 부르고. 괜히 그 언니한테 자기랑 그 남자랑 친하다는 걸 어필하려고 하고."

"그래서 남자 태도는 어떤데? 막 그 아는 언니 앞에서 일부러 그 여자 동료랑 친한 척한대?"

주희의 물음에 세영은 두 사람이 함께 있을 때를 떠올렸다. 생각해보면 일부러 친해 보이려는 건 아니었다. 세영이 고개를 젓자 주희가 탁! 테이블을 쳤다.

"야, 뻔하네."

"뭐가?"

"너 내 촉 좋은 거 알지? 이야기만 들었는데 딱 와버렸다."

그녀가 안주로 나온 유부 주머니를 식혀 오물오물 씹어 넘기고는 말했다.

"그 여자 동료 그 언니한테 질투하네."

질투? 그 예쁜 여자가 나를?

"아무리 들어도 남자가 잘못한 건 없는 것 같은데? 집에 찾아오는 거야 어렸을 때부터 친구니까 그럴 수 있다고 생각해. 근데 내가 보기엔 남자는 그 동료한테 남자로서의 감정은 별로 없는 것 같거든? 아니, 상식적으로 생각해봐. 자기 찬 여자 쟁취하겠다고 옆집에 이사까지 한 미친놈이 괜히 멀어지라고 그딴 짓을 벌이겠냐고."

머리를 얻어맞은 기분이었다. 따지고 보면 한 번도 그가 서휘를 어떻게 생각하는지는 들어본 적이 없다. 어디까지나 친해 보이는 두 사람 때문에 옹졸해진 건 자신의 마음이었다. 특히 스스럼없이 자신의 속을 박박 긁은 서휘 때문에 괜한 질투심에 사로잡혔을 뿐이었다.

주희와 헤어지고 집으로 오는 동안 곰곰이 생각했다. 만일 그는 마음에도 없는데 멋대로 오해한 자신이 했던 '별로'라는 말 때문에 그의 가슴에 상처를 냈을지도 모른다. 그럼 사과해야 하는 걸까? 하지만 사과하려면 그에게 마음이 열렸다고 고백하지 않을 수가 없다. 시간이 오래 지난 것도 아닌데, 고작 이사 온 지 일주일이 지났을 뿐인데 변해버린 자신의 마음이 너무 얄미웠다.

또각또각.

연립주택 계단을 밟고 천천히 올라오던 그녀는 자신의 집이 있는 복도에 다다르자마자 걸음을 멈췄다. 한 남자가 자신과 그의 집 사이 벽에 등을 기댄 채 비틀비틀하고 있었다. 누구인지 굳이 확인하지 않아도 뻔했다. 잠시 망설이다 그에게 다가갔다. 한 발자국씩 가까워질 때마다 해독되지 못한 알코올 향이 강하게 번졌다.

"술 드셨어요?"

정신을 차리지 못하고 비틀거리던 그가 그제야 고개를 든다.

"이제 와?"

취한 목소리에 고단함이 묻어나왔다. 취한 모습은 처음 본다. 아니, 처음부터 볼 일이 없었을지도 모른다. 함께 술을 마신 적도 없고, 그가 팀 회식에 나오는 사람도 아니었으니까. 혹시 그가 술을 진탕 마신 것이 아까 낮에 자신이 차갑게 했던 말 때문일까 싶어 미안함에 제대로 바라보기가 힘들었다.

"안 들어가고 뭐 하세요?"

괜히 그에게서 시선을 떼고 열쇠로 문을 열었다. 그리고 등 뒤로 얼마나 오랫동안 밖에 있었는지 차가운 기운이 감쌌다. 그녀를 완전히 등 뒤에서 껴안은 수현이 지친 듯이 속삭였다.

"나한테 왜 이렇게 못됐냐. 내가 뭘 고치면 돼? 넌 나한테 너무 어려워."

서운함이 가득 묻어났다.

"취하셨어요, 본부장님."

"정신은 멀쩡해. 여기서 두 시간 기다렸어."

"……들어가서 기다리시지. 왜 나와서 기다렸어요?"

"들어가면 또 나한테 없는 척할까 봐."

그가 비틀비틀 구두 소리를 내며 그녀에게서 떨어졌다. 쓰러지려는 그를 붙잡았다. 손끝에 닿은 그의 체온은 너무나 차가웠다. 도대체 왜 이렇게 될 때까지 밖에서 기다린 걸까. 세영의 표정으로 짜증이 치밀었다.

"바보예요?"

"……"

"감기라도 걸리면 어쩌려고 이래요? 들어가세요."

이대로 또 휘말릴 것이다. 괜히 머리만 아픈 감정 낭비는 하고 싶지 않다. 그게 저 또라이라면 더더욱.

문을 열고 집안으로 들어서려던 그녀의 뒤로 그가 바짝 다가섰다. 결국 문은 닫지도 못했다.

"본부장님!"

"할 말이 그거뿐이야? 그냥 들어가서 잤으면 좋겠어?"

그의 목소리에서 강한 서운함이 느껴졌다. 하지만 그렇다고 그 서운함을 자신이 풀어줄 이유는 없다. 자기가 멋대로 좋아해 놓고, 멋대로 감정 낭비를 하게 만들었다. 마음에서 외치는 소리는 분명히 달랐지만 그녀는 다시 한번 매몰차게 소리쳤다.

"네, 취한 사람이랑 별로 얘기하고 싶지 않아요."

그가 붙잡기도 전, 그녀가 매몰차게 문을 닫아버렸다. 고작 이런 얘기나 하려고 두 시간을 기다린 게 아니었던 그는 입술을 깨물었다. 도대체 얼마나 자존감을 깎아먹어야 후련하다는 걸까?

그는 닫힌 현관문에 이마를 대고 원망스러운 듯이 속삭였다.

"돌이키기엔 네가 너무 좋단 말이야. 망할 박세영."

Chapter 4

시작하는
연인에게

행여 출근하는 길에 그를 볼까 걱정스러웠지만 그는 없었다. 연립주택 바깥으로 늘 세워져 있던 그의 잘 빠진 세단도 없는 걸 보면 일찌감치 출근해버린 듯했다. 어쩌면 자신의 사소한 오해일 수도 있었던 어제의 일은 머릿속에서 지워지지 않았다. 따지고 보면 주희의 말대로 그가 서휘와의 관계를 드러내려고 한 건 아니었으니까.

미쳤다. 회사 동료의 일이라며 친구한테 상담까지 받고.

"좋은 아침입니다, 선배님."

회사에 출근하자마자 보이는 건 차 비서였다. 그는 평소처럼 말끔하고 완벽한 모습으로 그녀를 맞았다. 업무를 보던 중이었는지 검토하던 서류를 내려놓았다.

"안녕하세요, 차 비서님."

의식하지 않으려고 애써도 눈은 무의식중에 그가 있을 본부장실을 향했다. 그러면서도 걱정은 하나였다. 혹시 저 안에 백서휘가 있을까 하는 것. 잠도 제대로 자지 못해서 퉁퉁 부어버린 눈으로 업무 준비를 서둘렀다. 탁상 달력을 확인하며 오늘의 본부장 스케줄을 정리하던 그녀는 일주일 뒤 출국이었던 표시가 오늘로 앞당겨져 있음을 깨달았다.

"차 비서님?"

"예, 선배님."

"이건 뭐예요?"

그녀가 달력을 들고는 오늘 날짜를 가리켰다. 글씨체로 봐서는 차 비서의 것이었지만, 자신은 아무것도 들은 것이 없었다.

"일정 앞당기셨습니다. 레오네 사에서도 언제든지 와도 좋다고 했었고, 이런 일은 미리 끝내는 게 낫다면서요."

"아, 그랬구나."

그는 당혹감으로 얼룩진 세영의 표정을 살피고는 말을 이었다.

"혹시 모르셨어요? 어제 말씀 안 하셨던 모양이네요. 제가 연락하려는 거 본부장님이 말씀드리겠다고 하셔서……."

어제 그런 이야기를 할 틈이 없었다. 자신도 술에 조금 취해 있긴 했었지만, 그는 진탕 취해서 자신의 집 앞에서 진상 아닌 진상을 부렸으니까. 어쩌면 두 시간을 서성이며 기다렸던 것이 이 이야기를 하기 위해서였을지도 모른다고 생각하니 순간 머릿속이 멍해졌다.

"출국까지 한 시간 정도 남았네요. 배웅하겠다는 건 한사코 거절하셔서 그냥 모셔다드리고 오기만 했거든요."

비서로서 잘 다녀오라는 인사를 해줘야 하는 걸까? 막상 어제 그런 일이 있었는데 아무렇지도 않은 척 전화하는 것도 웃긴 일이다. 머릿속으로는 어제 그녀가 했던 말이 맴돌았다.

'수현이는 나랑 가기로 했는데…….'

하지 않는 게 낫겠다. 어차피 그녀와 있을 테니까.

* * *

개인적으로 여행갔던 일을 빼고 해외 일정을 혼자 수행해보는 건 처음이다. 항상 비서나 어머니가 붙인 사람이 따라다녔고, 혼자서 하기 성가신 일들은 모두 그들이 해주었다. 물론 혼자 못 다녀서 그런 게 아니다. 단지 혼자 있는 시간에 익숙하지 않을 뿐이었다. 어머니가 붙인 비서들이 아니더라도 늘 곁에는 박세영이 있었으니까.

'지금쯤이면 출근해서 내가 출국한다는 사실을 알 텐데 전화도 없네. 어찌 보면 당연한가?'

몇 번이나 그녀에게 걸고 싶었던 마음을 참았다. 자존심 상하는 어제의 일 때문이었다. 백날 퍼부어줘도 그녀의 한 마디면 언제

202

든 냉랭해질 수 있는 관계라는 걸 잠시 잊고 있었다. 친구? 말이 좋아 친구지 그 이상으로는 넘어오지 말라는 경고나 마찬가지다.

갑자기 왜 화가 난 것인지 생각해보면 떠오르는 원인은 딱 하나였다. 회장실에 잠시 올라갔다가 내려왔을 때 세영과 이야기를 나누고 있던 건 분명히 그 녀석이었으니까.

지이잉! 지이잉!

이 녀석도 양반은 못 된다.

"어."

-야! 임수현! 너 갑자기 이러는 게 어디 있어? 방금 차 비서한테 들었어. 일정 조율했다며?

"응, 그렇게 됐어."

-왜? 나도 출국해야 하는 거 일부러 네 일정에 맞췄던 건데.

그동안 너무 당연하게 생각해왔던 것이 어느 날 갑자기 의문이 들었다면 그 기분은 어떻게 표현해야 좋을까? 어렸을 때부터 친구였기 때문에, 사귀긴 했지만 금세 친구로 돌아왔기 때문에 그녀와 함께하는 건 당연히 친구로서라고 생각했다. 그러나 이제야 생각한다. 그 친구로서의 감정이 자신에게만 있고 이 녀석은 다른 마음을 품었다면?

"네가 왜 내 일정에 맞춰?"

그의 날 선 물음에 전화 너머 그녀가 잠시 말을 잃었다. 곧 당황스러운 듯 실소가 들렸다. 그러나 수현은 전혀 웃을 기분이 아니었다.

-당연하잖아. 나 항상 이랬어. 너야말로 갑자기 왜 이러는데?

전화 속 서휘의 목소리가 당황한 듯이 떨렸다. 수현은 한 번도 자신에게 이유를 요구하지 않았다. 사귀지 않아도, 친구로 있어도 곁에 있는 것을 허락하는 사람이었다. 그런 그가 이젠 평소와 다르다.

"나 비행기 타야 해. 다음에 얘기하자."

-그 비서 때문이니? 왜? 나랑 친하게 지내지 말래? 질투 난대?

서휘의 목소리는 점점 더 격앙되었다.

-그래서 그 비서가 나랑 연락 끊으라면 연락 끊을 거야?

"끊을게."

-야! 임수현!

전화 너머로 자신을 부르는 그녀의 목소리가 들렸지만 매몰차게 끊고 탑승 게이트로 걸어갔다.

전화가 힘없이 끊겼다. 전화를 쥐고 있던 서휘의 손이 하얗게 질렸다. 연인으로 있을 때도 이렇게 매몰찬 적이 없었다. 하물며 그녀에게 매몰찰 이유도 없었으니까. 친구로 만족하면서 살 수 있을 줄 알았다. 그를 잊고 지금의 약혼자를 사랑하는 줄 알았다. 그러나 그가 비서를 대할 때의 눈빛을 보면서 질투하는 자신을 발견했다.

난 아직 수현이를 못 잊었어.

"저, 팀장님?"

전화를 쥔 채 화를 삭이는 중인 그녀에게로 사원 하나가 바짝 다가섰지만, 서휘는 마침 보고 있던 결재서류에 사인하며 입을 열었다.

"난 잠깐 나갔다 올게요."

* * *

퇴근해서 오는 길에 잠시 부동산에 들렀다. 안 그래도 회사에서 집까지 거리가 제법 되어서 언젠가 옮기리라고 생각하고 있었는데, 고작 이런 일로 이사를 생각할 줄은 몰랐다. 아니, 고작은 아니다. 나름 큰일이다. 함께 일하는 상사한테 찍히는 바람에 이렇게 된 거니까.

"이 정도 조건이라면 금방 집이 나올 거예요. 좋은 방 나오면 바로 연락드릴게요."

"네, 잘 부탁드립니다."

부동산을 나와 잠시 정처 없이 걸었다. 걱정거리가 생기면 식욕도, 수면욕도 줄어든다고 하더니 사실인 모양이었다. 하물며 이상형이었던 차 비서도 눈에 들어오지 않는 상태였다. 아주 잠깐 그가 신경이 쓰였지만 이제야 깨달았다. 아무리 이상형이 곁에 있다고 한들 저를 좋아한다고 했던 사람에게 더 관심이 간다는 사실을 말이다.

태어나서 처음으로 편의점 앞 테이블에 앉아 청승맞게 술도 마셔보고, 취한 채로 주희에게 전화를 걸어 시끄럽게 떠들어보기도 했다. 그럼 마음에 남은 미안함과 아쉬움이 좀 사라질까 싶어서. 그러나 마음은 조금도 편해지지 않았다.

구두를 신은 발에 조금씩 아픔이 밀려들기 시작했을 때가 되어서야 집으로 방향을 옮겼다. 평소에는 그렇게 없었으면 했던 사람인데 막상 자신에게 아무 말도 없이 그렇게 스위스로 떠났다고 하니 섭섭함부터가 고개를 들었다.

또각또각, 겨우 연립주택의 계단을 올라 막 3층에 올랐을 때였다. 언제 올라도 참 적응이 되지 않을 정도로 가파른 계단에 숨을 헐떡이던 것도 잠시, 그녀는 보여선 안 될 모습을 발견하고 그 자리에 얼어붙은 채 섰다.

"늦었네."

"본…… 부장님……?"

스위스에 갔어야 할 사람이 왜 여기에 있는 거지?

그는 여행용 캐리어를 곁에 두고 코트 주머니에 손을 쏙 집어넣은 채 벽에 등을 대고 있었다. 정확히는 그의 집 305호와 그녀의 집 304호 사이.

당황하지 말자. 그냥 단순히 오늘 출국을 안 했을 수도 있잖아.

"출장 오늘로 당기셨다고 들었는데……."

조곤조곤 말하는 그녀에게로 그가 긴 다리로 단숨에 다가섰다. 뒷걸음질 치려는 것을 알고 잠시 걸음을 멈췄다. 한순간 가까워지자마자 풍기는 묘한 술 냄새에 그가 이맛살을 구겼다.

"술 먹었어?"

"아뇨."

"아니긴. 이렇게 냄새를 풍기면서."

그제야 그녀가 고개를 휙 돌리고는 퉁명스럽게 입을 열었다.

"남이사 술을 먹든, 말든요."

조금 더 다정하게 말하고 싶었다. 그러나 그의 얼굴을 보자마자 떠오르는 건 서휘의 말이었다. 제발 둘 사이에 문제가 있다면 둘이서 해결해주었으면 좋겠는데 어째서 자꾸 자신을 끌어들이는 걸까. 짜증 나서 미치겠다.

"아침 일찍 일어나서 공항에 갔어."

그가 코트의 주머니를 푹 찔러 넣은 채 입을 열었다.

"차마 너한텐 일정 앞당겼다는 말을 못 해서 별로 보고 싶지도 않았던 차 비서 배웅 받으면서 말이야. 원래 해외 일정 있으면 공항에 간 순간부터 전화는 꺼놓는데 안 꺼놨어. 혹시라도 우리 유능한 비서님이 잘 다녀오시라고 전화라도 할까 싶어서 말이야. 근데 문자 한 통도 없더라?"

"그래서 그게 그렇게 섭섭하셨어요?"

"아니, 이건 별로 안 섭섭해. 늘 그 유능한 비서님한테 남자로서는 무시당하던 처지였으니까."

"그럼 뭐 때문에 돌아오셨는데요?"

"이대로 가면 아예 우리 관계가 끝날 것 같았으니까."

그 워커홀릭이 자기 때문에 일을 때려치우고 왔단다.

"아니, 어쩌려고 이래요? 스위스에서 사람들 기다릴 텐데."

술김에 소리를 치고 전화를 꺼내 들었다.

페터 씨 전화번호. 번호가 몇 번이었지? 스위스 국제전화 코드가 몇 번이었지?

손으로는 바쁘게 전화번호를 찾고 있었지만, 술기운 때문인지 머리는 몽롱했다. 한편으로는 그가 자신 때문에 일도 제대로 하지 않고 발길을 돌렸다는 말이 기쁘기도 했다. 손끝이 떨려서 제대로 화면을 누를 수가 없었다. 눈앞도 흐렸고, 갑작스럽게 취기가 올라 얼굴이 뜨겁기도 했다. 정신이 없다.

페터 씨 번호. 페터 씨…… 페터 씨 번호.

앞에 드리워진 그림자가 서서히 다가와 더 짙어지는 것을 느끼고 손은 더 급해졌다. 톡톡, 손톱이 액정을 건드리는 소리가 몇 번이고 난 뒤에 그녀가 작게 표정을 풀었다.

아, 찾았다.

독일어는 못 하지만, 본부장의 스위스 일정이 갑작스럽게 취소되었다는 비즈니스 영어 정도는 가능했다.

통화버튼을 막 누르려던 순간이었다. 현기증이 돈 걸까? 손에 쥐고 있던 전화가 갑자기 사라졌다. 떨어뜨렸나? 그러나 바닥을 살필 수가 없었던 것은 등으로 닿은 차가운 벽의 느낌 때문이었다.

"뭐 하는 거예요?"

등 뒤로는 벽이고, 앞으로는 그 악당이 서 있다. 취해서 그런지 술기운이 더 올라왔다. 얼굴은 물론 목까지 뜨거워서 절로 숨이 거칠어졌다.

"타임오버. 나 지금 키스 한다."

단번에 알아듣기 어려운 말을 뱉은 입술이 아주 천천히 세영에게 닿았다. 싫으면 피하라는 듯이. 취기 오른 혀끝을 간질이듯 닿은 건, 그의 혀끝이라는 것을 깨달았지만 취기 때문인지, 그동안 닿고 싶었던 그 마음 때문인지 그녀는 그를 밀어내지 못했다. 오히려 두 팔로 그의 목을 세게 끌어안았을 뿐이었다.

술에 취한 데다 키스까지 당하는 중이라 다리는 후들후들 떨렸다. 그런 그녀를 느낀 건지 그가 두 팔로 허리를 껴안으며 지탱했다. 이렇게 한 번에 무너져도 되는지 모르겠지만 닿아 있는 것만으로도 그게 무척이나 안심되어서 입술을 뗄 수가 없었다. 사실은 그가 이렇게 나오기를 기다렸는지도 모르겠다고 착각까지 들었다.

"하아……."

숨을 쉬려고 잠시 입술이 떨어지면서 크게 숨을 들이마실 사이도 없이 다시 그의 혀가 침범했다.

"흐응."

이제야 밀어내야겠다는 생각이 들어 피하려고 했을 때, 스커트를 입은 다리 사이로 그의 긴 다리가 들어왔다. 오도 가도 못하게 되어버렸다. 그의 품이 이렇게 따뜻했나? 그동안 얼음처럼 꽝꽝 얼었던 마음이 단숨에 녹아 내려갔다. 이렇게 쉽게 녹을 마음이었다면, 조금 더 그에게 매몰찬 것이 좋았을 텐데.

'이러면 안 되는데. 이러면 받아들이게 되는 거잖아. 이러면…….'

한참을 붙어 있던 입술이 떨어졌다. 그와 동시에 눈가에 맺혀 있던 눈물이 또르르 흘러내렸다. 만들어진 눈물길은 쉽게 지워지지 않았다. 그녀를 품에 넣은 채 한참을 내려다보던 그가 손끝으로 눈물길을 더듬었다.

"바보예요? 그렇게 말했는데 뭐가 타임오버예요? 뭘 또 나한테 기회를 주고 있어요? 본부장님 이런 사람 아니잖아요. 자기

뜻대로 따라오지 않는 사람들 가차 없이 버리잖아요."

울음기 가득한 말을 뱉었다. 뱉고 나니 알겠다. 그에게 자신이 특별했음을 말이다. 하나도 원하는 대로 해주지 않았는데 억지로 여기까지 끌고 왔다. 꽝꽝 얼었던 얼음장 같던 마음에 온난화를 부르고 말았다. 이 사람은 역시 최악이야.

"그래서 내가 너까지 버렸으면 좋겠어? 내 마음에 따라오지 않으니까 그냥 끊어내?"

"곁에 예쁜 사람 있잖아요."

"누구."

"그 사람."

차마 그 누구의 이름을 부르기에도 자신의 처지가 한심해서 입이 잘 떨어지지도 않았다.

"둘이 엄청 잘 어울리는데, 왜 나예요?"

취해서 아무 말이나 막 나온다. 그만 다물어야 하는데 봇물 터진 입은 다물어질 줄 몰랐다.

"흐흑! 좋아해요. 좋아해요, 본부장님. 질투 나서 미치겠어요. 그 여자 싫어요."

그녀를 뻣뻣하게 감싸고 있던 자존심이 부러졌다. 부러질지언정 휘는 사람으로 살지 않겠다던 다짐이 여기에서 부서질 줄이야. 흐느끼며 우는 중이었지만 시선은 피하지 않았다. 악당의 시선이 참 따스하다는 걸 이제야 느낀다. 차갑게 노려보기만 할 줄 알았던 그가 자신을 햇살처럼 본다.

"참 어려웠다. 이번 프로젝트."

그녀를 품에 넣으며 그가 속삭였다. 본래 성취감이라는 것도 수행하기 어려운 프로젝트를 완성했을 때 배가 되는 것이다.

"네가 제일 어려웠어."

눈물길에 그가 입술을 댔다. 그 자국을 지우겠다는 듯이 입술이 포개졌다.

그를 붙잡고 키스하면서 울 땐 몰랐는데, 눈물이 그치면서 술이 깬 건지 굉장히 쪽팔렸다. 어쩌다 그를 집으로 들이고 괜히 주방에서 분주하게 차를 타는 척하고 있었지만, 은연중 느껴지는 시선에 괜히 손이 덜덜 떨려서 티스푼을 놓친 것이 한두 번이 아니었다.

'미쳤지. 미쳤어. 그때 밀었어야 했는데.'

한숨을 푹푹 쉬며 차를 타던 그때, 그녀의 손으로 수현의 손이 겹쳐졌다. 하마터면 놀라서 잔을 싱크대 안으로 밀어버릴 뻔했다.

"노, 놀랐잖아요!"

"뭘 그렇게 놀라? 이제 우리 1일인데."

1, 1일?

그는 표정이 굳는 그녀를 보며 놀릴 심산으로 더 과장해서 입을 열었다.

"나랑 키스까지 했는데 1일 하기 싫어?"

"그건 본부장님이 멋대로……."

"아까 나 좋아한다고 했던 사람이 누구더라? 질투 났다고 했던 사람이 누구지?"

"내, 내, 내가 어, 언제요!"

술기운이 완전히 가시고, 순수하게 자신에게 반응하느라 빨개진 얼굴이 귀여웠다. 슬쩍 도둑처럼 그녀의 뺨에 입술을 댔다가 떼자 거의 그녀가 울듯이 울상을 지었다. 울상이라면 못생겨야 정상인데, 저 얼굴마저도 예뻐서 미치겠다면 중증이겠지?

"이래서 결정적인 건 항상 녹음해야 해. 이럴 줄 알았으면 준비하고 있어야 했는데."

"집에나 가세요."

"싫어. 들어와서 차 마시라며? 차 한 방울도 안 주고 쫓아내려고? 이젠 본부장이 아니라 남자친구 됐다고 맞먹는 건가? 뭐, 그래도 상관은 없어. 상대가 박세영 씨면 평생 호구 돼줄게."

그가 얄밉게 웃으며 그녀가 타고 있던 찻잔 하나를 빼앗아 들고는 거실 탁자 앞에 앉았다. 들어오라 한 건 사실이었고, 키스한 것도 사실이다. 그의 말에 틀린 건 하나도 없었다. 그녀도 어쩔 수 없이 그의 곁으로 가 앉아야 했다. 아니, 멀찌감치 떨어진 자리에 앉았다.

"뭐해. 왜 이렇게 멀리 떨어져 앉는데?"

몰라서 그런가? 그렇게 밀어내던 상대를 받아들였는데 단숨에 그 거리가 가까워질 리가 있을까.

"몰라요. 다가오지 말아요."

"키스까지 한 마당에 이래야겠어?"

그의 능글맞은 말에 세영의 얼굴이 빨개졌다.

"계속 키스키스 하실 거예요? 저 놀리실 거면 가세요."

"누가 놀린대? 또 하고 싶으니까 그러지. 나 츤데레 별로 안 좋아해. 아, 근데 그게 박세영 씨면 상관없어."

그가 탁자에 놓은 팔로 턱을 괸 채 그녀를 지그시 바라보았다. 그녀의 관심을 끌겠다고 옆집에 이사해 있는 동안 남아 있던 정까지 다 들어버린 모양이다. 또 하고 싶다는 말에 빨개진 얼굴을 보고 있으니 얼굴에서 웃음이 떠나질 않는다. 거의 광대가 승천할 지경이다. 필사적으로 자신의 시선을 피하는 것도, 얼굴이 빨개져서 입이 한 자나 나와 있는 것도 사랑스러워 미칠 지경이었다.

"제가 언제 츤데레였어요. 저 츤데레인 적 없거든요?"

"왜 없어? 나 싫다고 그렇게 밀어내던 게 누구더라."

그제야 그에게 했던 악행들이 머릿속을 가득 채웠다. 모르겠다. 지금은 그냥 쪽팔린다. 그렇다고 두 손으로 얼굴을 가려버리면 자신의 쪽팔린 마음을 그가 알아챌 듯해서 마음대로 하지도 못하겠다.

"나한테 가까이 오기 싫으면."

그가 단숨에 그녀가 있는 곳까지 당겨 앉았다.

"내가 가면 돼. 어디 또 도망가 봐."

"내가 언제 도망갔다고 그래요?"

그녀가 괜히 퉁명스러운 투로 툴툴거렸다. 툴툴이라고 해봐야 수현에겐 귀여운 모습이었지만. 서로의 체온이 느껴질 만큼 가까이 앉은 채 수현이 조심스럽게 손을 들어 그녀의 뺨을 쓸었다. 더는 피하지 않았다. 취기가 올라 자신에게 소리를 쳤던 그때처럼 그랬다.

"넌 다 예뻐. 톡 쏘는 것까지도. 그래서 그렇게 날 밀어냈는데도 싫지가 않았나 봐."

톡 쏘는 모습까지 예쁘다니. 이 남자 중증이다. 그런데 문제라면 그게 싫지 않은 자신의 모습. 그에게 또라이 균이 옮아서 자기까지도 또라이로 변한 듯싶다.

"이제 보니까 본부장님 엄청 호구네요."

"그걸 이제 알았어? 박세영 씨한텐 얼마든지 호구가 되어줄 수 있지. 이참에 나한테 많이 뜯어가라고."

"호구 뜯어먹을 정도로 나쁜 사람 아니네요."

툴툴대면서 대답했지만, 그가 싫어서가 아니었다. 괜히 묘해진 분위기에 슬쩍 시선을 피하고 있던 그때 그가 세영의 손바닥에 입술을 댔다. 손을 겹쳐 잡고 입술을 댄 채 한참을 가만히 있는 그를 마치 미술품을 감상하는 사람처럼 바라보았다. 눈을 뗄수가 없는 모습이었으니까. 이미 그를 좋아하는 쪽이었지만, 이렇게 보니 왜 그가 잇보이라고 불리는지 알 듯싶었다. 젊고, 섹시한 남자. 이렇게 정장이 섹시하게 잘 어울리는 사람이 있을까? 세영은 자기도 모르게 마른침을 삼켰다.

"눈 감아."

그렇게 싫다고 했으면서 몸은 참 말을 듣질 않는다. 그의 말에 눈을 감았다. 그가 무엇을 할지는 예상하였다. 손바닥에 대고 있던 입술의 느낌이 잠시 떨어지고 입술 주변으로 제 것이 아닌 타인의 숨결이 느껴졌다. 그리고 그의 키스가 다시 한번 나비가 되어 그녀의 입술에 살포시 앉았다. 더운 숨결은 꿀보다 달았고, 꽃보다 향기로웠다. 술에 취한 그녀의 향기가 이 정도라면 평소엔 얼마나 더 달달하고 향기롭다는 걸까?

"박세영 씨. 혹시 말이야."

그가 잠시 입술을 떼고 아주 낮은 목소리로 물었다.

"1일이 되려면 키스보다 더한 걸 해야 해?"

키스만으로 아래에서 반응이 와서 답답했던 그의 물음에 세영의 얼굴은 완전히 새빨개졌다.

* * *

「아닙니다. 다음에 스케줄 다시 잡아 알려드리겠습니다. 정말 죄송합니다.」

인천에서 스위스 취리히까지는 최소 12시간의 비행을 해야 했고, 그때 맞춰 연락하려고 했더니 레오네에서 먼저 연락이 왔다. 그가 스위스에 아예 출국조차도 하지 않았으니 기다리지 말라는 연락을 했단다. 스스로 남아서 야근 아닌 야근을 하던 도현은 피곤한 표정으로 전화를 끊고 달력에 표시되었던 '본부장님 스위스 출장'이라는 문구를 지워버렸다. 어쩐지 오전부터 세영의 표정이 그다지 밝지 않았던 것을 눈치챘던 도현은 기어이 두 사람이 사랑싸움을 벌이다 일이 이 지경이 됐음을 알아챘다.

"야근을 꽤 자주 하네요? 본부장 비서가 그렇게 할 일이 많은가?"

어두운 복도에서 울린 목소리에 고개를 든 그의 시선에 한 여자가 들어왔다. 목소리를 들어서 누구인지는 알고 있었지만, 그녀의 모습은 입사한 후 처음 보는 것이나 마찬가지였다.

"취하셨습니까?"

"전화 내용을 살짝 엿들었는데요. 수현이가 스위스에 안 갔나 봐요."

"예."

굳이 숨길 이유 없는 일이라 대답했다. 살짝 어두운 복도였지만 그녀가 어떤 표정을 짓고 있는지는 너무 잘 보였고, 그는 그녀가 금세 울음이 터질 정도로 표정을 일그러뜨렸음을 알아챘다. 하지만 위로할 이유는 없다. 자신은 본부장의 비서이고, 이 여자는 본부장에게 목을 매고 있는 한 여자일 뿐이었으니까. 더군다나 지금은 자기가 자처해서 야근하고 있지만, 공식적인 근무시간이 지났다. 술까지 먹고 여기까지 온 사람에게 친절을 베풀 이유는 없다.

"왜요?"

"개인적인 사정은 알지 못합니다. 그건 왜 물으십니까?"

"물으면 안 돼요?"

"예."

딱딱하게 대답하는 그에게 서휘가 결국 인상을 구기며 울음을 터뜨렸다.

"차 비서님은 뭐가 그렇게 잘났어요?"

"잘난 거 없습니다."

"그 말투 완전 싸가지 없어요."

"압니다."

"그 자식이랑 똑같다고요."

"……."

취해서 진상을 부리러 온 거라면 경비라도 부를 기세로 수화기를 들었다. 막 경비실 번호를 누르려던 순간 또각또각 몇 번 구두 소리가 울리더니 서휘가 그 자리에 주저앉았다.

"백 팀장님."

안내데스크에서 나와 급하게 그녀를 부축했지만 곧 거절당했다. 그의 가슴팍을 밀며 자리에서 일어난 서휘가 또각또각 불안정한 구두 소리를 내며 떨어졌다.

"많이 취하셨습니다. 모셔다드리겠습니다."

"친절 부리지 말아요. 괜히 사람 헷갈리니까."

그녀가 원망스러운 눈으로 도현을 쏘아보다가 뒤돌았다. 어차피 그가 없는 걸 알면서 왜 이곳으로 오고 말았을까. 그와 너무 비슷한 차 비서가 보고 싶어서 온 건가?

몇 걸음 걷던 그녀는 순간적으로 떠오른 어떤 생각을 억누르며 뒤돌았다. 자신을 걱정스러운 눈으로 바라보는 키 큰 남자가 보였다.

"차 비서……, 아니……, 아니에요."

하아, 미쳤나 보다. 그럴 리가 없는데.

* * *

비가 갠 뒤의 하늘은 비가 오기 전보다 예쁘다. 사람의 관계도 마찬가지였다. 평소보다 30분 일찍 일어난 그녀가 오래도록 시간을 쏟아붓는 곳은 옷장 앞이었다. 평소에도 패션에 관심은 없어서 정장 같은 오피스룩 외에는 다른 옷을 입을 일이 없는 비서라는 직업이 편하다고 생각했었다. 그러나 지금은 아니었다. 가지고 있는 정장 중에서도 좀 예쁘게 보일만 한 스커트, 그런 스커트에 어울리는 블라우스를 매치하는 중이었다.

"나 도대체 그동안 뭐 입고 다닌 거야?"

많은 사람이 하는 고질적인 물음을 이제야 해본다. '그동안 뭘 입고 다녔는데 입을 만한 게 하나도 없느냐'고. 한참을 옷장 앞에서 시간만 보내다가 결국 고른 건 처음에 골랐던 옷이었다. 평소보다 일찍 일어나긴 했지만 결국 평소보다 5분을 넘겨버리는 바람에 허둥지둥 구두도 신는 둥, 마는 둥 급하게 현관문을 나섰다.

"이제 나와?"

열자마자 보이는 건 역시 그였다. 어제도 밤에 돌아가지 않겠다는 것을 옆집이니 벽 하나를 두고 더 애틋하게 있을 수 있다는 듣기 좋은 말로 구슬려 보냈었다. 사실 잠깐 보지 않아도 보고 싶은 건 자신도 마찬가지였다. 단지, 티 내고 싶지 않을 뿐. 괜히 티 냈다가 멋대로 일 저지르기 좋아하는 저 본부장이 또 멋대로 일을 저지를지 모를 일이었다.

"죄송해요. 제가 좀 늦었죠?"

"5분 지각. 우리 이 앞에서 8시 10분까지 보기로 한 거 아니었나?"

"아, 그랬습니다. 만나기로 했죠……, 죄송합니다."

그녀가 말끝을 흐리며 볼에 바람을 넣었다.

'귀여워. 설마 진짜 화낸다고 생각하는 거야?'

비집고 나오려는 미소를 억지로 참고 짐짓 심각한 표정으로 그녀를 내려다보았다. 자신과 눈이 마주치자마자 겁먹은 고양이처럼 시선을 피했다. 사실 그녀를 기다리는 거라면 5분이든, 10분이든 상관없다. 1시간을, 심지어 10시간을 기다린다고 하더라도 즐거울 것이다.

"왜 이렇게 또 죽상이야? 장난 한번 친 거 가지고."

결국 무장해제 된 그가 슬쩍 그녀의 턱을 잡아 들어 올렸다. 얼결에 다시 그와 시선이 마주쳤다. 그의 얼굴에 퍼져 있는 행복의 기운이 가득한 미소를 보는 순간 그녀가 억울한 듯이 그를 노려보았다. 그리고 그 순간이었다.

쪽!

두 입술 사이에서 짜릿한 소리가 울렸다.

"흠흠."

"……."

그의 입술이 닿았다 떨어진 제 입술을 손으로 더듬던 그녀의 얼굴이 새빨개졌다. 아무리 어제 봉인이 풀렸다고 해도 이렇게 갑자기 기습적으로 스킨십을 해올 줄이야. 놀란 그녀와는 다르게 수현은 칭찬을 기다리는 아이처럼 환하게 웃었다.

"미, 미쳤어요?"

그러나 그녀의 입에서 나온 말은 그가 기다리던 종류가 아니었다. 그의 표정은 금세 굳었다. 칭찬은 못 할망정 미쳤냐는 말이었다.

"미쳤다고? 그게 할 소리야? 칭찬은 못 할망정."

"누가 보면 어쩌려고 이래요? 괜히 스캔들이라도 나면 본부장님뿐만 아니라 저도 참 곤란하거든요?"

가만히 세영의 말을 듣던 그가 잠시 생각하는 듯하더니 진지한 표정으로 물었다.

"그렇긴 하네. 괜히 다른 사람이 보면 둘 다 곤란해지겠다. 그렇지?"

"당연하죠."

"그럼 안 보이는 곳에서 하면 되겠네."

왜 얘기가 그렇게 되는 거야, 등신아.

이미 세영이 무슨 생각을 하는지 눈치챈 그가 이번에는 살며시 그녀의 손을 감싸듯 쥐었다. 갑자기 닿은 체온에 소스라치게 놀라며 뿌리쳤지만, 그의 손이 집착적으로 다시 그녀의 손을 찾았다.

"우리 둘 다 곤란해지겠다면서요."

"지금 여기 우리밖에 없거든?"

수현이 뻔뻔한 표정으로 세영의 손을 깍지 껴 잡았다. 얼마나 세게 쥐었는지 피가 통하지 않을 정도였다. 그는 3층의 계단을 아주 느린 속도로 걸어 내려갔고, 피가 통하지 않을 정도로 꽉 쥐고 있던 손은 공동현관을 벗어나고 나서야 풀어주었다. 참 뻔뻔하고 제멋대로였지만 그래도 싫지 않은 것을 보니 역시 자신도 이놈에게 또라이 내지는 등신 바이러스가 옮아버렸나 보다.

이다지도 다정했지만, 차 안에서 내내 달콤했던 공기는 회사 근처로 오면서 서서히 냉각되었다. 두 사람 중 누구도 회사에서의 행동에 대해 언급하지는 않았지만 서로 느꼈다. 서로에게 해가 되지 않으려면 평소처럼 냉랭한 듯 행동해야 했다.

지하주차장에서 엘리베이터를 타고 오르는 중 그는 바지 주머니에 손을 찔러 넣고는 곁눈질로 방범용 카메라를 살폈다. 저것만 없었다면 누군가가 타기 전까지는 그녀를 차지할 수 있었을 텐데.

"쯧!"

혀 차는 소리에 온갖 불만이 가득했다. 방범용 카메라를 살피던 시선이 이제는 그녀에게 머물렀다. 일부러 자신을 보지 않으려고 애쓰는 기색이 역력했다. 당장이라도 쓰다듬어 주고 싶어질 정도로 사랑스러웠지만, 그는 다시 메마른 눈으로 층수 표시 화면으로 눈을 돌렸다. 감정을 앞세웠다가 그녀를 곤란하게 할 만큼 자신은 멍청한 남자가 아니었다.

엘리베이터 문이 열리고 그는 평소처럼 차 비서의 인사는 받는 둥, 마는 둥 슬쩍 손만 들어 보이고는 먼저 본부장실로 사라졌다. 그보다는 다섯 발자국 떨어져 뒤이어 들어온 세영이 비서 데스크 안으로 들어왔다.

"좋은 아침입니다, 선배님."

"네, 좋은 아침이에요."

회사에서는 평소처럼 행동하자고 올 때부터도 다짐했지만, 들뜬 기분은 쉬이 가라앉지 않았다. 남들에게 자신의 기분을 들키지 않는 가장 좋은 방법은 가만히 입을 다물고 있어야 한다.

"기분 좋아 보이시네요."

업무 준비를 하던 세영은 놀란 표정이 되었다.

"네?"

그러나 도현은 그녀가 아닌 본부장이 들어간 문을 바라본 채였다.

"본부장님 말이에요. 오늘 왠지 기분이 좋아 보이셔서요."

"아, 그래요? 전 잘 모르겠던데……."

높은 지위에 있는 사람이라 누군가에게 감정을 잘 드러내지 않는 수현의 기분을 눈치챈 도현에게 놀란 그녀가 말끝을 흐리며 업무 노트를 손에 챙겼다.

"저는 오늘 일정 브리핑해드리고 올게요."

"네, 선배님."

아무 의미 없이 했을지도 모를 말이지만, 괜히 찔렸다. 아마 도둑이 제 발 저린다는 말이 이런 때를 두고 생겨난 말인가 보다.

똑똑!

"네."

어제와는 다르기 때문일까? 문 너머에서 들린 아주 사무적인 목소리에도 잠시 잠을 자던 설렘은 쉽게 깨어버렸다. 이러다 자신이 그를 더 많이 좋아해버리면 어쩌나 걱정까지 들 정도였다. 하지만 지금은 직장이다. 잠깐 느꼈던 그 설렘과 입술에 닿았던 체온은 잠시 접어두어야 했다.

"일정 보고 드립니다."

그가 앉아 있는 책상 앞까지 걸어갔다. 수현은 가까이 다가온 세영에게 시선 한 번 주지 않고 고개를 끄덕였다. 그 모습은 평소 자신의 일정 브리핑을 듣던 그의 모습 그대로였다. 한편으로는 다행인데 은근히 서운했다.

"오전 11시부터 오후 1시까지 이사님들과 점심이 잡혀 있습니다. 장소는 계열사 호텔인 W호텔 일식당이며, 회장님도 참석하실 예정입니다. 식사 후, 이사님들께 드릴 첫 론칭 제품의 선물 포장은 모두 끝내 놓았습니다. 오후 2시부터는⋯⋯."

평소처럼 노트에 빼곡히 적힌 그의 일정을 줄줄이 나열했다. 상대방이 얼마나 소중한 사람이 되었느냐에 따라 와 닿는 느낌이 다르다더니, 그동안 그가 일반 사원들보다도 얼마나 바쁘게 살았는지가 느껴졌다. 이사들과의 점심 약속이라는 아주 간단해 보이는 것도 전부 업무의 일환이었고, 좀처럼 편하게 식사를 할 수 있는 시간도 거의 없었다. 아주 완벽해 보이는 것도 늘 업무에 치여 살다 보니 어쩔 수 없이 갖추게 된 겉모습일지도 모른다.

"오후 5시에는 노블레스 백화점 마케팅전략사업부 본부장과 미팅이 있습니다."

"스케줄이 꽤 빡빡하군요. 전부 시간 내로 이동할 수 있습니까?"

"예, 교통체증에도 문제없도록 조율해뒀습니다."

그는 빈틈없이 비서 생활을 잘하고 있는 그녀가 왠지 기특하게 느껴졌다. 당연히 돈을 받고 하는 일이기 때문에 열심히 한다는 느낌보다는 비서 그 자체라는 느낌이 더 강하게 풍겼다. 어쩌면 그렇기 때문에 다들 한 달도 못 채우고 떠나버리는 자신의 곁을 3개월이 넘도록 지키고 있는지도 모른다. 그 점에 반하기도 했다.

최대한 그녀를 보지 않고 싶었는데 시선은 어쩔 수 없이 그녀를 향했다. 태양을 쫓는 해바라기처럼. 눈이 마주치자마자 그녀의 얼굴이 또 빨갛게 익었다. 저러다가 너무 맛있게 익어버리면 어쩌나 싶을 정도로 오늘 그녀의 낯빛은 쉴 틈이 없었다. 그는 턱을 괴고 한동안 그녀를 바라보다가 입을 열었다. 조금만 더 그녀를 보고 싶지만 이젠 보내야 할 때였다.

"고마워요. 그럼 커피 한 잔만 부탁하죠."

"네, 본부장님."

그녀가 꾸벅 허리를 숙여 인사하고 뒤돌아 나가려던 참이었다. 갑자기 노크도 없이 문이 벌컥 열렸다. 어느 경우 없는 인간이 마왕의 처소로 겁도 없이 들어온 건가 싶어 문 앞을 바라보았던 세영의 눈으로 아주 예쁜 여자가 들어왔다. 평소에도 예쁘다고 생각했던 그 여자. 브리핑 내내 그래도 화기애애했던 분위기는 갑자기 들이닥친 불청객으로 싸늘하게 식었다.

"미안. 업무 보던 중이었나 봐?"

세영이 왜 자신에게 거리를 두려고 했는지 그 이유 중 하나를 알고 있던 수현은 아무리 친구라지만 서휘의 방문이 불쾌했다. 아무리 친구 사이라고 하더라도 사내에서의 자신은 본부장이고 그녀는 수석 조향사였다. 엄연히 직급이 있고, 지켜야 할 예의가 있음에도 노크도 없이 들이닥친 그녀에게 그는 그동안 너무 친구로서만 대했다는 사실을 상기했다. 그 때문에 세영도 자신을 불편하게 밀어내기만 했다는 것도.

"백 팀장."

"……."

평소처럼 '백서휘'라는 이름이 아니었다. 그의 입에서 나온 건 두 사람의 관계를 냉랭하게 만드는 종류였다.

"이게 무슨 짓입니까?"

차갑고 사무적인 말투에 그제야 서휘가 조금은 어색한 미소를 지으며 입을 열었다.

"죄송합니다, 본부장님. 어제 스위스 일정 있으시다는 이야기를 들었는데 출근하셔서 너무 반가운 마음에……."

"앞으로 조심해주세요. 안 그래도 낙하산이라는 말 듣고 있잖아요? 나 사내 소문에 대해서 굉장히 예민한 사람입니다. 소문의 주인공이면 남들보다 배는 열심히 해야죠."

"……예, 죄송합니다."

두 사람 사이에 끼어서 나갈 타이밍을 놓쳐버린 세영은 이 상황을 불편하게 바라보았다. 서휘의 일이라면 무조건 친구로서 대하던 그가 지금은 그녀를 너무도 차갑게 바라보고 있었다.

서휘는 자신과 눈이 마주친 세영을 스리슬쩍 노려보고는 들고 왔던 결재 서류철을 수현의 앞으로 내밀었다. 말없이 서류를 확인한 수현은 메마른 눈으로 서휘를 보며 한숨을 쉬었다.

"이미 결재한 겁니다. 그리고 백 팀장."

"네, 본부장님."

"앞으로 결재할 일이 있으면 내 비서 통해서 해요. 밖에 세워놓은 사람들 장식으로 둔 거 아닙니다. 사람 걸러 받으라고 있는 거예요."

자신을 걸러 받겠다고 말하는 것처럼 느껴졌다. 수현에게 접근할 수 있는 유일했던 여자 사람 친구에서 이젠 친구만도 못한 사이로 바뀐 듯싶다.

하필이면 박세영 앞에서…….

그의 입에서 나온 말들은 제법 날카롭고 강했다. 형체가 없는 말이었지만 이미 심장으로는 날카롭게 파고든 지 오래였다. 늘 다른 여자들에겐 차가웠지만, 친구였던 자신에게는 그나마 따뜻 했던 남자다. 이게 다 박세영 때문이다. 갑자기 끼어든 저 비서 때문에 자신과 수현의 사이가 멀어졌다.

"주의하겠습니다. 하지만 본부장님께서도 아시지 않습니까? 론칭 얼마 남지 않은 제품입니다. 회사의 첫 향수이고, 저도 애정 을 가지고 조향을 했기 때문에 모든 것을 본부장님과 공유하고 싶었을 뿐입니다."

"그 마음 압니다. 하지만 여기는 회사예요. 다음부터는 주의해 주세요."

"네, 본부장님."

어두운 표정으로 대답하는 서휘에게 그는 시선 한 번 주지 않 고 세영을 바라보며 입을 열었다.

"박 비서, 앞으로 백 팀장이 주는 서류 받아놔요. 내가 나중에 확인하도록 하죠."

Chapter 5

비와 당신

　그녀에게 1일을 선언하고 첫 주말을 앞두었다. 평소에는 속절
없이 흘러가는 게 시간이라고 생각했는데, 막상 주말에 할 일이
생기고 나니 시곗바늘이 굉장히 느리다는 사실을 깨달았다. 너무
일만 하고 살았나 보다. 그저 기다리기만 하면 어쩔 수 없이 흐르
는 것이 시간임에도 무언가를 하고 싶어서 몸이 근질근질했다.
적어도 움직이고 있으면 시간은 잘만 갔으니까.

　그날, 수현이 서휘에게 사사로이 본부장실로 올라오지 말라는
차가운 명을 내린 뒤 서휘는 정말 한 번도 그를 찾아오지 않았다.

보고할 사안이 있으면 직접이 아니라 부하직원을 시켜 비서실에 서류를 맡기기도 했고, 본부장실로 올라올 일이 있으면 세영은 안중에도 없는 듯이 도현에게만 말을 걸곤 했다. 무시당하는 느낌을 지울 수는 없었지만, 어차피 껄끄러웠던 그녀였기 때문에 세영도 더는 말하지 않았다.

"이제 그만 가세요. 자야죠. 벌써 자정이에요."

퇴근하면 잠들 때까지 종일 붙어 있었다. 아무것도 하지 않아도 좋았다. 배가 고파도 먹지 않았다. 아무 이야기를 하지 않아도, 그냥 옆에서 숨소리만 들려도, 그냥 바라만 봐도 좋은데 저를 쫓아내시겠단다. 수현이 잔뜩 억울한 표정을 지었다.

"또 나 쫓아내는 거야?"

"그럼 여기서 주무시려고요?"

두 사람은 침실에서 실랑이를 벌이는 중이었다. 어차피 연인인데다, 내일이 주말인데 하룻밤 정도는 보낼 수 있지 않느냐는 수현과 결혼한 사이도 아니고 이제 막 시작한 사이에 벌써 서로의 집을 드나드는 건 이르지 않느냐는, 꽤 보수적인 세영의 사이에서 사소한 언쟁이 오갔다.

"좋아. 백 번 양보해서 손만 잡고 잘게."

손만 잡고 자? 네가 잘도 손만 잡고 자겠다. 툭하면 키스하자고 입술부터 들이미는 놈이.

속으로는 그를 면박해도 얼굴은 뜨거웠다. 실은 그녀도 함께 있고 싶었다. 하지만 한 번 허락을 하고 나면 옆집에 따로 산다는 의미가 없어질 듯싶어서 쉽게 허락하지 않았다.

그는 이대로 그녀와 헤어지기 싫었다. 가뜩이나 얇은 벽을 사이에 두고 어떻게 보내라는 건지. 낡은 연립주택은 벽에 살짝 귀만 대고 있어도 숨소리가 들릴 만큼 방음이 좋지 않았다. 벽 너머에 있는 저를 생각하며 방구석에서 혼자 얼마나 베개를 뜯었는지 모르는 건지 그녀는 너무도 단호했다.

주말만 기다렸다. 주말이라면 그녀도 허락해주지 않을까 하고 말이다.

"나 못 믿어? 내가 너 건들 것 같아?"

"네."

역시나 단호했다.

"진짜 손만 잡고 잘게. 아니면 내가 그냥 바닥에서 잘게. 나 이불 깔고도 잘 자."

"본부장님 이러려고 옆집으로 온 거죠? 내가 어쩔 수 없이 허락하라고."

"응."

제발 망설이는 척이라도 해줘.

"내일 어차피 주말이잖아."

"그게 뭐요. 오늘이랑 다를 거 없는 똑같은 하루예요."

"하루 정돈 자기 시간을 나한테 허락해주면 안 돼?"

그녀가 얼굴 가득 웃는 표정을 드리웠다. 혹시라도 이 단호박 같은 여자가 허락해주는 건가 싶어서 환하게 웃는 표정으로 그녀를 바라보았다.

"본부장님."

"응, 세영 씨."

이름은 아니지만 상냥하게 '본부장님'이라고 부르면 얼마나 애간장이 녹는지 알까? 그녀의 상냥한 부름에 상냥하게 대답하며 턱을 괴고 그녀를 바라보았다. 부디 저 입에서는 '좋아요. 같이 자요.'라는 허락이 나오기를 간절히 바랐다.

"본부장님은 잊으신 모양인데, 전 비서라서 평소에도 제 모든 시간을 본부장님께 할애하고 있어요. 본부장님이야말로 주말 정도는 양보하셔야 하는 게 아닐까요?"

"……."

리리컬을 이어받을 후계자로서 일종의 제왕학까지 배운 자신이 비서에게 논리로 밀렸다. 반박하고 싶어도 그녀의 말은 논리적으로 들어맞았고, 자신의 말은 객관적으로 보면 하룻밤 그녀와 자고 싶어서 떼쓰는 걸로 보였다.

"아니, 나도 아는데…… 응, 나도 알아. 박세영 씨가 나한테 얼마나 시간을 할애하고, 나를 위해 사는지. 하지만, 그건 본부장인 나한테 쏟는 거잖아. 난 내 여자친구랑 시간이 보내고 싶은 거라고."

이렇게 훅 들어오기 있을까? 그의 입에서 나온 여자친구라는 단어가 무척이나 감미로웠던 터라 순간 반박도 잊은 채 표정이 풀리고 말았다. 하필이면 그걸 또 이 마왕한테 들켰다.

"서로 좋잖아. 응?"

"누가 서로 좋아요? 본부장님만 좋으면서. 아 얼른 일어나요. 내일 일정 빡빡해요."

내일?

내일 혹시 데이트를 해주겠다는 소릴까? 이렇게 계속 밀어내는 것 같으면서 데이트 일정을 구상하기라도 했다는 건가? 그녀답게 참 귀여운 생각을 했다. 행여 지금 그녀의 마음이 수틀리기라도 한다면 내일의 데이트는 무산되겠다는 생각이 들었다. 그럴 순 없다. 며칠 전부터 주말이면 그녀와 무엇을 할지 머릿속으로 모두 정리를 해둔 터였다.

"알았어. 갈게. 내일 몇 시에 나가려고?"

"8시엔 나가야죠. 준비해야 할 것도 있고."

조금 전까지만 하더라도 가지 않을 듯이 버티고 앉았던 그가 의외로 순순히 자리에서 일어났다. 그가 어떤 마음으로 돌아가겠다고 순순히 따른 것인지 알지 못하는 그녀는 집으로 돌아가는 그를 따라 현관으로 나왔다.

이보전진을 위한 일보후퇴라고 생각하기로 했다. 그녀와 밤을 보낼 수 없는 건 아쉽지만, 이렇게 사사로이 집을 드나들 수 있게 된 것만으로도 어디인가.

"갈게. 잘 자."

"네. 본부장님도요."

서로 바라보기만 해도 설레는 두 연인 사이에서 달콤한 인사가 오갔다.

쪽!

그가 입술이 아닌 뺨에 감미로운 소리를 내고는 얼굴이 빨개진 그녀를 뒤로한 채 밖으로 나갔다. 내일 어떤 일이 기다리고 있는 줄은 상상도 못 한 채였다.

* * *

시향지에 향이 가득한 에센셜 오일을 떨어뜨리고 슬쩍 스치듯이 코앞에 흔든다. 하지만 시향지에서 나는 향이 좋다고 무작정 향수를 만들어 팔 수는 없다. 에센셜 오일이 에탄올에 녹아 숙성까지 거치면 향의 깊이가 달라지기 때문이다.

베이스, 미들, 탑. 적어도 10개 안팎으로 보이는 여러 가지의 향이 섞이면 좋지 않다고 느꼈던 향기도 조화롭게 좋은 향기를 내기도 한다. 서걱서걱 노트에 에센셜 오일의 종류를 적었다.

"벌써 다음 제품 구상하세요?"

벌써 자정이 넘은 시간. 펜을 놀리던 서휘는 어둠 속에서 들린 목소리에 고개를 들었다. 얼마 지나지 않아 어둠 속에서 말끔한 정장을 입은 키 큰 남자가 나타났다. 그의 얼굴을 알아본 서휘가 바로 시선을 내리고는 다시 노트에 빽빽하게 향수 레시피를 적어 내려갔다.

"다음 제품 테마는 뭔가요? 이번엔 본부장님이었으니, 다음은 백 팀장님?"

"뭐하러 왔어요? 시간이 많이 늦었는데."

"퇴근하기 전에 늦게까지 남아 계시는 분은 없나 확인하다 불이 켜져 있어서 와본 거예요. 꽤 열심이시네요."

"그럼 조향사가 조향이나 열심히 해야지 뭘 해야 하나요?"

그놈의 비서이기 때문인지 그가 가까이에 있으면 수현의 향기가 나는 것 같았다. 시선으로는 외면해도 후각으로는 그의 향기가 확실히 들어왔다. 어째서 고작 비서에게서 수현의 향기가 나는 것인지. 인상을 구기고 노트에 나머지 향 이름을 적어 내려갔다. 그때 칙칙, 무언가를 뿌리는 소리가 들렸다. 풍기는 향기를 맡은 그녀는 이번에 출시하게 된 신제품임을 깨닫고 도현을 노려보았다.

"뭐 하세요?"

"은근 나랑 어울리지 않아요? 향기."

도현의 말에 서휘는 코웃음 치듯 비웃음을 섞어 입을 열었다.

"혹시 본부장님이 되고 싶으신 건가?"

다소 도발적인 말에 늘 평정심을 유지하던 도현의 표정이 일그러졌다. 그녀의 말은 마치 싸우자는 듯이 들려왔다.

"감히 제가 본부장님을요?"

"도현 씨를 보면서 하나 느낀 게 있어요."

그녀는 도현이 손에 쥐고 있던 샘플 향수병을 빼앗고는 멋대로 책상 옆에 있던 휴지통으로 넣어버렸다. 유리와 플라스틱이 부딪친 둔탁한 소리가 적막한 사무실을 가득 채웠다.

"당신이 사사로이 쓰라고 준 향수 아니에요. 시향을 해보라는 뜻이었지."

"어차피 주신 거 쓴다고 문제가 있나요?"

"네."

서휘가 단호하게 대답했다.

"수현이한테 관심 있다고 그랬죠? 혹시 게이예요? 처음엔 박

세영 씨한테 관심이 있었나 생각했는데 아무리 봐도 당신은 당신 말대로 정말 수현이한테만 관심이 있어요."

"남자한테 관심이 많으면 무조건 게이인가요?"

"그게 이상하다는 거예요. 당신이 수현이 보는 눈은 호감이 있어서 보는 눈으로는 절대 안 보이니까."

"……."

"회장님이 감시로 붙이신 거라면 이해는 할게요."

날카롭게 파고든 말이었다. 그러나 본부장이 되고 싶으냐는 말을 들었던 때와는 달리 무표정했고, 변화도 없었다.

"백 팀장님 마음대로 생각하세요. 어떻게 생각하든 전 상관없으니까. 내일 뵙죠. 너무 늦게까지 계시다 괜히 워크숍에 늦지 마시고요."

그는 서휘가 멋대로 휴지통에 던져버린 향수병을 도로 주워들고는 어두운 사무실을 빠져나갔다. 그가 스치며 지나간 자리에는 서휘가 수현을 위해서 만든 향기가 버려진 것처럼 남아 어지럽게 풍겼다.

* * *

평소 출근 시간보다 1시간 먼저 일어나 외출 준비를 서둘렀다. 수현이 가장 오랜 시간을 머문 곳은 옷 방이었다. 이 옷, 저 옷 다 꺼내놓고 거울 앞을 왔다 갔다 서성이는 그의 발이 무척이나 바빴다.

"입을 옷이 없어."

방안을 거의 부티크처럼 꾸며놓고도, 그나마 본가에서 가져온 옷도 네 개의 벽면을 모두 채우고도 남을 정도로 가득했지만, 하나도 마음에 드는 옷이 없었다. 그는 어느덧 세영이 했던 고민을 그대로 했다. 결국 고민고민하다 주워 입은 옷은 그가 처음에 골랐던 스타일이었다. 무릎까지 내려오는 긴 코트와 과하게 내려오지 않고 딱 발목까지 떨어지는 일자바지, 지금 날씨에 춥지 않게 입을 수 있는 셔츠를 레이어드한 니트였다.

"후우."

머리까지 자연스럽게 세팅을 하고 거울을 보며 그녀에게 보일 미소를 연습하는 도중 그녀의 집 문이 열리는 소리가 들렸다. 급하게 로퍼를 꺼내 신고 나간 그는 불편한 오피스룩 차림으로 나와 있던 그녀와 마주쳤다.

"박세영 씨."

자느라 잠깐 안 본 것뿐이었지만 그 안 본 사이에 그녀는 왠지 조금 더 예뻐진 것 같고, 청초하게 빛나는 것 같았다. 반가움에 불렀지만 그녀의 표정은 반가움과는 다른 감정이 서려 있는 것 같았다. 가령 '왜 이곳에 당신이?' 같은 식이다.

"본부장님도 가시게요?"

그녀의 물음에 오히려 의문을 표하고 싶은 건 수현이었다.

"그게 무슨 말이야? 나도 가느냐니? 당연히 가야 하는 거 아니야? 우리 데이트하기로 한 거 아니었어?"

그는 굳이 의문을 숨기지 않았다. 세영이 가는 곳이라면 지옥이라도 쫓아간다. 그녀가 자신에게 들어오고 나서 가진 새로운 다짐이었다. 그러나 그의 물음을 들은 세영의 표정은 금시초문이라는 듯 실소가 터져 있었다.

"무슨 말씀이세요. 오늘 향수화장품사업부 전 직원 워크숍 있는 날이잖아요. 결재까지 하셨으면서……."

이제야 기억났다. 박세영에게 너무 신경을 쏟느라 워커홀릭이었던 자신이 처음으로 회사 일을 잊고 있었다. 그는 설레발치는 자신을 보며 얼굴에 살짝 웃음기가 깔린 그녀의 모습에 김칫국을 마신 자신의 모습이 몹시도 부끄럽기도 하고, 고작 워크숍에 그녀를 빼앗기는 것이 억울해 미칠 지경이었다.

* * *

향수화장품사업부 전 직원 워크숍을 개최한 곳은 인천에 있는 리리컬 그룹 소속의 W호텔이었다. 해당 워크숍의 담당자로서 세영은 일찍 호텔에 도착해 세미나실, 식사할 연회장이 완비되었는지 확인했고, 도현은 워크숍 참가 명단을 확인하며 속속 도착하기 시작하는 참가자들에게 명찰과 배정된 방 안내를 담당했다.

"본부장님도 참가하시는 거였어요?"

"그러게. 왜 여기에 계시는 거지? 이번 워크숍은 참가 안 하신다고 들은 것 같은데. 아니, 오기 싫으면 오지 말든가 왜 도끼눈을 뜨고 노려보는 건데?"

수현은 세미나실 한가운데 앉아 불만스러운 표정으로 도착하기 시작하는 사원들의 인사를 받으며 고개만 살짝 끄덕여 인사를 받았다. 수현이 앉아있는 자리에서 조금 떨어져 속닥속닥 저들끼리 떠들던 사원들이 그의 도끼눈과 마주치자마자 화들짝 놀라며 시선을 피했다. 향수화장품사업부가 생긴 지 얼마 되지는 않았지만, 수현이 사업부로 오기 전 일을 했던 수출사업부에 있을 때도 없던 일이었다. 그는 늘 잘 짜인 계획안에서 움직였고, 혹시 움직이더라도 미리 공지해서 괜히 사원들이 놀랄 만한 일은 만들지 않는 사람이었다.

사원들이 저를 속닥거리며 눈치 보는 것을 전혀 신경 쓰지 않으며 괜히 세미나실 바깥으로 보이는 세영을 주시했다. 오면서 생각이 났다. 자신이 결재한 워크숍 계획안. 새로 뽑은 사원들도 있지만 대부분은 기존의 사원들이 인사이동을 해서 만들어진 사업부였다. 대강 주력하고 있는 향수에 대해 교육과 연구 차원에서 있으면 좋겠다고 해서 그것도 자신이 계획한 것을 완전히 새까맣게 잊고 있었다. 덕분에 세영과의 첫 주말 데이트는 물 건너갔다.

"본부장님."

그때 사업부 마케팅 소속의 부장 한 사람이 와 그를 향해 꾸벅 허리를 숙였다.

"오신다는 말씀은 못 들었는데 이렇게 뵈니 반갑습니다, 본부장님."

"하하, 그러게요. 다들 늦지 않게 오네요."

수현은 자조적으로 웃으며 말을 이었다.

"근데 이거 참 문제 아닙니까, 유 부장님."

"예?"

"주말에 워크숍이라니. 어떤 미친놈이 계획했는지는 몰라도 지옥 갈 놈 아닙니까? 주말에 사람 쉬지도 못하게 하고. 하하하."

"……."

'이 워크숍을 계획하신 분은 본부장님 아니셨습니까?'라는 말이 혀끝에서 맴돌았지만, 굳이 뱉지는 않았다. 감정을 잘 드러내는 사람은 아니었지만, 이상하게 오늘의 수현은 어딘가 화가 난 것처럼 느껴졌다. 괜한 화를 불러올 필요는 없겠다 싶어 그는 급하게 입을 열었다.

"저는 그럼 이만 저희 팀원들에게 가보겠습니다. 워크숍 일정 동안 잘 부탁드립니다."

"네네, 저도 잘 부탁드립니다. 시간 나시면 워크숍 개최한 놈한테 '이게 다 네 자업자득이다.'라고 말씀해주시겠습니까? 아주 망할 놈이거든요. 지가 워커홀릭이면 다른 사람들도 다 워커홀릭이여야 하나?"

"……예?"

"농담입니다. 곧 시작할 것 같네요."

전혀 농담처럼 들리지 않는 농담을 하며 수현이 팔짱을 꼈다. 얼마 지나지 않아 강단 위에는 세미나 자료를 가지고 준비를 마친 서휘가 올라와 마이크를 잡았다.

"안녕하세요. 리리컬 향수 수석 조향사 백서휘입니다."

서휘는 세미나실 구석에 혼자 팔짱을 끼고 온갖 불만을 품은 얼굴로 앉아있는 수현을 발견하고는 조금 묘한 표정을 지었다.

그가 어딘가를 주시하기에 시선을 따라갔다가 인상을 구겼다. 그의 시선이 머무는 곳은 그의 여자 비서가 남자 비서와 속닥속닥 이야기를 나누고 있었다. 본래 올 계획이 아니었던 그를 알고 있던 서휘는 그가 세영 때문에 이 성가신 자리에 나왔다는 사실을 깨달았다.

"간략하게 향수의 역사부터 돌아보도록 하겠습니다. 지금이야 향수도 모두가 사용할 수 있는 패션의 일종으로 분류가 되지만 당시엔 아니었습니다. 특별한 사람들만 쓸 수 있었지요. 향수의 발원지라고 할 수 있는 프랑스는……."

수현의 귀로 세미나의 내용은 전혀 들어오지 않았다. 그는 조금 떨어진 자리에 앉아 저들끼리 아마 워크숍 일정 이야기를 나누느라 속닥거리는 두 비서를 눈에 담았다. 오늘따라 그녀의 스커트가 조금 더 짧아 보이는 것 같고, 블라우스가 얇은 것 같고, 화장은 조금 더 예뻐 보이는 것 같은 착각이 들었다. 아니, 그녀는 원래부터도 예뻤고, 사랑스러웠다. 다만 저런 사랑스러운 모습으로 다른 남자와 있는 것이 무척이나 신경이 쓰일 뿐이었다.

한편 수현이 저를 주목하고 있는지도 모르는 세영은 일정표를 보며 조금씩 딜레이 되거나 앞당겨진 일정들에 대해 도현과 이야기를 나누는 중이었다.

"김 교수님께는 방금 연락이 왔어요. 아마 저녁쯤이면 도착하실 것 같다고. 저녁 일정은 무리 없이 진행할 것 같아요."

"연회장 쪽도 시간에 맞춰서 식사가 가능할 것 같습니다."

"총 몇 인분이었죠?"

"워크숍 참가 인원이 80명 정도라 호텔 측에서 넉넉하게 준비해두겠다고 했습니다."

"네. 음, 그리고……."

다시 일정표를 보며 말을 이어가려던 그때였다. 보고 있던 일정표가 갑자기 위로 쑥 뽑혀 나갔다. 화들짝 놀라며 고개를 돌린 두 비서는 불량한 자세로 바지 주머니에 손을 찔러 넣고 한 손으로 일정표를 확인하는 수현을 발견하고는 자리에서 벌떡 일어났다.

"이게 오늘, 내일 일정입니까?"

"예, 본부장님."

그의 물음에 도현이 대답했다. 수현은 아주 빡빡하게 짜인 일정을 보고 혀를 찼다. 잠시라도 세영과 노닥거릴 시간이 있을까 싶어 보는 중인데 이제야 생각났다.

'하지만, 본부장님. 이렇게 일정을 타이트하게 짜놓으면…….'

'아니, 그대로 해요. 내가 다 책임질 테니까.'

입 다물어라 과거의 임수현. 책임지긴 뭘 책임져.

'일정은 다음 날 오전까지 꽉 채워둡시다. 시간은 금이고, 시간을 잘 활용하는 사람이 성공하는 법이에요.'

이렇게 일정을 빡빡하게 채워 놓은 건 자신이다. 웃기지도 않은 명언까지 섞어가면서 말이다. 아마 이 워크숍 결재를 했던 것은 지금으로부터 두 달 전일 것이고, 그녀에게 고백하기 한 달 전이다. 두 달 후의 자신이 이렇게 후회할 줄 알았다면 워크숍이고 나발이고 개최하지도 않았다.

"혹시 추가하고 싶으신 일정이라도 있으십니까?"

세영의 조심스러운 물음에 수현은 바로 고개를 저었다.

　"아뇨, 없습니다. 지금도 충분히 빡빡합니다. 정말 후회스러울 정도로. 어떻게 이렇게 완벽하게 자투리 시간도 허용하지 않았는지 참."

　"……예?"

　"왜 안 막았습니까? 괜히 주말까지도 괴롭히는 못된 상사가 된 것 같네요. 사원들 표정도 별로 좋지가 않고."

　그의 말에 세영은 속에서 '주말까지도 괴롭히는 못된 상사 맞으십니다. 비서가 되고 나서 주말에 한 번도 쉬어본 적 없습니다.'라는 말이 속에서 튀어나왔지만 간신히 억눌렀다.

　"앞으론 이렇게 합시다. 주말은 무조건 휴식. 혹시라도 내가 이상한 일 벌인다면, 박 비서가 나 막아주는 겁니다."

　"……아, 네."

　수현은 두 사람을 향해 억지로 웃어 보이고는 다시 세영의 손에 일정표를 쥐여주었다. 순간적으로 너무 흥분했던 모양이다. 갑작스러운 편두통을 느낀 그는 힘없이 두 사람에게서 물러났다.

　"난 방에 올라가서 쉴게요. 나머지 일정 잘 부탁합니다."

　"식사는 올려드릴까요?"

　"네, 그렇게 하죠."

　"메뉴는 무엇으로 하시겠습니까?"

　"대충 알아서 올려줘요. 한 끼 안 먹는다고 죽지 않으니까."

　그는 점심 식사에 관해 묻는 도현에게 대충 대답을 하고 세미나실을 나갔다. 그 모습은 강단에 서서 세미나를 진행 중이었던 서휘의 눈에도 들어왔다.

* * *

　오전 10시부터 시작된 세미나는 2시간 30분이 흘러서야 끝이 났다. 피곤한 얼굴로 강단에서 내려온 서휘에게로 누군가가 이온음료를 내밀었다. 지끈지끈 울리는 머리를 살짝 부여잡고 있던 그녀는 자신에게 음료를 내민 이를 보고는 내키지 않는 표정으로 음료를 받아 뚜껑을 땄다.

　"고생하셨습니다, 백 팀장님."

　"아뇨, 고생은요. 박 비서님이야말로 이번 일정 주관하시느라 힘드시겠어요."

　설마 세영이 먼저 다가올 줄은 몰랐던 그녀는 냉랭한 말투로 말을 이어갔다.

　"수현이랑은 잘 되고 있어요?"

　"……네?"

　"좋은 남자죠?"

　도저히 말의 의중을 이해할 수 없었다. 축하한다는 걸까, 조롱하는 걸까? 아무 대답이 없는 세영이었지만, 애초에 대답을 들을 생각이 없었다는 듯이 그녀가 입을 열었다.

　"혹시 수현이가 얘기해요? 자기랑 나랑 사귀던 사이였다고."

　서휘의 말에 세영의 표정이 싸늘하게 굳었다. 머릿속으로 그에게 스스럼없이 스킨십을 해대고 이름을 부르던 서휘의 모습이

242

떠올랐다. 그런 그녀를 아무렇지도 않게 등을 안아 토닥이던 그의 손길도.

"어머, 몰랐구나. 자기 얘기 잘 안 하는 건 여전하네요. 나 그놈이랑 사귀었어요. 아무 말도 안 해요?"

"지금 그런 말씀을 하시는 이유가 뭔가요?"

"……."

서휘는 되묻는 세영의 목소리가 묘하게 떨리고 있음을 느꼈다. 적어도 그놈 혼자만 그녀를 좋아해서 난리 치는 줄 알았는데 그 감정이 쌍방향적인 것으로 바뀐 모양이다. 이를 알게 되자 입은 머릿속에 차곡차곡 정리되어 있던 종류와는 다르게 아주 매섭게 움직였다.

"여태껏 수현이 돈이 좋아서 접근한 여자는 많았어요. 그 여자들하고 당신이 다른 점이 뭔지 알아요? 당신은 그놈이 당신 좋아하는 마음을 이용할 줄 안다는 거예요."

명백히 싸우자는 말이었다. 평소라면 회사 일을 생각해서 참았겠지만, 그를 좋아하는 마음마저 매도당하고 나니 머릿속에 멍해졌다. 화를 내지 않고는 견딜 수가 없었다.

"말씀이 지나치시네요. 당장 사과하세요."

"내가 왜요? 틀린 말은 아니잖아요?"

수현이 안다면 더는 친구로 남아있을 수도 없다는 것을 안다. 그러나 한 번 뜨겁게 타오른 질투는 꺼질 줄을 몰랐다. 질투라는 게 정말 창피한 감정이라고 생각했는데 자신이 하고 있다.

'임수현 나쁜 놈.'

도대체 자신과 이 여자의 차이가 뭘까? 돈이 많아 보이진 않는다. 애초에 수현이 부자이니 돈 때문에 여자를 고르는 멍청한 짓은 안 할 것이다. 꽤 예쁜 얼굴이라고 볼 수는 있지만 자신보다는 아니다. 그런데 왜 수현은 세영을 고른 걸까? 도대체 왜 빠져서, 어디에 반해서 그런 수고스러운 짓까지 해가면서 마음을 사려는 걸까?

'나만 너 좋아하는 것 같아서 싫어. 넌 나 안 좋아하잖아.'

이별을 고하고 그에게 헤어지는 이유를 말했던 그날, 사실은 그가 잡아주기를 바랐다. '알았어. 이제 나도 표현할게.'라는 말을 하기를 바라며. 그러나 그가 자신에게 했던 말은 무척이나 잔인하게 날아들었다.

'미안해.'

그때 깨달았다. '아, 이놈과 이렇게 헤어지고 나면 평생 친구도 못 하겠구나.'라고. 그래서 필사적으로 관계를 끊지 않으려고 애썼다. 그러다가 그를 모두 잊을 수 있을 만큼 좋은 남자를 만났다. 정확하게는 만났다고 생각했다. 그러나 약혼자가 있는 상태에서도 이러는 자신을 보면 그때의 감정은 아마도 외로워서 든 착각이었나 보다.

"전 이만 가볼게요. 피곤하네요. 음료는 잘 마셨어요."

그녀는 멍한 표정으로 선 세영을 둔 채 뒤돌았다. 살면서 한 번도 생각 못 했다. 자신이 드라마에 나오는 악녀가 되리라고는. 전부 임수현 때문이다.

"식사 준비했습니다. 가서 하시죠, 백 팀장님."

세미나실을 나오자마자 마주치고 싶지 않았던 인물과 맞닥뜨

렸다. 길을 가로막고 있는 키 큰 정장 차림의 남자는 어딘가 화가
나 보이는 서휘를 알아보고는 입을 열었다.

"기분이 좋아 보이지 않으십니다만."

"차 비서님이 상관하실 일은 아니에요."

"⋯⋯."

"수현⋯⋯ 임 본부장님 숙소가 몇 호인가요?"

그는 마침 세미나실에서 나오는 세영을 발견했다. 서휘만큼이
나 표정은 어두웠다. 아무래도 두 여자 분위기가 이상한데 마주
치게 하면 안 될 것 같다는 예감에 도현이 차분히 입을 열었다.

"최상층에 계십니다. 여기에 오시면 늘 머무시는 곳이요."

* * *

사람이 많은 자리는 불편하다. 여태껏 직원들끼리 친목을 다
지는 워크숍이라는 자리에 나가지 않은 이유도 그 때문이었다.
수현이 있는 공간은 혼자 생각할 일이 있거나 가끔 휴식이 필요
할 때마다 오는 호텔 펜트하우스였다. 한때 집안에 좋지 않은 일
이 있을 때 한동안은 가족까지도 모두 보기가 싫어서 이곳 운영
권을 쥐고 있는 외삼촌을 닦달해 잠시 살았던 때도 있었다.

송도국제도시 전경이 내려다보이는 한쪽 벽면이 모두 유리인
공간. 가만히 서서 코트 주머니에 손을 쏙 집어넣었다. 손에 잡히
는 작은 상자를 괜히 만지작거렸다. 오늘 다시 전해주려고 했는
데 얼결에 호텔로 왔으니 잘된 건지 모르겠다.

적막한 펜트하우스 안으로 딩동, 초인종 소리가 울렸다. 그는 자기도 모르게 입가에 웃음을 지었다. 자신의 숙소로 올라올 사람은 한정되어 있다. 그의 머릿속으로 한 여자가 떠올랐다.

'아까 분명히 세미나는 12시에 30분에 끝난다고 했는데 감히 10분을 늦어?'

그가 문고리를 돌리며 다소 애교가 섞인 툴툴거리는 소리를 뱉었다.

"지금이 도대체 몇 신데 이제 와?"

그러나 문 앞에 서 있던 초인종을 누른 이를 확인한 그는 방긋 웃던 표정을 언제 그랬냐는 듯 차분하게 굳혔다. 서휘였다. 그녀는 자신의 얼굴을 보고 기다렸던 사람이 아니라는 듯 금세 표정을 굳히는 그에게서 또 상처를 받았다. 하지만 티 내지 않아야 했다. 지금 그녀의 위치는 그의 친구였다.

"누구 기다렸어?"

"……아니, 별로. 근데 무슨 일이야?"

"나 계속 밖에 세워두려고?"

며칠 전, 그녀에게 사사로이 찾아오지 말라는 말을 한 후 처음으로 하는 대화였다. 20년 이상을 붙어 지낸 친구였기 때문에 그때의 말은 친구로서 생각하면 너무나 냉랭했고 냉정했다. 당연히 서휘도 자신을 껄끄럽게 대하리라 생각했는데 그녀에게선 그런 기색이 없었다. 오히려 이전과 똑같았다. 장난스러운 말투, 사람을 편하게 만드는 미소까지도. 괜히 미안해진 마음으로 그는 고개를 끄덕이며 살짝 몸을 돌렸다.

"여긴 들어올 때마다 참 크단 말이야."

서휘가 소파에 풀썩 앉고는 탁자 위에 놓여 있던 쿠키를 아무렇게나 집고는 입에 넣었다.

"기억나? 너 툭하면 여기로 도망 오고, 아주머니는 너 찾는다고 경호원들 데리고 오고."

"……언제 적인데."

"그때까지만 하더라도 난 네가 다신 아주머니랑 화해하지 못하는 줄 알았어."

옛이야기에 수현이 불편한 표정을 지었지만 서휘는 멈추지 않았다.

"참, 아저씨는 잘 지내신대?"

"밥은 먹고 올라온 거야? 세미나 끝난 지 얼마 안 됐을 텐데."

수현이 불편한 표정으로 대답을 피하며 물었다. 서휘가 그런 불편한 표정은 못 본 척, 먹던 쿠키를 내려놓고 대답했다.

"나 너랑 함께 먹으려고. 올라오기 전에 들었는데, 너 여기서 혼자 먹는다고 했다며? 그래서 여기서 같이 먹는다고 같이 올려 달라고 했어."

"뭐?"

딩동!

그리고 딱 타이밍이 좋게 초인종이 울렸다. 아직 문 앞에 서 있었던 수현이 바로 문을 열자 점심 식사가 실린 트레이를 끈 룸서비스 담당 직원과 세영이 나란히 서 있었다. 그녀의 얼굴을 보자마자 불안은 언제 그랬냐는 듯 걷혔다. 그의 오감을 자극할 수 있는 사람은 오직 그의 비서뿐이었다.

"본부장님, 식사 가져왔습니다."

수현을 향해 말하면서도 그녀는 은연중 수현의 뒤로 보이는 그 예쁜 여자를 보았다. 1일이라느니, 뭐라느니 떠들 땐 언제고 또 저 여자를 안으로 들였다. 거기다 사귀었다 헤어졌다면서 왜 저렇게 사이가 좋아 보이는 걸까. 이전까지의 두 사람이 단순히 친구 관계로 보였다면 모든 걸 알고 난 후 세영에게 보이는 두 사람은 친구보다도 친숙한 사이처럼 보였다.

또 질투심이 올라왔다. 이번에는 수현에 대한 약간의 실망감도 함께. 수현은 미묘하게 일그러지는 세영의 표정을 깨닫고 행여 그녀가 마음이 상할까 싶어 그녀의 손목을 움켜잡았다. 적어도 스킨십을 해주면 나아질까 싶어서. 그러나 그의 방식이 틀렸다.

"기다렸잖아. 배고파 죽는 줄 알았어."

"……죄송합니다."

나름대로 애교를 부렸음에도 세영의 표정은 풀어질 줄 몰랐다. 그녀는 은근슬쩍 그의 손을 거칠게 떨쳐내고는 옆에 서 있던 호텔직원에게 말했다.

"안에 세팅해주세요."

갈 곳을 잃은 수현의 손이 공중에 떠 있었지만, 그녀는 시선을 피한 채 트레이를 끌고 안으로 들어가는 직원을 따라 들어와 테이블에 세팅이 되는 식사를 유심히 보았다. 에피타이저로 준비된 호박죽, 메인인 살치살 스테이크, 사이드 디쉬로 나온 굴을 이용해 만든 오이스터 록펠러가 맛깔스러운 빛을 내고 있었다. 가만히 앉아있던 서휘가 자리에서 일어난 때도 그때였다.

유심히 테이블에 올라온 요리들을 보던 그녀가 살짝 웃는 소리를 냈다. 멀찍이 떨어진 사람은 들리지 않았겠지만, 가까이에 서 있던 세영은 똑똑히 듣고 그녀의 묘한 눈동자와 마주했다.

"이거 박 비서님이 준비하신 건가요?"

무슨 의도로 말했는지 알 수 없었다. 분명한 건 그녀가 세영, 자신에게 가지고 있을 묘한 적대감이었다. 한때 사귀었던 과거의 여자친구로서 지금 그의 곁에 있는 자신이 싫다는 듯했다. 세영은 노골적으로 불쾌감을 드러내고 있는 그녀보다도 그녀가 어떤 의도를 가지고 이곳에 있는지 모르는 것 같은 수현이 더 답답했다.

"예. 무슨 문제라도……."

세영의 물음에 서휘는 대답 대신 오이스터 록펠러가 든 접시를 도로 트레이 위에 올려놓았다. 그제야 두 여자 사이의 분위기가 심상치 않음을 느낀 수현이 트레이에 놓여 있던 굴 요리 접시를 도로 테이블에 내려놓았다.

"너 뭐 하는 거야?"

"뭐냐니."

서휘는 얼굴 가득 걱정스러운 미소를 띠고 입을 열었다.

"너 굴 못 먹잖아."

서휘는 이전에 그가 빨간 냄비 안에 들었던 굴 요리를 먹고 심하게 아팠던 날을 떠올렸다. 그래, 그날 그가 먹은 굴죽은 분명히 박 비서가 준 요리였다. 그게 아니고서는 그가 굴 알레르기가 있다는 사실까지 숨기면서 먹을 리가 없다. 그날 일을 떠올리고 나니 그가 더 미워졌다. 그에 대해서라면 논문이라도 쓸 수 있을 정도로 잘 아는 자신은 두고 아무것도 모르는 여자에게 마음을 주었다.

그는 서휘가 노골적으로 자신과 세영의 사이를 이간질하려는 행동임을 눈치챘다. 아직 세영은 자신이 굴 알레르기가 있는지 알지 못했다.

"무슨 소리야. 나 굴 좋아해."

"언제부터? 난 20년 넘게 널 알고 지냈는데 그건 처음 듣는 소리인걸? 너 굴 알레르기 있잖아."

굴 알레르기?

세영의 표정이 삽시간에 굳었다. 그가 굴 알레르기가 있다는 이야기는 듣지 못했다. 이전에 있던 비서실에서 그의 비서로 배정될 때, 윤실장도, 그도 아무 말해 주지 않았다. 더군다나 이전에 냄비를 돌려줄 때 그 안에 요리가 된 굴죽을 보고도 그는 아무 말이 없었다. 오히려 맛있게 먹었다고 인사까지 했기 때문에 당연히 좋아하지는 않더라도 먹을 수는 있는 줄 알았다.

머릿속으로 그가 자신이 준 굴죽을 받은 다음 날 결근했던 일이 떠올랐다. 혹시 자신이 준 굴죽을 먹고 탈이 나서 나오지 못했던 건가? 어쩌면 아파하고 있을 그날의 그를 자신은 서휘와 밤을 보낸 것이 아닌가 의심했다.

"박 비서님, 비서로서 자각은 있는 거예요? 비서가 해야 할 일이 뭔지 모르나요?"

"백서휘, 그만 안 해?"

"뭘 그만해? 비서가 비서다운 일을 안 하는데."

어쩌면 이곳에 올라올 때부터 그에게 미움받을 준비는 끝냈을지도 모른다. 가지지 못할 바엔 부숴버리겠다는 말을 이젠 이해할 수 있었다. 자신은 가질 수 없었던 그를 너무도 손쉽게 손에 넣어버린 아무것도 아닌 여자가 부러워서 미칠 지경이니 정말 머리가 미치기라도 한 것 같다.

"죄송합니다! 미처 제대로 알지 못한 제 잘못입니다. 당장 바꿔드리겠습니다."

자신은 모르는 것을 서휘는 알고 있다. 그것만으로도 자존심이 상했다. 그가 되돌려 놓은 굴 요리 접시를 도로 트레이에 올렸다.

"박세영."

"죄송합니다. 금방 새로운 요리로 다시 들여보내겠습니다."

행여 그가 붙잡을새라 급하게 뒤돌았다. 그러나 얼마 가지 못하고 그에게 턱 붙잡히고 말았다. 손목에 닿은 그의 체온은 떨칠 수 없을 정도로 강하게 달라붙었다. 그 와중에도 빠져나가려고 세영이 이리저리 손목을 뒤트는 통에 그의 손아귀 힘은 점점 세졌다. 세영의 손목에 손자국이 선명하게 새겨지기 시작했다.

"둘 다 나가."

목소리는 무척 낮았다. 간신히 화를 참고 있다는 것처럼. 아니, 그는 정말 간신히 화를 참는 중이었다. 방안은 적막했다. 호텔직원은 세 사람의 눈치를 살피다가 덜덜 트레이를 끌고 나갔고 서휘는 원망 섞인 표정으로 수현을 쏘아보았다.

"백서휘, 나가."

"네가 고작 비서 때문에 그 낡은 집에서 사는 거 알면 아주머니가 참 좋아하시겠다. 그렇지? 그 여자가 네 격에 어울린다고 생각해?"

수현은 자신이 잡은 세영의 손목이 덜덜 떨리고 있음을 느꼈다. 벗어나려고 이리저리 손목을 돌리며 버둥거리는 그녀를 더욱 더 강하게 붙잡았다. 이대로 세영을 놓쳐버리면 평생 놓칠 것 같다는 불길한 예감이 들었다. 서휘도 느꼈다. 이 순간이 지나면 영영 그와는 친구로도 남을 수 없을지도 모른다는 사실을 말이다.

대한민국 재벌들 중 가장 인지도가 높으며, 잇보이라고 불리는 사람. 그가 입는 브랜드마다 순식간에 동이 나고, 그가 관심 있게 바라본 이성은 한순간 대한민국에서 가장 주목받는 여자가 된다. 독립운동 자금을 지원했던 좋은 가문 출신에, 재벌 2세, 잘생긴 외모, 큰 키, 좋은 목소리, 좋은 차, 어느 것 하나도 좋지 못한 것은 없었다.

세영은 자신이 잠시 아주 푸른 꿈을 꾸었다는 사실을 깨달았다. 아무리 그가 자신을 좋아해서 매달리는 형국이라고 하더라도 그와 자신 사이에는 지나치게 높은 신분의 벽이 있었다. 아무도 반기지 않을 왕자님과 신데렐라의 관계가. 철저히 피하려고 했던 그 관계를 그의 달콤함에 넘어가버린 것은 자신의 잘못이다.

서휘를 바라보는 수현의 눈엔 서서히 분노가 사라졌다. 오히려 너무 화가 나니 머릿속이 차갑게 느껴졌다. 지나치게 이성적으로 변한 머릿속에서는 어느 한 가지 일을 시켰다.

"격?"

"그래, 격. 비서랑 본부장? 어울리니? 난 진심으로 너를 걱정해서 하는 말이야.”

서휘와 수현 사이에 팽팽한 긴장감이 돌았다. 서로가 활시위를 당기고 조준하는 것처럼. 시곗바늘이 얼마나 빠르게 달렸을까? 어이가 없는 표정으로 서휘를 노려보던 그가 갑작스럽게 얼굴에 묘한 미소를 지었다.

“잘 봐. 이 여자의 격이 나랑 얼마나 잘 맞는지 네가 직접 눈으로 확인해.”

그 순간 그가 잡고 있던 세영의 손목을 끌어당겼다. 힘없이 그에게로 끌려간 세영은 갑작스럽게 벌어진 일에 눈을 크게 떴다. 입술 사이로 그녀의 것이 아닌 누군가의 혀가 들어왔으니까. 항상 자신에게 미움이라도 받을까 늘 조심스럽던 그가 아니었다. 아예 서휘에게 보여줄 요량으로 입술과 혀를 움직였다. 이러면 안 된다는 것을 알면서도 자신의 자존감을 갉아먹듯 날카롭게만 말하던 서휘가 곁에서 보고 있다는 사실 하나로 이상한 용기를 얻었다. 오히려 두 팔로 더 단단하게 그의 목을 껴안았다.

‘이것들이 지금 뭐 하는 짓이야?’

그들이 벌이는 유치한 짓에 화가 난다면 자신도 유치한 것이다. 그녀는 유치하게 변한 자신의 마음에 화가 났다. 어째서 자신에게 마음이 없다는 그를 이다지도 포기할 수 없는 걸까. 더는 그 공간에 있을 이유가 없었다. 급하게 가방을 고쳐 쥐고 방을 나섰다. 쾅! 문이 거칠게 닫혔지만, 그의 입술은 세영에게서 떨어질 줄 몰랐다.

서휘가 나가면서 닫은 문소리에 정신을 차린 세영이 단단하게 목을 껴안고 있던 팔을 슬쩍 풀고 그의 어깨를 밀어냈다. 드디어 숨도 쉬지 못하게 하던 격렬한 입맞춤은 멈췄지만, 허리를 껴안은 단단한 팔은 풀지 않았다.

"가지 마."

애원 조의 말이 나왔다. 그러나 그녀는 오히려 그의 어깨를 더 세게 밀었다. 서휘가 보란 듯이 자신에게 입맞춤을 한 건 통쾌한 기분이 들기도 했지만, 자신에게 그녀와 어떤 사이였다는 것을 말도 하지 않고 지금까지도 가깝게 지냈다는 건 그녀를 화나게 했다. 게다가 이렇게 공개적으로 행동해버리면 회장님이 알게 될 건 시간문제였다.

"미쳤어요?"

"……."

"이게 무슨 짓이에요?"

"왜 안 돼?"

"저 사람이 한 말, 솔직히 틀린 건 없잖아요. 사람이 왜 이렇게 대책이 없어요?"

그래, 그동안 자신을 어떻게 표현해야 하는지 몰랐는데 이제야 알겠다. 근 한 달 동안 그는 이전과는 다르게 대책 없는 남자가 되었다. 악질 워커홀릭에, 일밖에 모르고 주변 사람들에겐 관심조차도 없는 것 같았던 그가 없다. 여기에 있는 남자는 누구지?

'이 여자가 날 바꿨다. 이 여자 때문에 내가 바뀌었다.'

그는 한 번도 하지 않았던 그 단어가 필요한 시점임을 깨달았다. 그동안 확신이 없어서가 아니라 기다렸을 뿐인데, 이때 해야 하기 때문에 은연중 아껴둔 것 같다. 그는 자신을 외면하려고 하는 세영을 향해 차분하게 속삭였다.

"사랑해. 사랑해, 박세영."

펜트하우스 안에서는 잘 참았던 눈물이 문밖을 나오자마자 주르륵 쏟아졌다. 보란 듯이 세영을 껴안고 입맞춤을 하던 그의 모습이 도저히 뇌리에서 지워지지 않았다. 가슴 한구석이 답답하고 시큰거린다. 그런 모습을 보고 싶어서 저지른 건 아니었는데……. 그냥 그가 자각했으면 했다. 왕자님과 신데렐라가 만나서 서로 사랑하면서 잘 살았다는 이야기는 동화에서나 나오니까. 어차피 후회할 거다. 후회하고 자신에게 미안하다고 사과하는 날이 올 것이다.

근데 정말 올까? 자신이 없다. 지금 수현의 모습은 그녀가 알던 약 20년이 넘는 기간 동안의 모습이 절대 아니었다.

또르르, 또르르, 쉴 새 없이 흐르는 눈물을 대충 손등으로 닦아내고 엘리베이터 앞에 섰다. 더는 이 거지 같은 호텔에 있고 싶지 않았다. 당장 떠날 생각이다. 엘리베이터가 최상층에 도착하자마자 오르기 위해 발을 디뎠을 때였다. 엘리베이터 안에 누군가 있었다. 걸음을 멈췄다. 그러나 그 누군가는 문 앞에서 멈춘 그녀를 기어이 금속 박스 안으로 끌어왔다. 엘리베이터 안은 그녀가 수현을 생각하며 조향했던 향수의 향이 가득했다.

"화려하게 저지르셨던데요."

이젠 수현보다도 더 익숙해져 버린 목소리였다. 그의 건방진 남자 비서. 도현에게서는 그녀가 수현을 생각하며 조향했던 그 향수의 향이 진하게 풍겼다. 마치 일부러 더 뿌렸다는 듯이 너무 진해서 역할 정도였다.

"······울었어요?"

그의 물음에 고개를 돌렸다. 하지만 거울처럼 반사되어 보이는 엘리베이터 벽 때문에 고개를 돌렸음에도 도현과 눈이 마주치고 말았다. 차라리 눈을 감아서 자신이 보이지 않는다면 감고 싶을 정도였다.

"비웃으러 올라왔나요?"

"비웃어 드릴까요?"

"······."

"왜 그렇게 정색하세요? 농담인데."

농담할 때와 하지 말아야 할 때를 구분 못 하는 건가?

서휘는 어느덧 메마른 눈으로 그를 노려보았다. 처음 봤을 때부터 느낌이 싸했던 남자였다. 정말 단순히 회장님의 명으로 온 수현의 감시역할일 뿐일까? 하지만 감시역할치고는 매우 허술했다. 두 사람의 관계를 누구보다도 빨리 눈치챘을 그가 왜 회장님께는 아직도 아들의 여자에 관해 이야기하지 않았을까 의문이었다.

"닦아요."

불쑥 앞으로 손수건을 쥔 손이 나타났다. 얌전히 받아서 눈물을 닦을 거라고 생각했던 건가? 그녀는 가소롭다는 듯이 헛웃음을 지으며 그에게서 뒤로 한 발자국 물러났다.

"손이 없으셔서 직접 닦아드려야 하는 건가?"

얌전히 물러나는 법이 없다. 그가 한 발자국 다가오면 그녀가 한 발자국 물러나는 방식이었지만 결국 이런 꽉 막힌 공간에서는 뒤로 물러서던 사람이 지는 법이다. 도현은 손에 쥔 손수건으로 조심스럽게 그녀의 눈물길을 따라 톡톡 두드렸다.

"여기로 룸서비스 왔던 직원이 자기 동료들한테 떠들더라고요."

"……."

"그 직원이 뭐라고 떠들었는지는 안 궁금하세요?"

"……."

그녀는 관심조차 표하지 않았지만 도현은 상관이 없다는 듯 떠들었다.

"펜트하우스에서 저녁 8시 드라마 방영 중이라고요. 가난하지만 힘내서 사는 여자를 좋아하는 재벌 집 남자와 그런 재벌 집 남자를 좋아하는 악녀 이야기로 설명하던데 기분이 어때요?"

도현이 말을 채 끝내기도 전, 찰싹 소리가 울렸다. 빨개진 손등의 감각이 얼얼했다. 도현은 살짝 인상을 구기고 자신의 손등을 쳐낸 서휘를 노려보았다.

"그쪽 재수 없어요."

"딱히 팀장님께 재수 있는 사람이고 싶진 않습니다."

그래, 저 태도가 자신을 화나게 만든다. 일부러 화를 부추기는 듯한 저 말투, 저 표정, 저 행동 모든 것이 그랬다.

서휘가 신경질적으로 엘리베이터 열림 버튼을 연타했다.

"엘리베이터 타고 내려가실 거 아니었어요?"

"필요 없어요. 그쪽이랑 있으니 다리가 부러져도 그냥 계단으로 내려가는 게 낫죠."

그녀가 열린 엘리베이터를 나갔다. 또각또각 서휘의 구두 소리가 긴 복도를 지나 비상구로 나가는 것을 들은 도현은 묘하게 차가운 표정으로 엘리베이터의 닫힘 버튼을 눌렀다.

* * *

수석 조향사는 자신의 일이 끝나자마자 가버렸고, 세영은 인생을 좌우할 정도로 큰일이 있었다지만, 일까지 팽개칠 수는 없었다. 본부장의 펜트하우스에서 무슨 일이 벌어졌는지까지는 자세히 알지 못하지만 도현은 점심시간 이후, 미친 듯이 일에만 몰두하는 것 같은 세영을 걱정스럽게 보다가 고개를 도리질 쳤다. 자신이 상관할 영역이 아니다.

"선배님, 이쪽 일은 제가 하겠습니다. 곧 김 교수님 강연이 끝나시면 본부장님과 저녁 식사가 예정 중인데 그쪽 일정부터 챙겨야 할 것 같습니다."

식사?

"식사라니요?"

"방금 막 전화를 주셨습니다. 김 교수님과 식사를 하시겠다고. 식당은 예약해두었고, 곧 김 교수님 강연이 끝나시니 모시고 나가면 됩니다. 식당 약도는 제가 카톡으로 보내드리겠습니다."

다른 부서의 직원과 함께 워크숍 참석자들에게 나눠주어야 하는 샘플 향수를 준비 중이던 세영은 머뭇거리는 표정으로 행동을 멈췄다. 평소에도 조금 멍한 구석이 있는 여자라고 생각했지만,

오늘의 그녀는 이상했다. 정확히는 본부장에게 식사를 전달하고 왔을 무렵부터였다. 거기다 그의 성격상 오후에는 일이 어떻게 진행되는지 내려와서 볼 것이 뻔했지만, 본부장도 코빼기도 보이지 않았다.

"아니에요. 여긴 제가 할 테니 차 비서님께서 본부장님께 가보시겠어요? 본부장님도 연락을 차 비서님께 했으니 저보다는 차 비서님이 나을 거예요."

"……네, 그러죠. 그럼 제가 두 분을 모시고 다녀오겠습니다."

"네."

무슨 일이 있느냐 묻지는 않았다. 얼음 같은 본부장과는 다르게 그녀는 얼굴에 모든 것이 드러나는 사람이었다. 지금 표정만 보아도 본부장에게 보내는 것보다는 자신이 가는 편이 낫겠다는 판단이 들었다. 그녀의 얼굴은 금방이라도 울음이 터질 듯 울상이었다.

도현이 세미나실을 나가자마자 세영이 다시 바쁘게 움직였다. 차곡차곡 기다란 테이블에 쌓인 것은 예쁘게 포장된 샘플 향수들. 오늘 워크숍 참석자들 모두에게 주는 회사 신제품이었다.

"엇! 어머, 어떡해!"

그때 함께 테이블에 세팅 중이던 직원 하나가 상자를 열어 향수를 들여다보다 실수로 바닥에 떨어뜨리고 말았다. 깨진 유리 조각 사이에서 진한 향수 냄새가 올라왔다.

"아, 죄송해요. 제가……."

"아니에요. 제가 치울 테니까 이쪽 정리 좀 도와주세요."

"네, 비서님."

바닥에 쭈그리고 앉아 유리 파편들을 줍는 그녀에게로 진하게 남자의 향기가 풍겼다. 그는 아니지만, 차 비서가 향기가 좋다며 줄곧 뿌리고 다녔기 때문에 익숙한 냄새였지만, 향기에서 본부장이 연상된다고 생각하기는 처음이었다. 세영은 자기도 모르게 유리 조각을 치우던 손을 멈췄다. 손끝에 묻은 향수를 조심스럽게 코앞으로 댔다.

아까 그런 일이 있던 후, 그가 절대 입에 올리지 않을 것 같았던 그 말을 입에 올렸을 때가 생각났다.

'사랑해.'

기뻐야 정상이었겠지만, 그녀의 입에선 원망스러운 소리가 나갔다.

'전 본부장님을 못 믿겠어요. 절 정말 사랑하세요?'

그길로 그의 대답도 듣지 않고 도망쳤다. 그때 머릿속을 잠식했던 건 그 예쁜 여자의 말이어서 감히 그의 사랑을 의심하는 말을 했다. 내려오고 나서야 진중하게 대화를 나눴어야 했다고 후회가 들었지만, 이미 늦었다. 그 자리에서 도망쳤고, 그의 사랑을 의심했으니. 서휘 앞에서 벌였던 일을 생각하면 그의 진심을 의심할 수는 없었다. 다만.

'혹시 수현이가 얘기해요? 자기랑 나랑 사귀던 사이였다고.'

너무 충격이었던 그 말 때문에 그를 제대로 바라볼 용기가 사라졌다. 그때 음료 같은 걸 건네는 게 아니었다. 건네지 않았더라면 그런 말을 들을 필요도, 이렇게 불안에 떨 필요도, 가슴이 찢어질 필요도 없었을지도 모른다.

"비서님은 레크리에이션 참석하세요?"

유리 조각들을 모두 치우고 바닥을 흥건히 적셨던 향수를 대충 닦아냈을 때였다. 테이블 정리를 대강 끝낸 직원이 물었다. 본래라면 참석할 예정이었지만 지금 기분으로는 업무가 끝나자마자 들어가서 쉬고 싶었다. 그녀가 고개를 젓자 직원이 아쉽다는 듯 말했다.

"담당 직원분이 이번 강사는 아주 재미있는 분으로 섭외하셨다고 하던데. 많이 피곤하신가 봐요."

"네, 아무래도. 내일 일정 소화하려면 전 일찍 들어가서 쉬어야 할 것 같아요. 저 대신 재미있게 노세요."

무슨 일이 있었노라고 티를 낼 수는 없는 처지였던 터라 세영이 억지로 웃으며 대답했다. 그때 세미나실 안에서 일제히 일어나는 소리가 들렸다. 아무래도 오늘의 마지막 강연이 끝난 모양이었다. 세미나실에서 차례대로 사람들에게로 샘플 향수를 나눠주었다. 저들끼리 뿌려보고 맡아보기도 하고 좋다는 둥, 향이 너무 진하다는 둥 각자 평가 내리는 것을 보며 피곤함을 느끼고 호텔 로비에 막 엉덩이를 대고 앉았을 때였다.

"차 대기시켜놓았습니다."

익숙한 목소리가 들린 곳에는 도현과 식사 약속 때문에 나온 본부장이 함께였다. 그녀는 의식적으로 본부장을 향해 허리를 숙였다. 두 사람 사이에 적막이 흘렀지만 오래가지 않았다. 세미나실이 있던 방향에서 이어진 발소리가 두 사람 사이의 공간으로 들어왔기 때문이었다.

"수현아, 오랜만이구나."

"교수님, 안녕하셨습니까."

"학교 졸업하고 얼마 만이지?"

"제가 자주 찾아뵀어야 했는데 죄송합니다."

수현으로서는 갑작스러운 워크숍 일정이기 때문에 그가 전한 김 교수와의 식사 일정 또한 갑작스러운 것이었다. 다만 두 사람의 대화를 듣고 보니 지금은 은퇴한 김 교수가 수현의 은사였던 모양이다. 이제야 그가 갑작스러운 식사 약속을 잡은 이유를 이해했다.

"제가 좋은 식당으로 예약 잡아놨습니다. 가시지요. 제가 모시겠습니다."

두 사람은 허리를 숙이고 있던 세영의 앞을 스쳐 지나갔다. 코끝으로 향수의 인위적인 향이 아닌 늘 그의 품에서 나던 향기가 스치고 지나갔다. 그 순간부터 속에서 무언가가 올라와 그녀를 울컥하게 했다.

'참자. 참아. 아직은……'

발소리가 아주 천천히 멀어졌다.

'조금만 더, 로비 입구로 갔을 때까지만.'

완전히 발소리가 잦아들 때까지 허리를 숙인 채 입술을 깨물었다. 더는 발소리가 들리지 않을 즈음에서야 겨우 허리를 들어 올린 그녀는 로비 입구에 서서 보이지 않는 표정으로 자신을 바라보는 그와 눈이 마주쳤다. 그녀는 다시 한번 허리를 숙였다.

멀찌감치 떨어져 허리를 푹 숙인 채 자신에게 표정을 보여주지 않는 그녀가 야속하다가도 오늘 서휘가 저질렀던 일을 생각하면 자신은 죄인이었다. 그녀 처지에서는 서휘가 알고 있는 사실을 자신은 몰랐다는 것만으로도 자존심이 상할 만했다.

'이래서 사랑을 감정 낭비라고 하는 건가?'

서로 좋아하는 게 뻔히 보이고, 확실함에도 어째서 이런 미련한 줄다리기를 해야 하는지 그의 머리로는 이해가 가지 않았다.

"임 본부장?"

멍하니 호텔 입구에 서서 로비 쪽을 바라보는 그의 귓가로 김 교수의 부름이 들려오고 나서야 그가 몸을 돌렸다. 뒤돌아 나가는 그와 여전히 호텔 입구를 향해 허리를 숙이고 들어 올릴 생각을 않는 그녀를 번갈아 보던 도현도 그를 수행하기 위해 호텔을 나섰다. 그때부터였다. 덩그러니 그 자리에 남은 세영이 울기 시작한 시점이.

* * *

술잔이 비워질 때마다 바로 채워졌다. 씁쓸한 액체가 넘어갈 때마다 인상을 쓰던 것도 잠시였다. 술이 몇 잔이 들어가니 알코올에 미각이 마비되었는지 아무것도 느낄 수 없었다. 눈앞엔 산해진미가 차려져 있었지만 움직이는 젓가락은 늙은 남자의 것이었지 젊은 남자의 것이 아니었다. 한참을 유심히 수현을 보던 김 교수가 한 마디 던졌다.

"별로 기분이 좋아 보이지 않는구나. 피곤한데 괜히 나오기라도 했어?"

"아닙니다, 교수님. 술을 너무 오랜만에 마셔서 그렇습니다. 한 잔 받으시죠."

은근한 한방 냄새가 나는 술이라 한약을 먹는 기분으로 마셨더니 얼마나 취기가 오르고 있는지 체크도 안 하고 있었다. 그는 사기 주전자를 기울여 김 교수의 술잔에 가득 따라냈다. 적막한 방안으로 쪼르륵 술이 채워지는 소리가 울렸다.

은사와 나누는 오랜만의 식사였지만 집중할 수가 없다. 머릿속에 온통 박세영이 꽉 차서 나가질 않는다. 사랑한다고 이야기하면 모두 용서가 되는 게 아님을 그는 오늘 처음으로 배웠다. 영화나 드라마에선 남자 주인공이 여자 주인공에게 잘못하고도 사랑한다고 말하면 으레 풀어지던데 역시 현실은 현실이다.

그럼 어떻게 첫 말을 꺼내야 하는 거지? 살면서 꼬인 실타래를 풀어본 일이 있었나?

그는 처음으로 부딪친 인간관계에 깊은 시름에 빠졌다. 먼저 누군가에게 사과하거나 대화를 거는 일은 살면서 한 번도 없었다. 가만히 있어도 사람이 다가왔고, 원하지 않아도 인간관계가 맺어지는 삶을 살았다. 먼저 엮이려고 한 관계는 한 번도 없었다. 세영이 유일했다. 비서와 본부장으로 만난 관계에서 조금 더 개선하고 싶었던 사람이다.

"일을 해서 그런가? 아니면 그만큼 나이를 먹어서 그런가?"

"예?"

김 교수가 그를 유심히 보며 말을 이었다.

"이런 말 해도 되는지 모르겠지만, 넌 참 표정이 없었거든. 대학교 다니던 내내 지도교수인 나조차도 널 읽을 수가 없었는데, 그때 비하면 표정이 많이 밝아졌구나."

"……."

"난 혹시라도 네가 경영자의 관점에서 피고용인들을 쪼기만 하면서 일하면 어쩌나 걱정했다. 아까 세미나에서 직원들이 그러더구나. 예전에 비하면 아주 부드러워졌다고. 칭찬도 할 줄 알고, 다독일 줄도 알고, 무작정 목표로 나아가는 것보다 쉬어가는 방법도 안다고."

김 교수의 말에 어떤 말이 겹쳤다. 예전에 겁 없이 자신을 가르치던 어떤 말이었다.

'목표만 바라보고 가는 것도 좋지만, 가끔은 그 사람 자체를 보셨으면 좋겠습니다. 일하는데 못하고 싶은 사람이 어디 있겠습니까? 다들 잘하고 싶을 겁니다.'

* * *

생각해보면 박세영은 4개월 전, 처음 일할 때부터 당돌했던 비서였다. 아무도 자신에게 어떻게 해야 한다고 조언하지 못했다. 그날의 일은 어제처럼 똑똑히 기억난다. 박세영이 자신과 일한 지 딱 한 달을 채웠던 그 날은 론칭 제품의 콘셉트를 잡는 회의가 있었고 최종적으로 관련 부서 담당자가 올라와 자신에게 결재를 받았다. 하지만 해주지 않았다. 조금만 더 하면 좋은 아이디어가 나올 것 같아서였다.

"그쪽 부서엔 사람이 없습니까?"

"예?"

"눈이 있으면 보세요. 이게 내 마음에 들 거로 생각하고 가져온 겁니까? 이대로 결재 못 합니다. 다시 하세요."

조금 더 참신한 아이디어를 원해서 한 말이었다. 본래 채찍질 하면 그만큼 더 나오니까. 당근은 필요 없다. 오히려 사람을 더 나태하게 만들뿐이다.

"이것보다 더 좋은 아이디어요. 아무도 생각 못 하는 것. 적어도 다들 월급 받는 값은 해야 하지 않겠습니까? 거기 책임자시잖아요. 아랫사람 채찍질하는 방법도 윗사람 능력입니다. 이런 능력으로 이 회사 들어오신 건 아니잖아요?"

오너의 아들로서 물려받을 가업이기 때문에 당연한 태도라고 생각했다. 여태껏 그래왔고, 앞으로도 그럴 계획이었다. 외증조 부로부터 이어져 온 가업이 대기업의 대열에 오를 때까지 얼마나 많은 시행착오를 거치고 위기를 거쳐 왔는지 두 눈으로 봐왔다. 겨우 여기까지 와서 속도가 늦춰지는 일은 용납할 수 없었다.

"주말 반납할 각오로 하시기 바랍니다, 최 부장님. 회장님께서 많이 기대하고 계신 프로젝트입니다."

"죄송합니다. 새로 해 올리겠습니다."

그보다 열 몇 살은 많은 최 부장이 그를 향해 허리를 숙여 굽실 거리고는 나갔다. 그때 어떻게 타이밍에 맞게 세영이 들어왔다.

한 번에 끝낼 수 있을지도 모를 일을 질질 끄는 것 자체가 불만이라 인상을 쓴 채 그녀가 내미는 커피를 받았다. 쓰다. 속이 써서 그런지 그냥 입맛에 쓴 건지 오늘의 커피는 무척 맛이 없었다. 그가 인상을 더 구겼지만 세영은 아무 대꾸 없이 그를 향해 꾸벅 인사하고 나갔다. 원래도 데면데면했던 사이이기 때문에 업무 도중의 농담 같은 건 전혀 없었다. 굳이 할 필요 없는 종류였다. 회사는 일하는 곳이지 인간관계를 구축하는 곳이 아니었으니까.

오후 5시. 그는 시곗바늘의 위치를 확인하자마자 문을 바라보았다. 퇴근하기 전 5시에는 종합적인 업무 보고를 받아야 하기 때문이었다. 그러나 분침이 한 발자국 내딛는 시간이 지나도 세영은 들어오지 않았다. 시간 약속은 무조건 엄수여야 하는 그로서는 화가 날 법했다.

"뭐 하는 거야?"

시간은 금. 그가 살면서 가장 중요하게 여기는 신조 중 하나였다. 인터폰을 누르고 그녀를 호출했다.

"박 비서, 업무 보고 안 합니까?"

─…….

그러나 한참을 기다려도 세영의 목소리는 들려오지 않았다. 잠시 화장실을 가느라 자리를 비웠나 싶어 팔짱을 끼고 불량스러운 자세로 문을 바라본 채 기다렸다. 시계의 분침이 1에 갈 때까지만 기다릴 생각이었다. 째깍째깍, 느리게 가는 초침만 바라보던 그는 그것이 다섯 바퀴를 돌고, 분침이 1에 다다랐을 때 자리에서 일어났다. 기다릴 만큼 기다렸다. 나름 한 달을 남들처럼 도망가지 않고 옆을 지킨 게 기특해서 조금 더 봐준 것뿐이다.

"박 비서."

벌컥 문을 열었지만 비서 데스크는 비어있었다.

"잘리고 싶어서 환장했나."

그는 강박적으로 손목시계를 확인하고 얼굴을 험악하게 구겼다. 1분 1초를 헛되이 쓰지 않는 그로서는 입안이 바짝 마르는 듯했다. 찾아서 혼이라도 내주어야겠다는 생각에 본부장실을 나왔다. 아직 근무 시간일 테니 멀리 나가진 않았을 거라고 생각했다. 긴 복도를 따라 나와 막 모퉁이를 돌려던 그 순간이었다. 소곤소곤 누군가의 말소리가 들렸다. 그대로 멈췄다. 아무래도 들려오는 목소리가 꽤 익숙했기 때문이다.

"본부장님도 나쁜 마음으로 그러신 건 아니니까 너무 괘념치 마세요. 더 잘하실 수 있는 거 보시고 채찍질하시는 거예요."

세영의 말에 최 부장은 조심스럽게 얼굴에 미소를 지었다.

"예, 저도 압니다. 무슨 이야기를 하시려고 부르셨나 했더니…… 제가 혹시 본부장님 욕이라도 할 줄 아셨나 봅니다."

그가 장난스럽게 말하자 세영이 웃음소리를 냈다.

"아니에요. 본부장님도 마음이 편치 않으셨나 봐요. 너무 말을 세게 한 것 같다고…… 사과드린다고 하셨어요."

"별로 괘념치 않습니다. 그래도 비서님께서 본부장님 말씀을 이렇게 전해주시니 조금 마음이 놓입니다. 본부장님께는 감사하다고 전해주십시오."

엘리베이터를 타고 내려가는 최 부장을 향해 살짝 허리를 숙여 인사한 그녀는 비서 데스크로 돌아가기 위해 뒤돌았다. 그러나 모퉁이를 도는 순간 또각또각 발걸음을 멈추고 말았다. 수현은 모퉁이를 돌면 나오는 벽에 등을 댄 채 주머니에 손을 푹 찔러 넣고 가만히 서 있었다. 세영은 시간을 확인하고 업무 보고 시간이 약 10분가량이 지났음을 깨달았다.

"죄송합니다. 바로 업무 보고 드리겠습니다."

"당신 말이야."

허공을 바라보던 그가 살짝 눈동자만 굴려 세영을 눈에 담았다.

"비서치고 상당히 겁이 없어 보여."

"……."

"주제넘게 무슨 짓이지?"

묘한 기분이었다. 여태껏 자신을 위해 일해 준 사람은 많은데 지금 비서는 조금 더 특별했다. 왜 시키지도 않은 짓을 하는 걸까? 그것도 자신을 위해서 말이다.

"들으셨습니까?"

"내가 언제 최 부장한테 사과한다고 했나? 능력 없는 직원은 필요 없어. 비서 주제에 사사로이 내 이름으로 행동하지 마. 다음엔 경고로 안 끝날 거야. 와서 업무 보고나 해."

자신이 저지른 나쁜 상황을 비서가 수습해주었으니 칭찬을 해줘도 모자랄 판에 말은 스치기만 해도 베일 정도로 날카롭게 나갔다. 사실 이런 말을 하려던 게 아니었다. '비서로서 상사의 니즈를 충족시킬 줄 아는 것 같다.'라는 말이 하고 싶었는데, 한 번도 누군가에게 살갑게 말해본 적이 없는 혀끝은 자기 맘대로 굴렀다. 아니, 애초에 자신은 누군가를 칭찬하는 것이 성미에 맞지 않는다.

"지쳐 보이십니다."

본부장실을 향해 걷던 그의 걸음이 멈췄다.

"누가?"

그가 매서운 눈으로 세영을 노려보았다. 심장은 쿵쾅거렸다. 비밀을 들킨 아이 같았다.

"본부장님 말입니다. 너무 지치신 듯합니다."

내가 지친 것 같다고?

그는 자신이 봤을 때도 지칠 수가 없는 사람이다. 일을 사랑하고, 일하지 않는 시간은 좀이 쑤셔서 견딜 수가 없다. 무언가라도 하고 있어야 마음이 편하다. 그런 자신이 지쳐 보인다고? 잘리고 싶어서 환장했군.

"목표만 바라보고 가셔도 좋지만, 가끔은 그 사람 자체를 보셨으면 좋겠습니다. 일하는데 못하고 싶은 사람이 어디 있겠습니까? 다들 잘하고 싶을 겁니다. 그건 본부장님도 마찬가지 아니십니까? 그래서 조금 더 좋은 아이디어가 들어왔으면 해서 닦달하시는 게 아닙니까?"

그동안 박세영에 붙일만한 수식어를 찾지 못했는데 지금에서야 찾은 것 같다. 무척 건방지다. 머리로는 생각해도 입은 열리지 않았다. 이렇게 당돌한 비서를 만났을 때 어떻게 대답해야 하고 대해야 하는지 배운 적이 없다. 사업을 여기까지 이끌어 키운 어머니께도 배우지 못했다. 어쩌면 당연한 것이 어머니는 윤 실장과 꽤 오랫동안 일했지만 윤 실장은 비서의 역할에서 단 한 번도 벗어나는 발언을 하지 않았다. 하지만 자신의 비서는 다르다.

두 사람 사이에 침묵이 흘렀다. 대꾸할 말을 찾지 못한 수현과 이제야 자신이 잘리더라도 할 말이 없는 말을 지껄였다는 것을 깨달은 세영, 두 사람 중 누구도 먼저 입을 열지 않았다. 수현의 표정에는 다소 충격이 끼얹어진 상태였다. 아무 말 없이 자신을 뚫어지게 쳐다보기만 하는 그를 보던 세영이 먼저 입을 열었다.

"죄송합니다. 제가 주제넘었습니다. 지금 바로 업무 보고 드리겠습니다."

괜히 말한 것 같다는 생각에 그를 스쳐 지나가며 비서직에서 잘렸을 때의 모습을 상상했다. 망했다. 가만히 있을 것을. 요즘 취업도 힘든 마당에. 화가 난 상사를 뒤로 하고 급하게 업무 보고 준비를 하는 중에도 그녀는 알지 못했다. 방금 막 그 악당 같은 상사가 자신에게 반했다는 사실을 알지 못했다.

* * *

이제야 제대로 보인다. 자신이 그녀에게 반한 경위. 남들은 한 달도 채우지 못하고 도망갈 때 홀로 3개월 이상을 버티고 있어서도 아니고, 업무 능력이 매우 뛰어나서도 아니다. 자신에게 도발적으로 말한 여자가 처음이었다.

차 비서가 운전하는 차 뒷좌석에 앉아 가만히 생각에 잠겼다. 그것이 옳은 줄 알고 계속 그 길로만 가던 자신에게 처음으로 파문을 일으킨 여자. 지쳤으면서 자신까지 속이고 일을 사랑한다고 생각했던 자신을 현실로 불러들였던 여자. 그게 세영이었다. 입술 사이로 살짝 웃음소리가 흘러나왔다. 이제 보니까 좋아하지 않을 구석이 없는 여자 아닌가.

투둑! 투둑!

그때 천장과 유리창을 두드리는 빗방울 소리가 울리기 시작했다. 도현이 세차게 내리기 시작하는 빗방울을 느끼고 와이퍼를 작동시키며 말했다.

"혹시 내일 개인적인 일정 있으십니까?"

"그건 왜 묻습니까?"

도현은 호텔 방향으로 운전대를 꺾었다.

"천둥을 동반한 비가 이틀 내내 올 거라는 예보가 있었습니다."

"그렇군요."

그럼 내일은 종일 밖으로 나갈 일정은 없겠다. 그건 그렇고 빨리 그녀가 보고 싶었다. 어떻게 말을 걸지 고민하고 있을 때가 아니다. 그녀에게 무턱대고 고백했던 때처럼 지금이 불도저처럼 밀 때라는 것을 깨달았다.

"조금만 서두릅시다."

"예, 본부장님."

호텔이 다가올수록 심장이 뛰었다. 세영이 자신에게 지쳐 보인다고 말했던 그때처럼 뛰었다.

사랑이라는 감정은 서서히 빠진다고 생각했다. 언젠가 자신의 격에 맞는 여자가 나타난다면 그때부터 서서히 마음을 주겠다고 마음먹었다. 하지만 자신이 잘못 생각했다. 모든 것은 경험대로 돌아가지 않으며 경험이 없는 사람은 아예 알지도 못한다. 그날 최 부장을 향해 그녀가 걱정스럽게 건넸던 말과 사실은 지쳤으면서 지치지 않은 척했던 자신을 간파했던 그녀에게 풍덩 빠졌다.

호텔에 도착하자마자 세영이 머물고 있는 방으로 향했다. 엘리베이터의 층이 올라갈수록 세영에게 비밀 아닌 비밀을 들켰을 때처럼 심장이 쿵쾅거렸다. 그때부터 쿠르르 쾅쾅 천둥이 치기 시작했다. 엘리베이터 창으로 훤히 비치는 바깥 풍경을 보며 그는 도현이 했던 말을 떠올렸다.

'천둥을 동반한 비가 이틀 내내 올 거라는 예보가 있었습니다.'

아무래도 지금부터 시작인 모양이었다. 궂은 날씨와 근처 바다의 성난 파도를 그가 걱정스러운 표정으로 보았다. 태풍이 지나갈 시기는 지났고, 한창 겨울이 오기 시작한 즈음인데 전혀 가을 날씨가 아니었다. 어지럽게 휘날리는 단풍이며, 바람을 맞아 뒤뚱뒤뚱 흔들리는 야외주차장의 차들이 위태로워 보였다.

띵!

마침 그때 엘리베이터가 14층에 도착했다. 그는 호텔 프런트 직원에게 들었던 세영의 방 호수를 기억해내고 중얼중얼 거렸다.

"1408호. 1408호"

1403호, 1404호, 1405호. 그녀의 방이 가까워질수록 걸음은 점점 빨라졌다. 그리고 거의 뛰듯 움직이던 발이 어느 방 앞에 멈췄다. 1408호였다.

그의 손이 망설임 없이 초인종을 눌렀다.

딩동!

＊＊＊

「오후 11시 30분경, 경부고속도로에서 화물차가 잇단 차량을 9대 받아 3명이 숨지고 7명이 크게 다쳤습니다. 오하선 기자입니다.」

소독약 냄새가 지독하게 풍겼다. 시끄러운 뉴스 소리, 삐용삐용 울리는 구급차의 사이렌 소리, 바쁘게 이동식 침대를 옮기는 여러 사람의 발소리가 끊이지 않았다. 그제야 무거운 눈꺼풀을 들어 올리고 하얀 천장과 마주했다. 마지막 기억이 갑자기 환해져 오던 풍경임을 기억하고 벌떡 자리에서 몸을 일으켰다. 지끈지끈 머리가 울렸다.

"여기 좀! 여기 사람 다 죽어가요! 빨리 좀 봐줘요!"

"여기부터! 죽겠어요! 여기부터요!"

"아줌마는 멀쩡하잖아요! 우리 애가 다 죽어가요!"

성난 목소리들이 들렸다. 그러나 그 풍경 어디에도 자신이 아는 얼굴은 없었다. 바쁘게 뛰어다니는 의사와 간호사들의 가운은 빨간 피로 얼룩진 지 오래였고, 급하게 수술실로 옮겨지는 사람도 있었다. 그에 반해 아주 멀쩡하게 몸에 상처 하나 없는 자신이 느껴졌다.

"엄마?"

그제야 누군가를 찾을 생각이 들었다.

"엄마? 아빠?"

응급실 침대에서 내려와 여기저기에 놓인 침대 위를 살폈다.

머리 위까지 덮인 사람들의 천을 일일이 들췄다. 그러나 아는 얼굴은 없었다.

"엄마, 아빠! 흐흑! 엄마! 엄마 어디 있어! 엄마!"

응급실로 어린아이의 울음소리가 퍼졌지만 듣는 이는 없었다. 그저 위급한 환자가 있는 곳으로 바쁘게 뛰어다닐 뿐이었다. 그때 어린아이의 눈에 응급실이 이어지는 복도 구석에 놓인 이동식 침대가 들어왔다.

"엄마!"

작은 아이가 뛰어다녀도 신경 쓰는 어른은 없었다. 기어이 침대 위로 올라간 아이가 덮고 있던 하얀 천을 거둬냈다.

쿠르릉! 쿠르릉!

시끄러운 천둥소리, 세차게 내리는 빗소리, 구급차의 사이렌, 번잡스러울 정도로 뒤섞인 사람들의 발소리, 의료기기의 소음이 순간 잦아들었다. 하얀 천을 쥐고 있던 손이 바르르 떨렸다. 침대 위에 누워 있던 건 아이가 아는 얼굴이었다.

"아니, 얘가 여길 어떻게 올라가 있는 거야."

지나가던 간호사가 급하게 아이를 껴안았다. 내려놓고 아이가 쥐고 있던 하얀 천을 빼앗아 도로 아이가 아는 얼굴 위를 덮었다. 어린 나이였지만 어른들의 행동으로 느낄 수 있었다. 아까 엄마 아빠를 찾아 헤매느라 덮인 천들을 모두 들춰냈을 때 그들은 숨을 쉬지 않았으니까. 엄마가 죽었다.

* * *

쿠르릉! 하늘이 노한 듯 짙은 구름 안에서 울린 소리가 땅으로 내리쳤다. 번쩍번쩍 번개가 치고, 바람에 빗방울이 이리저리 휘날렸다. 잠시 잠들었던 그녀가 깬 것도 그때였다. 커튼을 쳐놓지 않아 창에 부딪히는 빗소리가 적나라하게 방안으로 흘러들었다. 몸을 일으킨 세영은 그제야 세차게 비가 내리고 있음을 깨달았다. 더군다나 번개까지 치는 것을. 그 사실을 깨닫자마자 몸은 고장이 난 것처럼 덜덜 떨리기 시작했다. 급하게 침대에서 내려와 샤워 가운이 들어 있던 작은 옷장 문을 열고 들어갔다.

쿠르릉!

꿈에서 들렸던 그 소리가 정말 천둥이 치기 때문에 들렸던 소리였나 보다. 윙윙 여과되지 못한 바람 소리와 빗소리에 섞여 쾅쾅 성난 천둥소리에 그녀가 바들바들 떨기 시작했다.

"흑! 흐흑!"

두 손으로 귀를 막아도 천둥소리는 계속 들렸다. 밖에서 들리는 것이 아니라 머릿속에서 울리는 기분이었다.

제발, 제발 멈춰. 제발! 제발!

두 귀를 막고 있는 손이 바들바들 떨렸다. 갈아입지 못한 블라우스가 잔뜩 젖을 정도로 식은땀이 흐르기 시작했다.

'세영이는 엄마 아빠 보물이야.'

'우리 딸 오늘 피아노 잘 치던데?'

머릿속으로 그리운 이들의 목소리가 울렸지만, 편함보다는 두려움을 자아냈다. 그날은 서울에 있던 어느 음악대학에서 주니어

콩쿠르가 있던 날이었고, 참가하고 돌아가던 날이었다. 피아니스트가 꿈은 아니었지만, 학원에서도 제법 잘 쳤던 터라 나가보는 것이 어떠냐는 피아노 선생의 제안에 부모님이 억지로 월차를 내고 다녀오던 길이었다. 그런데 그날 사고가 났다. 최악이라고 할 수 있는 경부고속도로 10중 추돌사고.

반대편에서 오던 화물차가 졸음운전을 하다가 가드레일에 튕겨 올라 반대차선의 차들을 모두 쓸어버렸다. 결국 6명이 죽어서 끝난 사고. 그 사고에서 세영은 살아남았다. 가족들은 부모님도, 한 살 차이 나던 오빠도 죽고 혼자 살아남았다. 나중에 이모에게 들었다. 엄마가 자신을 꽉 안고 감싸고 있었다고 한다. 아마 사고가 나던 그 순간부터 어떤 초인적인 힘으로 자신을 감싼 것 같다고 했다. 그날은 천둥이 쳤고, 날씨가 좋지 않았다. 그래서 날씨가 좋지 않을 때마다 생각했다.

그때 차라리 나도 죽었으면 좋았을 텐데.

피아노 대회 같은 거 안 나가도 되니까 가지 말 것을 그랬다고.

"흐흑!"

차라리 죽었으면 좋았을 텐데. 눈물에 젖은 시야는 잘 보이지도 않았다. 번개가 쳐서 잠시 번쩍일 때마다 살짝 열린 옷장 틈으로 파란 번개 빛이 돈 방의 풍경이 보였다. 귀를 막아도 천둥소리는 잦아들 기미가 없다. 평소처럼 이대로 정신을 잃으면 좋겠는데 이상하게 너무 멀쩡했다. 그래서 더 괴로웠다. 귓속을 후벼 파는 이명, 무섭게 다가오던 노란 불빛, 사이렌 소리, 천둥소리가 뒤섞여 소음을 만들었다.

"흑!"

몸을 웅크리고 더 귀를 세게 막았다. 그러나 막을수록 머리에서 울리는 소리는 더 커졌다.

"으읏!"

괴로움에 발버둥 치던 것도 잠시였다. 갑자기 옷장 안으로 환한 빛이 일었다. 눈물에 젖어서 시야는 보이지 않았다. 일렁일렁 멀미할 때처럼 울렁거렸다. 그러나 천둥을 뚫고 들어온 목소리만큼은 명확하게 그녀의 고막을 진동했다.

"박세영?"

아무리 초인종을 눌러도 나오질 않아 프런트에 부탁해 마스터키로 열고 들어왔더니 짐은 있는데 사람이 없었다. 침대에는 조금 전까지도 누웠던 흔적이 역력했다. 그래서 혹시 방 어딘가에 있는 건가 싶어 찾던 그의 눈으로 살짝 열린 옷장의 문이 들어오고 귀로는 그 안에서 덜덜 떨리는 소리가 들려왔다.

"박세영?"

"아악!"

누군가가 자신을 만지자 소스라치게 놀라며 옷장 구석으로 더 몸을 웅크리는 세영을 발견한 그는 당혹감을 감추지 못했다. 그러나 쿠르릉! 울리는 천둥소리에 두 귀를 막은 두 손이 바르르 떨리는 것을 보고 알아차렸다. 그녀가 천둥소리를 무서워한다고 느꼈다.

"아악! 싫어!"

"세영아, 나야! 나라니까!"

그녀의 몸을 억지로 돌려 자신을 바라보게 했다. 눈에 초점이 없다. 얼마나 떨었는지 몸은 땀으로 흥건했다. 손수건을 꺼내 이마를 잔뜩 적신 땀을 닦아내고 다시 대화를 시도했다.

"세영아, 나야. 알아보겠어?"

"······."

"박세영?"

그가 다정하게 속삭였다. 그러나 들리지 않는 듯 발작하는 몸은 멈추지 않았다. 이대로는 대화고 뭐고 그녀가 금방 지쳐버릴 수도 있겠다는 생각이 들었다. 바깥이 번쩍번쩍할 때마다 그녀가 몸을 더 웅크렸다. 아무래도 번개 때문인 듯싶다. 그는 결심한 듯 진지한 표정으로 그녀가 숨어 있던 옷장으로 들어가 문을 닫았다. 숨어버린 그녀를 억지로 꺼냈다간 더 큰 일 날 수도 있겠다는 생각에서였다. 두 사람을 모두 담은 좁은 공간은 터질 듯했다.

"흑! 흐흑!"

떨기만 하며 옷장으로 누가 들어왔는지도 제대로 알지 못한 채 눈을 질끈 감고 있던 그때였다. 귀를 막은 두 손 위로 누군가 손을 겹쳤다. 놀랄 만큼 따스한 스킨십에 세영이 눈을 떴다. 그가 보였다. 그는 그제야 자신과 눈을 마주한 그녀를 보며 조금은 편안하게 해줄 요량으로 살짝 웃었다.

"이제 안 들리지?"

그가 입을 움직였다.

"내가 막아줄게. 여기 같이 있을게."

"······."

"이제 천둥소리 안 들리지? 나만 봐. 내 목소리만 들어. 내 목소리에만 집중해. 다른 거 듣지 말고, 다른 거 보지 말고."

홀린 듯이 그에게 시선을 고정했다. 기적 같은 일이었다. 머리가 멍청이가 된 것 같다. 아니, 머릿속을 시끄럽게 울리던 천둥이 멎었다. 들리는 건 수현의 달래는 듯한 상냥한 말이었다.

"그래. 나만 봐. 내 목소리만 들리는 거 맞지? 맞으면 고개 끄덕여 봐."

세영이 조심스럽게 고개를 끄덕였다.

"그래. 예쁘다."

아주 좁은 공간, 그는 다리를 벌리고 조금 더 그녀에게 밀착했다. 이렇게 하면 되는지는 모르겠지만 어쨌든 자신이 닿자마자 그녀가 발작을 멈췄으니까 조금이라도 가깝게 있는 편이 낫겠다는 생각에서였다. 두 사람은 완전히 밀착했다. 그가 갑작스러운 키스를 할 때와 같았다.

바깥에서 번쩍 번개가 쳐댔지만, 머릿속을 울리던 천둥소리가 사라졌기 때문인지 무섭지 않았다. 그도 조금씩 그녀를 자신의 품으로 끌어당겼다.

"괜찮아. 이제."

그가 두 귀를 막던 손을 풀었지만, 천둥소리가 들리지 않았다. 다정한 그에게 홀린 듯이 머릿속으로 울리는 건 그가 지금껏 했던 다정한 말들이었다. 자신을 안고 조심스럽게 토닥이는 손길, 체온, 말투가 너무 마음을 편하게 만들어서 이제야 긴장이 풀려 피곤이 몰려왔다.

"괜찮아. 계속 옆에 있을게. 편하게 있어도 돼."

무슨 일이 있었느냐 묻지 않고 달래는 그의 목소리에 세영도 완전히 그의 품에 얼굴을 묻고 스르르 눈을 감았다. 폭풍우를 무서워했던 지난 17년 이후 처음으로 폭풍우가 치는 밤에 편안하게 느낀 누군가의 품은 상처까지도 끌어안는 것 같았다. 그녀는 그대로 체온에 녹아들듯 잠들었다.

세영이 진정하고 고른 숨소리를 내며 잠들었을 그 무렵부터 폭풍은 갑작스럽게 멈췄다. 조심스럽게 그녀를 안아 침대 위에 눕힌 그는 그 옆에 나란히 누웠다. 얼마나 무서웠으면 머리카락이 푹 젖도록 덜덜 떤 모양이었다. 그녀가 깨지 않도록 머리를 쓸어 매만지던 그는 세영의 손을 잡아 손가락에 살짝 입술을 댔다. 너무 지쳐 보인다는 말을 이젠 자신이 아니라 그녀가 들어야 할 것 같았다. 무슨 일이 있었고, 왜 천둥을 병적으로 무서워하게 되었는지는 모르겠지만, 그때는 정말 세영이 죽어버리기라도 할까 봐 두려웠다. 평소의 이성적인 생각으로라면 사람이 겨우 공포증으로 죽지 않는다는 사실을 알지만, 세영의 모습을 본 순간 그 이성적인 생각은 하나도 들지 않았다.

지금은 그저 그녀가 깨지 않고 푹 잤으면 했다. 너무 지쳐 보였다.

"푹 자. 아무것도 하지 말고. 아무 말도 하지 말고. 아무것도 보지 말고. 그렇게 머리가 아플 때까지 푹 자다가 눈 떠주면 그걸로 돼."

무슨 일이 있었는지 먼저 말해줄 때까지 묻지 않을게. 그냥 아프지 말았으면 좋겠어.

주르륵주르륵, 비가 세차게 내리는 밤. 두 사람은 같은 침대에 누워 스르르 잠들었다.

* * *

'왜 보내 달라는 거니? 난 네가 수현이를 껄끄럽게 여길 거라고 생각했다만.'

'반대하십니까?'

'내가 반대한다고 해서 네가 안 할 사람도 아니고. 딱히 반대할 이유도 없어. 단지, 그 고집은 수현이랑 똑같구나. 그게 너무 닮아서 소름이 끼쳐서 그래.'

날이 밝기도 전에 일어났다. 주말의 워크숍은 일반 사원들에게는 성가시고 귀찮을 일정이었지만 비서 입장인 도현에게는 아니었다. 수행비서직은 세영이 겸하고 있었지만, 그는 오기 전 회장님께 비밀스러운 명 아닌 명을 받은 상태였기 때문에 늘 수현의 일거수일투족을 감시하는 마음으로 회사 생활을 했다. 지금도 그런 마음가짐으로 일찍 일어났다.

'그럼 간 김에 수현이가 잘 지내는지 보고나 해다오. 자리는 윤 실장에게 만들어 놓으라고 했다.'

'예, 회장님.'

튀지 않는 색의 넥타이를 매고 거울 속 자신을 보았다. 살짝 흘러내린 머리를 왁스로 고정하고 재킷을 입었다. 누가 보더라도 깔끔해 보이도록. 그리고 방을 나서기 전 침대 협탁에 놓여 있던 향수를 들었다. 잠시 눈을 감고 향수의 향기에 집중했다. 시원하면서 달콤하고, 끝에는 중후한 대나무 향이 강하게 풍겼다. 수석 조향사가 그를 생각하면서 만들었다는 향기. 이렇게 티 내고 있는데 왜 그는 눈치조차도 채지 못했던 걸까?

'아니, 알 게 뭐야. 그런 거.'

손목에 향수를 뿌리고 손목에 묻은 것들을 목 주변에 슬쩍 댔다가 떼었다. 향수를 내려놓으며 어제 세영에게서 전달받았던 본부장의 일정표를 체크했다. 일단 아침 식사를 하신 후, 워크숍 참석자와 간단하게 대담을 하고 참석자들이 다음 일정을 수행할 동안 집으로 귀가하면 끝이다.

일단 세영에게 먼저 전화를 걸었다. 본래대로라면 수행비서는 세영이었으니까. 귀에 전화를 대고 가만히 그녀가 전화를 받을 때까지 기다렸다. 상대편에서 전화를 받는 소리가 나기까지는 그리 오랜 시간이 걸리지 않았다 다만.

-여보세요.

들려온 목소리는 남자의 것이었다. 그것도 아주 잘 아는 사람의 것이다.

"본부장님이십니까?"

-무슨 일입니까, 차 비서.

도현은 반사적으로 손목시계를 확인했다. 아직 8시도 되지 않았다. 본부장의 조식 예정 시간보다 30분 이른 시간. 그는 묘한 표정으로 전화 속 수현을 향해 입을 열었다.

"어째서 본부장님께서 받으십니까?"

-아, 나랑 있습니다. 박 비서. 내 일정 때문에 전화했다면 걱정하지 말아요. 차 비서는 남은 워크숍 일정 제대로 부탁합니다.

"아, 저 본부······."

말을 잇기도 전 끊어졌다. 다시 원래의 화면으로 돌아온 전화를 보던 도현은 조금은 허탈한 표정으로 헛웃음을 지었다. 전화 속 수현은 제대로 본부장처럼 말하는 것 같이 들렸지만, 왠지 세영과 통화하지 말라는 듯이 금방 끊어버린 기색이 역력했기 때문이었다.

"설마 질투?"

본부장에게는 꽹장히 어울리지 않는 단어를 입에 올렸던 그는 곧 상황을 판단하고 표정을 싸늘하게 굳혔다. 이 시간에 함께 있다는 것은 지난밤을 같이 보냈을 가능성이 크다는 것과 마찬가지였다.

* * *

'아침부터 재수 없게.'

전화가 워낙 요란하게 울리는 바람에 세영이 깰까 싶어 전화를 받았던 수현은 심통이 난 표정으로 옆에 얌전히 누워서 일어나지 않은 세영을 눈에 담았다. 표정은 언제 그랬냐는 듯 다시 흐물흐물하게 풀렸다. 아무리 나빴던 기분도 아침부터 그녀를 보고 있으니 풀렸다.

결론적으로 아무것도 하지 않았지만 그녀와 같은 침대에서 밤을 보냈고, 지금도 함께였다. 괜히 만졌다가 깰까 싶어 그저 팔베개만 해준 채 마음껏 그녀를 감상했다. 부디 이대로 점심까지 깨지 말았으면 하는 심정이었다. 배가 고프지만, 밥 한 끼 안 먹는다고 사람이 죽는 건 아니니까.

'넌 어떻게 자는 얼굴도 이렇게 예쁘냐. 가슴 아프게.'

손발이 오그라들 수 있는 말을 아무렇지도 않게 생각하며 그녀의 머리칼을 쓸어 넘겼다. 아마도 그의 손길에 잠이 조금 달아난 듯 그의 팔을 베고 자던 그녀가 살짝 몸을 움직였다. 뒤트는 몸짓에 놀란 수현이 급하게 눈을 감고 자는 척했다.

간밤에는 폭풍우가 심했고, 천둥까지 치는 바람에 잔뜩 긴장한 터라 일어나자마자 온몸이 얻어맞은 듯이 아팠다. 눈을 뜨자 보이는 호텔의 천장에 그녀는 마지막 기억을 더듬다가 문득 수현이 옷장으로 들어와 덜덜 떨던 자신을 껴안았던 사실을 떠올렸다.

'미쳤어!'

벌떡 자리에서 일어나자마자 보이는 건 같은 침대에 누워 태평한 표정으로 잠들어 있는 본부장님이었다.

'뭐, 뭐야. 나, 가, 같이 잔 거야?'

얼굴은 삽시간에 사색이 되었다. 아무리 편했다고 해도 정신 차리고 있어야 했다. 창피함과 부끄러움, 고마움과 곤란함이 함께 교차했다.

"아, 어떡해. 어떡해. 미쳤나 봐!"

급하게 침대에서 일어나려던 순간이었다. 자는 척하던 수현이

번쩍 눈을 뜨고는 침대에서 자리를 뜨려는 세영을 붙잡아 도로 침대에 눕혔다. 등으로 닿은 포근한 느낌에 자기도 모르게 감았던 눈을 뜬 세영은 자신의 머리 양옆으로 두 손으로 몸을 지탱한 본부장을 발견했다. 이럴 땐 어떤 말을 해야 하는 거지? '왜 제 방에서 주무셨어요?'라는 질문은 어제의 그가 아니었더라면 계속 천둥에 벌벌 떨었을 것이라 적당하지 않았다.

"아, 저 아, 안녕히 주무셨어요."

오랫동안 고민하다가 입 밖으로 나온 건 아침 인사였다. 한참을 그녀를 내려다보던 그도 양쪽 입가를 올려 웃으며 대답했다.

"응, 잘 잤어?"

"……네."

장난을 칠까 생각도 했지만 어제의 일 때문인지 오늘의 그녀가 너무 지쳐 보여서 할 수가 없었다. 힘들게 하고 싶지 않았다. 자신과 있는 시간만큼은 조금만 편했으면 했으니까. 겁에 질린 듯 사색이 되어 자신과 눈도 제대로 마주치지 못하는 그녀가 너무 애처로워 보였다.

"어, 어젠 죄송합니다."

"뭐가?"

그가 방긋 웃으며 위에서 비키자 그녀가 몸을 일으켰다.

"어제 오셔서……."

"무슨 일이 있었나?"

세영은 그가 자신을 배려하고 있다는 사실을 깨달았다. 어제의 일이 궁금할 법도 한데 묻지 않는다. 그가 평소 사원들에게 무

관심했던 것과는 다른 종류였다. 사실은 너무 알고 싶지만 묻지 않는다는 뉘앙스가 강했으니까. 게다가.

'괜찮아. 계속 옆에 있을게. 편하게 있어도 돼.'

달콤하게 속삭였던 그 말이 뇌리에서 지워지지 않았다. 고맙다는 말이 하고 싶은데 입술이 떨어지질 않는다.

"제가…… 사실은 천둥 공포증이 있어서……."

"말하기 어려우면 안 해도 돼. 힘들게 할 필요 없어. 난 지금 네 상사가 아니라 널 좋아하는 남자로서 말하는 거야."

아니요. 말해야 할 것 같아요. 당신이라서 말하고 싶어졌어요.

"저…… 열 살 때 교통사고가 난 적이 있어요."

무심하게 누워서 천장만 바라보던 그가 눈동자만 굴려 침대에 걸터앉은 그녀의 등을 보았다. 왠지 위축되어 보이는 어깨가 그의 가슴을 아프게 후벼 팠다.

"그날 천둥이 좀 심하게 치던 날이었는데 사고도 심하게 나서…… 부모님이 돌아가셨어요. 하나 있던 오빠도 같이."

아직 아무에게도 하지 않았던 이야기였다. 누군가에게 말하기 별로 좋은 내용도 아니었고, 먼저 묻는 사람도 없었다. 그저 누군가가 부모님은 어떻게 되었느냐 물으면 사고로 돌아가셨다고 말하던 것이 전부였는데 한 번 터진 입은 멈추지 않았다. 그냥 모두 이야기하고 싶었다. 가슴을 꽁꽁 싸매고 무겁게 짓누르던 그 무거운 사실들이 하나씩 풀려 입에서 나왔다.

"그래서 이모가 저 키워주셨어요. 사고가 났을 때는 너무 어렸을 때라 어떻게 사고가 나게 됐는지 잘 모르다가 스무 살에야 말씀해주셨어요. 서울에서 돌아오던 길에 사고가 났다고. 아, 저 원래 고향이 부산이거든요. 사투리는 잘 안 쓰지만……."

말은 평소와는 다르게 두서없이 나왔다. 평소에 이렇게 이야기해야지,라고 생각해둔 적이 없어서 생각나는 대로 뱉었다.

'이렇게 두서없이 말하면 싫어할 텐데.'

이제야 머릿속으로 천천히 어떻게 이야기하면 좋을지 정리를 시작했다. 좋은 기회를 잡아서 서울에 갔었고, 사고가 났고, 결국 자신만 살아남은 이야기. 아직 제대로 아물지 않은 마음의 상처는 쓰리기만 했다. 이젠 아무렇지도 않게 이야기 할 수 있을 정도로 세월이 흘렀다고 생각했지만 전혀 아니었나 보다. 그녀는 비죽 눈치 없이 나오는 눈물을 느끼고 입술을 깨물었다. 그러나 창으로 비치고 있던 그와 눈이 마주치고 말았다. 급하게 피했지만, 그가 이미 세영의 눈물을 본 후였다.

"응, 계속해."

사람이 울 때 어떻게 달래야 하고, 어떻게 위로를 해야 하는지 배우지 못했다. 아버지와 이혼할 당시 어머니가 울 때도 마찬가지였다.

'이래서 격이 맞는 사람들끼리 만난다고 하는 건가 봐, 수현아. 엄마가 미안하다.'

그때도 어머니를 위로하고 싶었는데 방법을 몰라서 뒤돌아섰다. 그 일은 평생의 후회로 남았고, 우는 사람을 보면 어떻게 해야 할지 갈피를 잡지 못하는 지금 자신의 모습이다. 사랑하는 여자가 울고 있는데 어떻게 위로를 해주어야 하는지 아무도 가르쳐

주지 않았다.

그는 침대에서 몸을 일으켰다.

"계속 들려줘. 듣고 싶어."

어깨에 닿은 따스한 체온은 그녀를 무너뜨리기에 충분할 정도로 뜨거웠다. 결국 무너졌다. 다시 그의 품으로 얼굴을 묻고 그때부터 엉엉 울기 시작했다.

"나만, 나만 살았어요. 나도 그때…… 그때 같이 따라갔어야 했는데."

입 밖으로 꺼내고 나니 알겠다. 천둥 공포증도, 오랫동안 묻어두려고 했던 가족들의 이야기도 결국 죄책감이었다는 것을 알고 말았다.

"내가 그때 서울로 가자고만 안 했어도."

강한 줄 알았던 그녀가 운다. 겁도 없이 본부장에게 지친 것 같다면서 분에 넘치는 조언을 하더니, 고백했을 땐 별로라는 이유로 차고, 옆집엔 도대체 왜 이사를 왔냐며 따지던 여자가 자신의 품에서 운다. 머리로는 어떻게 해야 하는지 몰라도 몸은 먼저 움직였다. 두 팔 안에 가득 그녀를 안았다. 얼마나 힘들었을까? 감히 가늠도 안 된다. 자신이라고 화목한 가정에서 자란 건 아니지만 그녀의 상황은 자신과는 다르다.

"그게 왜 박세영 씨 때문이야. 사고였잖아."

이런 말로 위로가 안 된다는 건 안다. 하지만 본능적으로 느꼈다. 그녀가 자신에게 지친 것 같다고 겁 없이 말했던 것처럼 지금의 자신도 말해야 한다는 것을. 품에서 엉엉 우는 그녀를 안고 토

닿였다.

"살아 있어 줘서 고마워."

누군가의 삶이 다른 사람에게 희망이 된다는 말은 믿지 않았는데 가까이에서 벌어지고 있었다니. 수현의 입가로 잔잔한 미소가 떠올랐다. 이제야 생각한다. 그녀에게 고백하기 전에 자신을 살려준 것에 대한 감사 인사부터 해야 했다.

"박세영 씨가 아니었다면, 난 계속 일 중독에 걸린 채로 내가 지친 것도 모르고 살았을 거야. 다른 사람들 괴롭히면서 말이야. 그러니까 그때 죽었어야 했다는 말은 하지 마. 세상에 죽었어야 하는 사람은 없어. 박세영 씨가 삶으로써 나도 산 거야."

그의 말은 포근하게 세영을 감쌌다. 17년을 괴롭혔던 과거의 일을 이젠 완전하게 가슴에 묻어도 되느냐고 자조적으로 물었다. 살아 있어 주어서 고맙다는 첫 말을 열렬히 사랑해도 되느냐고. 그런 말을 해준 사람을 사랑해도 되느냐고 물었다.

'정말 다 묻어도 되나요?'

완전히 구름이 걷히지 않아 살짝 어둑했던 하늘이 서서히 맑아지기 시작했다. 흩어진 구름들 사이로 빼꼼 고개를 내민 햇볕이 내리쬤다. 빛 아래에서 비바람이 치던 밤을 함께 견뎌낸 두 연인이 키스를 했다. 누군가에게 용서를 받고 싶었던 마음과 누군가에게 진심을 전하고 싶었던 마음이 그렇게 만났다.

위태롭던 두 사람은 아주 완벽한 연인이 되었다.

Chapter 6

은밀하게
달콤하게

　두 사람이 연인이 되면서 바뀐 변화는 포지션이었다. 비서와 본부장의 관계만 생각했을 땐 늘 세영이 기어야 하는 처지였지만 퇴근을 하고 나면 달라졌다. 회사에서 온갖 패악을 부리던 수현도 언제 그랬냐는 듯 순한 양이 되었다. 한마디로 말하면 세영이 성질 더러운 사자를 길들일 수 있는 유일한 조련사가 된 것이다. 수현도 다른 이들에게는 악질 상사였다가도 그녀가 보이면 선한 표정으로 바꾸고 부하직원을 다독일 줄 아는 본부장이 되어 있었다. 다만, 그런 그도 어쩔 수 없이 딱딱해져야 하는 장소가 있었는데 바로 회장실이었다.

신제품의 론칭이 얼마 남지 않은 시점이었다. 향수병의 디자인은 리리컬과 해외의 모 명품브랜드인 S사의 이사를 겸하고 있는 외국인 수석디자이너가 맡았고, 뮤즈로 선정되어 리리컬 향수의 얼굴이 될 배우의 광고 촬영도 마친 상태였다. 거리 여기저기에는 모델의 얼굴이 찍힌 광고 포스터가 쇼윈도에 걸려 있거나 가끔 전광판으로 나오기도 했다.

최종적으로 신제품의 프로모션과 론칭 일자, 추후 예상되는 판매량과 판매전략 등을 보고하기 위해 회장실로 들렀다. 아들이 내민 자료를 보며 가만히 듣던 박 회장은 문득 아들의 말투가 이전보다 나긋나긋해졌음을 깨달았다.

"지금 임 이사가 뿌린 게 그 향수인가?"

"예, 회장님."

그녀는 조금 터프하게 아들의 손을 잡고 손목에 코를 킁킁거렸다. 시원하면서도 달고 끝으로는 숲에 서 있는 것 같은 묘한 향이 번졌다. 그녀는 자기도 모르게 눈을 감고는 말했다.

"생각보다 너랑 잘 어울리는구나. 뮤즈라는 배우보다 말이야."

"아무래도 20대, 30대 젊은 남성을 노린 제품이라 그럴 겁니다. 제가 딱 그 나이대기도 하고요."

'아니, 내 말은 서휘는 그 배우가 아니라 널 보면서 만든 것 같다는 이야기야.' 그녀가 느낀 방향은 다소 달랐지만, 굳이 필요한 말은 아니기에 끄덕이며 입을 다물고 자료를 보았다.

"수출사업부랑 얘기는 하고 있니? 내수용으로만 만든 건 아니

292

겠지?"

"예, 크지는 않지만 셀럽들의 이목을 집중시키는 데는 성공한 것 같습니다. 해외 일간지들에도 보도 자료를 뿌려놨고요. 먼저는 국내 반응을 살피고 해외에 있는 매장에도 납품하도록 할 계획입니다."

그녀는 그가 샘플로 들고 온 향수를 바라보고는 뚜껑을 열었다. 그리고 조심스럽게 허공에 뿌리고 향기를 맡았다. 본래 향수라는 것이 뿌리는 사람보다는 냄새를 맡는 상대방에게 좋은 것이 좋다고 했다. 즉, 여자 향수는 남자가 맡기에 좋고, 남자 향수는 여자가 맡기에 좋은 것. 냄새라는 영역엔 문외한이지만 생각보다 제품이 참 잘 뽑혔다는 생각이 들었다. 계속 맡고 싶은 향기였으니까.

"임 이사, 사업에서 가장 중요한 게 뭔지 알아? 남들에게 내보이기 전까지는 감추는 거야. 절대 자료 밖으로 새어 나가지 않도록 조심해. 그리고 향수화장품사업부가 잘 되면 법인을 따로 분리할 생각이야. 너무 고급화보다는 사람들이 쉽게 접할 수 있는 방향으로도 생각해봐."

"예, 회장님."

"그리고 수현아."

그녀의 호칭이 임 이사에서 그의 이름으로 바뀌었다.

"네, 엄마."

그가 그녀를 부르는 호칭도 바뀌었다. 회사에서 사사로이 자신의 이름을 부르는 경우는 별로 없다. 어머니는 자신보다 더 심한 워커홀릭이며, 제대로 쉬지도 않는 사람이다. 누군가를 채찍질하는 건 아들이라고 예외가 없다. 혹시 일로 문제가 있어서 부르신 건가 싶어 그는 잔뜩 긴장한 상태로 그녀의 입이 열리기를 기다렸다.

"너 혹시 요즘 연애하니?"

그러나 그녀의 입에서 나온 말은 의외의 것이었다. 늘 사업만 생각하는 어머니가 연애에 관해 묻는 일은 좀처럼 없었기 때문이었다. 정작 정말 연애를 시작했던 그는 박 회장의 물음에 순간 제발 저린 기분이었다. 등골을 타고 서늘한 기운이 오갔다. 딱히 티를 낸 것도 아닌데 알아차리신 것 같다. 이럴 때 보면 참 귀신같다는 생각만 든다. 어쩌면 저런 예리함 때문에 외할아버지도 외삼촌이 아닌 어머니께 사업을 맡겼을 것이다.

"그건 왜……."

"……."

그는 불과 얼마 전 어머니와도 잘 아는 서휘 앞에서 세영에게 짙은 입맞춤을 하는 간이 배 밖으로 나온 짓을 저질렀다. 그녀의 성격상 어머니께 이야기하지는 않았을 것 같지만 '만에 하나'라는 말이 있다. 혹시라도 어머니가 알게 되셨을 때를 생각했다. 보통의 드라마에 나오는 재벌 사모님들처럼 아들의 연애를 무작정 반대하시지는 않는다. 뭐든 논리적으로 푸는 것을 좋아하시는 분이기 때문이다.

그녀는 말끝을 흐리는 아들을 유심히 보았다. 무슨 말을 하든 끝까지 명확하게 하는 녀석이 말끝을 흐리다니. 하지만 곧 별것 아니라는 듯 입을 열었다.

"그냥 네 말투가 참 착해졌다고 생각해서 말이야."

"제 말투가 평소에는 나빴습니까?"

"어. 그냥 나빴다 수준이 아니지. 듣고 있으면 이런 게 내 아들인가 싶을 정도였다. 내가 낳았지만 얼음을 낳았나 싶었지."

어머니가 맞을까? 아들이 받을 마음의 상처는 상처도 아니라는 듯 그녀는 아주 단호하게 대답했다.

"너 예전부터 엄마한테 말할 때도 찬바람 쌩쌩이었잖니."

"제가 언제 그랬다고 그러십니까."

"억울하니?"

'저는 어머니를 아주 많이 닮았을 뿐입니다.'라는 말이 혀끝에 걸렸다.

"어쨌든 지금 말투가 듣기에는 더 좋구나. 난 네가 너무 부드럽게 말해서 여자친구라도 생긴 줄 알았잖니. 여자친구 생기면 알아서 말해다오. 물론 네가 봐서 결혼하고 싶은 사람이다 싶은 사람만. 괜히 내 시간 빼앗지 말고."

세영이 자신을 볼 때 이런 기분이었을까? 그는 문득 어머니의 말투에서 예전의 자신을 느꼈다. 시간 허투루 쓰는 것을 극도로 싫어하고, 확실한 것이 아닌 한은 귀로 들리지도 않는다. 어쩌면 자신은 사업수완뿐만 아니라 평소의 성격까지도 어머니를 빼다박았을지도 모른다는 생각이 들었다.

"예."

"그래. 자료 잘 봤고, 이사회 때 프레젠테이션 하는 거지? 그때

최종적으로 자세하게 보마."

"예, 회장님. 감사합니다."

그녀를 향해 꾸벅 인사를 하고 회장실을 나왔다. 아무리 어머니라지만 직원 대 경영자로 만나는 자리이기 때문에 긴장해서 그런지 나오자마자 근육들이 비명을 지르는 것을 느꼈다. 너무 피곤해서 소파에 누워 잠깐 휴식이라도 취하고 싶었다. 마침 밖에서 대기하고 있던 세영이 회장실에서 나와 엘리베이터로 향하는 그의 뒤로 바싹 붙었다.

"세영아."

졸졸 따라오는 그녀를 느꼈다. 귀여워 죽겠다. 미치겠다. 아주 미쳐버릴 정도로 좋다. 티 내고 싶지 않아도 표정은 숨겨지지 않았다. 불과 얼마 전까지의 자신은 이런 사람이 아니었는데 그녀 때문에 바뀌었다.

"마, 말조심하십시오. 누가 들으면 어쩌시려고 이럽니까?"

그녀가 소곤소곤 아주 곤란한 표정으로 말했다. 이름이라도 부르면 늘 이런 식이다. 어차피 아무도 듣지 않을 엘리베이터 안인데 뭐가 저렇게 걱정인 걸까?

"알았어. 알았어. 그런데 지금은 세영아."

하여간 한번 말하면 지는 법이 없는 남자다.

"……말씀하십시오, 본부장님."

보통 이렇게 말하면 한 번쯤은 넘어와 주던데 이 여자는 그런 게 없다. 사내에 소문이 나서 좋을 건 없으니 이해는 하지만, 이곳은 아무도 듣는 사람이 없는 임원 엘리베이터다.

"내가 연애하는 게 티 나나 봐."

"……설마!"

"회장님이 '너 연애하니?'하고 물으시는 거 있지."

그녀의 얼굴색이 사색으로 변했다.

"설마 거기서 티를 내셨습니까?"

"내가 말했지? 네가 곤란한 짓 안 한다고."

그가 들고 있던 서류철을 살짝 들어 그녀의 머리가 아프지 않도록 콩 건드렸다. 아프지는 않지만 그가 건드린 것이 머리가 아니라 심장인 것 같아 괜히 가슴이 철렁 내려앉았다. 그녀가 보이지 않도록 살짝 수줍게 웃으며 머리를 문질렀다.

"그럼 뭐라고 하셨습니까?"

"아무 말도 안 했어. 그랬더니 여자친구가 생기면 자기 바보 만들지 말고 바로 말씀해달라고 하셨지."

수현이 말을 마치자마자 세영의 표정이 어두워졌다. 이런 주제로 말을 하면 그녀는 늘 표정부터 굳힌다. 그때마다 그녀의 남자로서는 마음이 아프다. 직접적으로 말하지는 않지만 회장님이 아는 사실이 그녀로서는 매우 싫다는 듯이 느껴지니까.

엘리베이터 안으로 어색한 침묵이 흘렀다. 언젠가 그녀가 회장님께 말해도 좋다는 응답이 온다면 언제든 말할 생각이었다. 사실 어머니께 살아생전 어머니 말고도 같이 살아보고 싶은 여자가 있다고 말하고 싶어서 입이 근질거렸다. 그러나 할 수 없는 이유는 세영이 원하지 않기 때문이었다.

'사람의 마음을 사고 싶다고?'

‘어떻게 해야 그 사람이 나를 좋아하게 돼요?’

언제였더라. 까마득해서 잘 기억은 나지 않지만 아마도 정식으로 회사 일을 배우기 시작할 무렵이었다. 밑바닥부터 시작하라는 말씀에 신분을 숨기고 입사해 나름 회사 일을 익히기 시작했을 때. 자신은 좀처럼 사람들 사이로 섞이지 못했다. 자신이 오너의 아들이라는 것을 모르는 사람들은 은근히 자신을 따돌리기도 했고 어떤 때는 회식에도 끼워주지 않았다. 그게 너무 고민스러웠던 터라 자신보다는 오래 살아서 지혜가 있으실 어머니께 여쭤본 것이었는데 그때가 기억났다.

‘간단해. 그 사람이 싫어하는 짓을 안 하면 자연스럽게 좋아하게 될 거야.’

생각해보면 세영에게 반하게 된 그 시점부터 참 조심했던 것 같다. 그녀가 싫어하는 것은 무엇이 있을까 항상 고민했었다.

“오늘 퇴근하고 영화 볼까?”

“영화요?”

“응. 우리 이제 바쁜 일 없잖아. 진짜 데이트다운 데이트도 해봐야지.”

“네, 데이트…… 영화…….”

평범한 연인들처럼 하고 싶은 건 할 수가 없었다. 자신은 그렇다 쳐도 수현은 너무 유명인이었으니까. 거의 만인의 연인 위치에 있는 사람이라 모두가 알아보았다. 비서 자격으로 그의 외근을 수행할 때에도 가끔 스쳐 지나가는 일반사람들은 모두 그를 알아보았다. 아니, 모르는 것이 이상할 것이다. 대한민국 사회에서 재벌들은 모두 유명인사고 하물며 그는 그 재벌들 사이에서도 제일 유명한 사람이다.

"근데 될까요?"

"뭐가?"

"극장 같은데 다니시기 힘들잖아요."

그녀의 걱정 어린 물음에 그가 살짝 하얀 이를 드러내고 웃었다.

"설마 내가 그 정도도 생각 안 했을 줄 알았어?"

* * *

퇴근 후, 저만 믿고 따르라고 하기에 군말 없이 그가 운전하는 차에 올라탔다. 내비게이션을 켜놓은 것도 아니고, 차가 달리는 곳은 극장이 있는 번화가도 아니었다. 한참을 달리고 달렸다.

"어디로 가는 거예요?"

"가보시면 압니다, 비서님."

묻는 말에는 대답도 해주지 않는다. 저런 답이 오히려 궁금증을 증폭시킨다는 것을 아는지 야살스러운 웃음까지 지었다. 차가 멈춘 곳은 커다란 스크린이 놓인 아주 넓은 공간이었다. 그제야 그녀는 그곳이 자동차 극장임을 알아차렸다.

"여기라면 굳이 차에서 내리지 않고도 단둘이 영화 볼 수 있어."

"나, 자동차 극장 처음 와 봐요."

주파수를 맞춘 라디오에선 스크린에서 나오는 영상의 음성이 나오기 시작했다. 신기한 듯이 광고가 나오기 시작하는 스크린을 보던 그녀는 문득 그와 자신이 타고 있는 차 주변으로는 다른 차가 한 대도 없음을 깨달았다. 있다고 하더라도 아주 멀어서 차 안에 탄 사람이 보이지 않을 정도였다. 그가 내민 영화표에는 분명히 상영 시간까지 5분밖에 남지 않았다. 원래 사람이 이렇게 없을 리는 없을 텐데.

"근데 주변에 다른 차가 하나도 없네요?"

"아, 그거?"

그가 마치 칭찬을 기다리는 아이처럼 대답했다.

"내가 주변 자리까지 다 샀어. 편하게 영화 보라고."

"전부 다요?"

좋아할 줄 알았는데 그녀가 짓는 표정은 자신이 잘못할 때마다 짓는 것과 똑같았다. 괜히 찔렸던 그가 급하게 말을 이었다.

"그래 봤자 10자리밖에 안 샀어."

누가 보면 민폐라고 할지 모르겠지만, 주변을 보니 여기 말고도 비어있는 자리가 꽤 많았다. 보고 싶은 사람이 있었는데 못 보게 되면 정말 민폐겠지만 이 정도는 그냥 애교라고 봐줄 수 있을 것 같았다.

"요즘 본부장님 보면 그런 생각 해요."

"무슨 생각?"

"혹시 본부장님 죽을 때가 다 됐나 하는 생각."

환하게 웃으며 그녀의 말을 받았던 그의 표정은 삽시간에 굳었다.

"날 맘대로 죽이네?"

"사람이 너무 변해서요. 처음엔 나한테 뭐라고 했더라? 음……."

오, 제발 그 얘기만은.

"'학교는 어딜 나왔습니까? 그런 간단한 지시 사항도 받아 적는 것을 보니 참 가관이네요.'라고 하셨죠?"

"세영 씨, 그건…… 내가 잘못했어."

그가 주인에게 혼난 강아지처럼 꼬리를 말았다. 없는 꼬리가 보이는 것 같다. 애교를 부리듯 그녀의 어깨에 머리를 기대고 괜히 그녀의 손을 쥐었다.

"내가 원래 싸가지가 없었잖아?"

"본부장님 정말 많이 변했어요. 좋은 방향으로. 뭐라고 하는 게 아니라 이거 칭찬이에요."

"……."

주변을 밝히고 있던 조명들이 모두 꺼졌다. 영화 상영이 시작됐기 때문이었다. 자동차 극장이 좋은 이유는 이런 것들이다. 단 둘이 있는 공간에서 최신영화를 볼 수 있고, 마음대로 떠들 수 있다. 그리고.

쪽!

그가 살짝 고개를 들어 그녀의 입술에 자신의 입술을 댔다. 이런 스킨십도 누구의 눈치도 보지 않고 마음대로 할 수 있다는 것. 두 사람에게 영화는 뒷전이었다. 근무시간 내내 만지고 싶어서 미치는 줄 알았으니까. 세영도 마찬가지였다. 그가 슬쩍 눈웃음을 칠 때마다, 그가 자기도 모르게 손을 뻗었을 때마다 얼마나 애가 탔는지 모른다.

「첫사랑, 마지막 사랑이 어디 있어요? 그게 첫사랑이고 싶으면 첫사랑이고, 마지막 사랑이고 싶으면 마지막 사랑인 거지.」

「그래서 난 너한테 첫사랑이야, 마지막 사랑이야?」

「아, 몰라요!」

왠지 세영을 닮은 것 같은 여자 주인공의 목소리가 들렸지만, 두 사람에게는 서로의 숨소리만 들렸다.

사실 영화는 뒷전이었다. 정신을 차리고 보니 영화가 끝나기도 전에 극장을 나왔다. 자동차 안에서 뜨거워진 열기는 쉽게 빠지지 않았다. 차가 멈추자마자 세영이 도망치듯 연립주택의 계단을 뛰어올랐다. 그런다고 긴 다리의 그를 쉽게 벗어날 수 없었다.

3층에 다다르자마자 도망치듯 이어지던 그녀의 또각또각 구두 소리가 멈췄다. 금세 따라붙은 수현에게 붙잡힌 채 또 입술을 내주었다. 평소의 스킨십보다는 조금 더 야한 형태였다. 그의 목에 매달린 채 그의 리드를 따랐다. 어느덧 복도 끝에 있는 그의 집 앞에서 멈췄다. 한 손으로는 세영의 허리를, 입술로는 그녀의 입술을 탐하면서도 다른 손으로는 재주도 좋게 집 문을 열었다.

"하아! 하아!"

슬쩍 입술을 떼자 그녀가 숨이 찬 듯 헐떡였다. 단순히 숨이 차서 그러는 건 아니었다. 술을 먹지 않았는데도 몽롱하고 취한 기분이었다. 복숭아처럼 두 뺨을 빨갛게 물들인 채 자신을 올려다보는 그녀는 귀여운 것보다도 매혹적이었다. 세영은 아무 말도 하지 않았지만, 어떻게든 해달라고 애원하는 것처럼 보였다. 아무래도 자동차 극장에서부터 음란 마귀가 씌어서 온 탓이 컸다.

"오늘 집에 못 가도 돼?"

그의 물음에 세영이 조심스럽게 입을 열었다.

"어차피 안 보낼 거잖아요."

"그럼 안 재워도 돼? 너 오늘 못 자겠는데?"

하고 싶다던가, 자고 싶다던가, 그런 말보다도 재우지 않겠다는 말이 머릿속에선 더 외설적이라는 걸 그는 알까? 그녀는 허락의 의미로 그의 목을 더 꽉 끌어안았다. 처음엔 매달리는 것이 창피하고 부끄러워질 줄 알았는데, 정작 그의 눈빛을 보고 나니 혼자만의 감정이 아니라 그에게 더 애가 달았다.

"할 거예요?"

"응."

그가 덜렁 그녀를 들어 올렸다. 갑작스럽게 높아졌지만 그녀는 놀라지 않았다. 묘한 기분이었다. 자신의 키보다 아주 조금 더 높은 곳의 공기를 마시는 건 낯설었다.

그녀를 침대에 눕힌 그는 서두르지 않았다. 천천히 손으로 그녀를 보듬었다. 이 행위는 단순히 성적인 욕망 때문이 아니라 정말 사랑하기 때문에 하고 싶다는 것을 그녀에게 보이고 싶었다.

"사랑해."

"나도."

이래서 사내 연애를 금지하는 모양이다. 일의 능률이 떨어지고, 집중할 수가 없다. 요즘 계속 그런 상태였다. 세영을 곤란하게 하고 싶지 않아서 열심히 하는 척 했지만, 어느덧 제일 기다려지는 시간은 그녀가 하루 세 번 커피를 타줄 때와 업무 보고를 위해 들어올 때였다. 그때는 회사이기 때문에 일부러 외면한 적도 있지만 이곳은 그럴 필요가 없다.

옷을 벗기고, 속살을 입에 물었다. 그녀가 달콤하게 퍼졌다. 만일 향기를 가두는 방법이 있어서 그녀의 향기를 간직할 수 있다면 기꺼이 그럴 것이다.

그는 상냥하면서도 거칠었다. 입술로는 끊임없이 사랑한다고 속삭였지만 정작 행동은 너무 남자다웠으니까. 아프다가도 환희가 일었다. 땀으로 젖은 등을 껴안고 시트 자락을 쥐고 떨 때마다 그가 속삭였다.

"억지로 하지 않아도 돼."

그때마다 그녀도 속삭였다.

"억지로 아니에요. 내가 안고 싶어서 본부장님 안는 거예요."

침대 위였지만 파도가 치는 것 같았다. 때로는 잔잔하게, 때로는 강하게. 땀에 젖어 몇 번이나 환희를 본 다음에야 그가 겨우 떨어졌다. 운동하고 나면 항상 욕실로 들어가 땀을 씻어내고 누워야 했지만 오늘은 다르다. 찜찜하거나 금방 씻어내고 싶을 정도로 더럽게 느껴지지 않았다. 새벽 내내 괴롭히다 겨우 놓은 그녀를 시간이 가지 않기를 간절히 빌며 껴안았다.

"좋았어?"

아직 흥분으로 몸이 예민한 그녀를 함부로 만지지 못했다. 다소 얼빠진 표정으로 멍하니 거울에 비친 그와 자신을 보던 그녀가 고개를 끄덕였다.

"나도 굉장히 좋았어."

땀에 젖은 그녀의 몸 곳곳에 입맞춤을 했다.

"살아 있으니까 이렇게 좋은 일도 있네요."

"······."

"수현 씨."

그녀를 매만지던 수현의 손길이 잠시 멈칫했다. 자신을 부르던 그녀의 호칭은 늘 본부장이라는 직위였으니까.

"고마워요, 수현 씨. 나한테 살아줘서 고맙다고 말해준 것도, 이렇게 사랑해주는 것도."

그가 어리광을 부리듯 그녀의 등에 머리를 기대고 속삭였다.

"더 불러줘. 듣기 좋다."

"응, 수현 씨."

그녀의 부름에 킥킥 웃던 그가 등 돌리고 있던 그녀의 몸을 억지로 돌렸다. 그의 행동을 이해할 수 없던 그녀는 이불 속에서 느껴지는 그의 변화에 뺨을 빨갛게 물들었다. 그는 경고하듯이 말했다. 그러나 경고는 무척 달콤했다.

"내가 말했지? 오늘 잠 못 잔다고."

두 사람의 새벽이 다시 깊어졌다. 흠뻑 젖은 채 아주 깊이.

* * *

향수 론칭에 앞서 임시 이사회가 열렸다. 리리컬 소속의 임원들이 모두 모인 자리였다. 대표이사인 회장이 회의장에 나타나자 수현은 프레젠테이션을 시작했다. 향수사업부가 만들어지기도 전부터 이쪽 분야를 준비했던 터라 론칭까지는 얼마 걸리지도 않았고 비교적 순차적으로 빠르게 일을 진행했다. 지금의 프레젠테이션은 지금까지 준비한 향수 사업을 일방적으로 어느 선까지 끌어올렸다고 발표하는 것과 마찬가지였다.

수석 조향사 자격으로 참석한 서휘는 착잡한 표정으로 프레젠테이션을 보았다. 확실히 오랜 기간을 준비한 것이 느껴졌다. 더불어 안 본 사이에 더 좋아진 그의 표정도, 바로 그 여자의 힘이다. 아무것도 아닐 그 비서라는 여자. 자신은 한 번도 만들지 못했던 그의 행복한 표정을 만들어냈다. 이젠 질투고 뭐고 아무 생각이 없다.

"잘 봤습니다, 임 이사. 철저하게 준비한 게 느껴지네요. 하지만 노력했다고 그만큼 결과가 안 나오는 것이 사업이에요."

박 회장이 아주 냉랭한 자세로 입을 열었다. 지금껏 집안의 어른들이 일구어놓은 사업만 공부하다 처음으로 자신의 영역을 개척한 아들이었다. 절대로 보듬어줄 생각은 없다. 사랑하는 이를 배부르게 하고 싶다면 물고기를 주기보다는 그물 치는 법을 가르치라고 했다. 훗날 자신이 이 자리에서 물러나면 이 자리에 앉는 이는 수현이었다. 그녀는 늘 수현이 냉정한 자세로 사업에 임하기를 바랐다.

"예. 명심하고 있습니다, 회장님."

"준비한 만큼 후회 없는 결과 나오길 바라요."

"말씀 감사합니다."

"임시 이사회는 여기서 마치죠. 다들 고생했습니다."

그녀가 먼저 자리에서 일어나 회의장 밖으로 향했다. 막 문을 벗어난 그녀를 향해 본부장실 비서들이 허리를 숙였다. 문득 아들에게 차 비서 말고 어떤 비서를 들였었는지 궁금했던 그녀는 스쳐 지나가며 세영을 유심히 보았다. 박 회장이 앞을 스쳐 지나간 후 허리를 편 그녀가 스크린 앞에 서 있던 수현을 향해 엄지를 폈다.

'별일이네. 수현이한테 저렇게 행동할 수 있는 비서가 있다니.'

툭하면 비서를 부품처럼 바꿔 끼우던 아들을 떠올린 그녀가 막 수현에게로 시선을 돌렸을 때였다. 순간 두 눈을 의심했다. 원체 웃는 일이라고는 별로 없던 아들이 비서를 바라보며 웃고 있었으니까. 그저 돈독한 사이라고 보기에는 두 사람 사이의 기류가 미묘했다. 재빨리 고개를 돌리고 보지 않은 척 엘리베이터로 향하던 그녀가 뒤따르던 윤 실장을 향해 말했다.

"저 아가씨, 수현이 원래 비서 이름이 뭔가요?"

"예, 박세영 씨라고 합니다."

"박세영…… 박세영."

엘리베이터에 올라 가만히 그 이름을 입술에 올렸다.

"그래서 그 박세영이라는 사람 지금 몇 개월째 임 이사 밑에서 일하고 있는 거죠?"

"4개월째입니다. 일주일 뒤면 5개월에 접어듭니다만. 무슨 일로 그러십니까?"

"아니, 그냥. 수현이 밑에서 저렇게 오랫동안 버틴 사람은 나도 처음이라서."

원래 일이라는 것도 궁합이 맞아야 한다. 아마 수현과 일적인 궁합이 맞아서 계속 있는 것으로 생각하고 더는 깊이 들어가지 않기로 했다.

회의가 끝난 후, 박 회장이 나가자 그제야 임원진들도 하나둘 자리에서 사라졌다. 단 한 사람만 빼고. 수현은 회의장 구석에 앉아 자신을 노려보듯 바라보던 서휘를 깨닫고 나가려던 걸음을 멈췄다. 워크숍에서의 일 이후로 첫 만남이었다. 마치 대화를 하고 싶다는 듯 기다리고 있는 모습에 그가 다가섰다.

"고마워. 덕분에 좋은 향수 팔게 됐어."

"나한테 할 얘기가 향수뿐이니?"

회의장 뒷정리를 하기 위해 들어왔던 세영이 멈춘 것도 그때였다.

"그럼 달리 무슨 말을 할까? 나한테 무슨 얘기가 듣고 싶은데?"

수현의 태도는 무척 차가웠다. 친구라고도 볼 수 없을 만큼. 그녀는 뼈저리게 느꼈다. 이 남자는 자신을 여자로 볼 생각이 전혀 없다. 이미 그 비서에게 빠져도 너무 푹 빠져서 자신 같은 건 보이지 않는다. 가슴은 아프지만 사실이었다. 사실도 받아들이지 못할 만큼 멍청하진 않았다.

"잘 되는 모양이야. 그거 알아? 너 표정 굉장히 좋아진 거."

"요즘 자주 듣고 있어. 말투도 좋아졌다 그러더라."

서휘가 허탈한 듯 웃었다. 그의 말이 꼭 자랑하는 어린아이의 것처럼 느껴졌다.

"그 여자가 널 그렇게 만든 거니?"

"응."

조금의 망설임도 없었다. 굳이 세영과의 관계를 숨기고 싶지 않다는 듯했다. 아무리 떨어져 있다고 한들 비어있던 회의장이라 소리는 어쩔 수 없이 세영에게까지 닿았다.

"대단하긴 하네. 난 널 그렇게 만들고 싶었는데 못했으니까. 부럽다. 정말."

"약혼자까지 있는 사람이 그러는 건 아니잖아."

"맞아. 약혼자까지 있는 여자가 이러는 건 아니지."

제법 무거운 주제의 이야기가 흘러나왔다. 서휘는 왠지 지금이 아니면 진심을 전할 수 없을 것 같다는 생각이 들었다. 지금 말하지 않으면 평생 이렇게 척지고 친구도 아닌 채로 살 수 있다.

"나 파혼했어. 다니엘한테 헤어지자고 했어."

"……."

"내가 그 사람을 사랑했던 게 아니라는 걸 깨달았거든."

"그래?"

"나 아직 널 좋아하나 봐. 그때부터 쭉."

서휘는 회의장으로 들어와 정리도 하지 못하고 멀찍이 서서 시선을 피하는 세영을 발견했다. 미안하지만 악녀는 지쳤다. 악녀도 아무나 하는 게 아니라는 걸 막 깨달은 참이다.

"날 다시 봐달라는 소리 아니야. 그냥 다시 너랑 예전처럼 돌아가고 싶어. 나 다시 친구 시켜줄 수 있니?"

서휘의 물음이었다. 다시 가까워지고 싶다. 친구로. 평생 말을 못 하게 되는 것보다는 어차피 거리를 둬야 하는 친구 사이로 남고 싶었다. 마찬가지로 서휘의 질문을 들은 세영은 자기도 모르게 의자 등받이를 힘주어 잡았다. 너무 세게 쥔 탓에 손끝이 아렸다. 어디까지나 그의 문제다. 그가 친구로서 받아들이겠다고 하면 자신도 받아들여야 하는 상황이다. 그게 참 마음이 아프다.

"아니."

당연히 그렇다고 대답이 나올 줄 알았건만 수현의 입에서 나온 건 아주 깨끗한 거절이었다.

"내 여자가 싫어해."

누군가에게 마음을 얻고 싶다면 가장 처음엔 그 사람이 싫어할 짓은 하지 마라. 어머니의 가르침이 여기에서 도움이 됐다. 절대 세영이 싫어하는 짓은 하지 않기로 다짐했다. 절대로.

서휘는 쓸쓸한 듯이 웃었다. 그녀는 묘하게 떠는 것 같은 세영을 보았다. 참 부럽고, 행복해 보이고, 질투가 나는 여자였다.

"그래?"

다 자업자득이다. 그때 이미 친구로서도 옆에 있을 수 없다는 걸 깨달았으면서도 혹시나 싶었다. 다른 여자라면 몰라도 자신이라면 그가 허락할 줄 알았으니까. 하지만 이제야 알았다. 전부 오만이었다는 것을 말이다.

"그래. 네 애인이 싫어하는 짓 하면 안 되지. 얼음 같았던 네가 반할 정도면 너도 엄청나게 노력했다는 말일 테니까."

어쩌면 마음은 이미 그가 거절할 것을 준비하고 있었던 모양이다. 친구로도 거절을 당했는데 마음은 허하지만 슬프지는 않았다.

"둘이 잘 어울려. 그래서 질투 나서 그랬어. 네가 네 애인한테 전해줄래? 내가 참 잘못했다고."

"……사과는 직접 하는 거야, 백서휘."

"그래. 근데 지금은 네가 전해줘. 이제 나, 갈게. 프레젠테이션 잘 봤어."

"잠깐만."

뒤돌아 나가려던 서휘가 그의 부름에 멈췄다. 마찬가지로 회의장에 서 있던 세영도 자기도 모르게 고개를 들고 두 사람을 보았다. 그의 마음이 자신에게 있음을 알면서도 저 예쁜 여자가 곁에 서 있으면 불안해진다.

"너한테 아직 그 인사를 못 한 것 같아서."

인사?

서휘가 뒤돌았다. 수현이 눈을 마주치자마자 말을 이었다.

"네 말대로 구애의 춤을 추니까 박세영이 오더라."

"……."

서휘는 자신이 수현에게 했던 첫 조언을 떠올렸다.

'임수현, 잘 들어. 연애를 목적으로 들이대지 마. 갑자기 좋다는 놈을 누가 받아들이냐? 무조건 널 알리겠다는 목적으로 들이대. 수컷 새들이 왜 암컷 새한테 구애의 춤을 추겠어?'

기억을 더듬어보니 그런 조언을 했었다. 지금에서야 조금 후회하지만 그때의 조언은 진심이었다. 이성 관계에 대해서 그는 무지한 상태였다.

극락조는 마음에 들지 않는 수컷이 구애의 춤을 추면 무시하기 마련이다. 박세영은 임수현의 구애의 춤이 마음에 들었던 모양이다.

서휘는 수현을 향해 한 번 웃어 보이고는 다시 뒤돌아 회의장 밖으로 나갔다. 눈물은 나지 않는다. 이미 워크숍이 있던 날에 너무 울었기 때문이었다. 지금은 그저 마음이 허전할 뿐. 잘 된 일이다. 어차피 자신에게 오지 않을 남자가 행복한 모습은 봤으니까 이젠 괜찮다.

행복해라, 임수현.

Chapter 7

녹는 중

통상적인 정기 보고일이 아니었지만, 도현은 호출을 받았다. 무슨 심각한 이야기를 할 작정인지는 모르겠지만, 도현을 불러 놓고도 박 회장은 아무 말도 없이 그에게는 시선조차도 주지 않은 채 서류를 보며 결재란에 사인 중이었다. 적막한 방을 꽉 채우는 종이와 펜촉의 마찰음은 비서가 가져온 차가 도현의 앞에 놓였을 때 멈췄다.

"사실 진짜 커피 전문가들은 루왁 커피를 잘 안 마신다는 거 아니?"

갑작스러운 커피 이야기에 찻잔을 잡으려던 도현은 의문스러운 표정으로 그녀를 보았다. 도현이 앉아 있던 응접 소파 윗자리에 앉으며 그녀가 말을 이었다.

"그동안 루왁이 비싼 이유가 사향고양이가 알아서 상태 좋고 신선한 커피를 먹고 배설하기 때문이었는데, 요즘은 이것저것 가리지 않고 마구 먹인 다음에 나오는 거로 만들거든."

"이젠 식품 사업까지 손대시게요? 예전부터도 물장사가 제일 남는다고는 했습니다만."

"식품 사업?"

비서가 놓은 커피를 슬쩍 맛본 그녀는 도현의 말에 하하 웃음소리를 냈다. 그러나 도현은 그 웃음소리가 그녀가 진짜 즐거워서 낸 것이 아닌 상황에 맞추어 낸 소리임을 알아챘다. 소위 말해서 가식이 짙게 깔린 웃음. 회장님은 좋은 사람이긴 했지만, 곁에서 지켜볼 때면 늘 생각했다. 저 미소 중에 진심이 과연 얼마나 있을까.

"왜? 식품 사업하면 네가 도와주게? 화장품 관련은 수현이가 했으니까 식품은 네가 해볼래?"

"됐습니다. 별로 하고 싶지 않습니다. 그나저나 무슨 일로 부르셨습니까? 너무 오래 자리를 비워두면 본부장님께서 의심하실 겁니다."

"하여간 넌 어렸을 때부터 모든 일에 다 단호했어. 그 점은 수현이하고 똑같구나."

그제야 박 회장은 도현을 이 자리로 부른 이유를 상기했다. 아들을 향해 엄지를 폈던 비서와 그런 비서를 향해 환하게 웃던 아들. 집안에 우환이 닥치고 나서는 한 번도 웃는 얼굴을 보인 적이 없던 아들이라 문득 호기심이 일었다. 그 호기심을 해결해줄 사람으로 적합한 건 정기적으로 본부장이 어떻게 지내는지 보고해주는 차 비서였다.

"수현이 말이야. 잘 지내는가 해서?"

"잘 지내는 건 회장님께서 더 잘 아시리라 생각합니다. 정기적으로 꼬박꼬박 보고드리고 있습니다만."

"아니. 내가 묻고 싶은 건 그게 아니라……."

그녀가 내려놓았던 찻잔을 다시 들었다.

"그 녀석 혹시 연애하니?"

"……예?"

순간 표정 관리를 못 한 도현이 한 박자 느린 되물음을 했다. 비서 데스크에 붙어 있으면서 수현과 세영의 변화를 눈치채지 못할 수가 없다. 그의 되물음을 듣고도 박 회장은 채근하지 않았다. 그저 조용히 찻잔을 들었다 놓으며 연하게 탄 커피를 마시며 기다렸다.

"무슨 말씀이십니까?"

"저번에 프레젠테이션할 때 말이야. 임시 이사회 때. 아니, 더 오래됐겠구나. 나한테 보고하러 올 때도 그렇고. 왠지 애가 좀 달라져서 말이야."

갈 곳을 잃은 도현의 눈동자가 잠시 방황했다. 어떻게 알게 됐는지는 모르겠지만, 적어도 아들에게 관심이 있는 어머니라면 모를 리가 없을 듯싶었다. 아들이 관심 있는 여자의 이웃집으로 이사까지 한 마당에 이제야 눈치챈 건 오히려 느린 축에 속했다.

"그 녀석 여자 있지?"

"……."

일부러 숨기려던 것은 아니고 굳이 보고 할 필요가 없어서 하지 않고 있었다. 하지만 회장님이 안 이상은 계속 말하지 않을 수는 없었다.

"일부러 숨긴 건 아닙니다. 혹시 반대… 하시려고."

"아니. 이 나이 먹고 아들이 어떤 여자 만나는지 사사건건 간섭하는 엄마들이 얼마나 꼴사나운지 알아. 난 내 결혼생활이 파탄 나서 수현이만큼은 행복하게 살았으면 해."

정말 궁금해서 묻는 건가? 도현의 머릿속으로 드라마 속 부잣집 사모님들이 그러듯 자신에게 두 사람 사이를 갈라놓으라고 명령을 내리는 박 회장의 모습이 그려졌다. 하지만 이내 고개를 저었다. 어떤 일이든 당당하게 임하는 그녀와는 전혀 매치가 되지 않았다.

"오해는 하지 마. 반대하려고 그러는 건 아니니까. 내가 만나지 말란다고 안 만날 놈도 아닐 거고."

의외의 말이었다. 당연히 반대부터 할 줄 알았다. 으레 드라마에선 '네 주제를 알면 내 아들에게서 떨어져!'라며 돈 봉투를 건넨다. 아니, 회장님이라면 모르겠다. 애초에 손해 보는 투자는 안 하시는 분이다. 어느 날 불쑥 초등학생이던 자신을 찾아와 '너 미국 가서 공부하지 않을래?'라고 제안했을 때부터 그랬다.

"그럼 뭐가 문제이신지요."

"그냥 궁금해서. 어떤 아가씬지."

고작 어떤 사람인지 궁금해서 불렀다는 말에 일차적으로는 안심했다.

"착한 분입니다."

"그리고?"

"예쁘고요."

"또?"

"능력도 그 정도면 괜찮죠. 대기업 본부장 비서실에 있으니. 사내 남자 사원들한테서도 인기가 꽤 있다고 들었습니다."

내뱉고 나서야 마지막 문장은 할 필요가 없었다는 것을 깨달았다. 세상 어느 어머니가 아들의 여자친구가 인기가 많다는 이야기를 좋아하겠는가. 그러나 다른 의미로 받아들인 그녀가 장난스러운 기색으로 눈을 가늘게 떴다.

"설마 너도 관심 있니?"

"……아닙니다."

너무 당황해서 뒤늦게 대꾸했지만 이상하게 들릴 게 뻔했다. 역시나 그녀는 장난스러운 듯 웃고 있었다.

＊ ＊ ＊

정신은 물론 몸 전체가 물먹은 솜처럼 노곤했다. 낮의 업무 강도는 그대로인 반면, 밤에도 본부장인 그와 함께 있는 시간이 늘었으니 당연한 결과였다. 아주 잠깐 피곤해서 눈을 감았던 것 같은데 그대로 푹 자버렸다는 사실을 깨닫고 깜짝 놀라 창밖을 보았다.

"더 자지?"

운전석에서 들린 목소리에 놀라 이번에는 눈을 크게 뜨며 그를 보았다. 분명히 눈을 감기 전까지는 이동을 도와주는 기사가 있었던 것 같은데 지금은 수현이 아주 태연한 표정으로 운전대를 잡고 있었다.

"아, 죄송합니다. 깜빡 잠이 들어서……."

"더 자. 피곤한 것 같은데. 아직 눈에 졸음기가 가득이야."

그가 귀엽다는 듯 살며시 웃으며 그녀의 뺨을 손으로 문질렀다. 그제야 정신이 들어서 허둥지둥 수현의 스케줄을 보려고 손에 폰을 쥐었지만, 폰이 위로 쑥 딸려 나가고 말았다. 한 손으로 그녀의 폰을 빼앗은 그가 아주 자연스럽게 자신의 정장 주머니에 넣었다.

"다음 스케줄 체크해야 합니다. 주십시오."

"내가 다 봤어. 이후로 스케줄 없어. 회사로 들어가는 것 빼면."

아, 최악이다. 아무리 그와 연인 관계라고 하더라도 일은 제대로 하리라 마음먹었는데 역시 조금 풀어지는 건 어쩔 수 없나 보다. 그의 손이 닿았던 뺨에 자기도 모르게 손을 올리고는 배시시 웃었다가 급하게 표정을 굳혔다.

"죄송합니다. 다음부턴 이런 일 없게 하겠습니다."

"아니야. 덕분에 나도 지금 조금 쉬는 중이거든."

그제야 약간 노곤한 표정으로 운전 중인 그의 얼굴이 보였다.

신제품 론칭이 얼마 남지 않아서 바쁜 그의 하루를 알고 있다. 점심은 거의 거래처 임원들과 하거나 자신이 사다 주는 도시락으로 때우며 일하는 경우가 부지기수였다. 그나마도 조금 쉴 수 있는 시간은 자신이 커피를 타다 주는 순간뿐이었다. 예전이야 일 중독에 걸린 악질 워커홀릭이니 당연하다고 생각했지만, 지금은 그가 쓰러질까 봐 가끔 겁이 난다. 그가 걱정스러운 건 그를 대하는 태도가 달라졌기 때문이다. 지금은 그냥 상사가 아니었다.

"기사님은 어쩌고 본부장님이 운전 중이십니까?"

"그 사람도 오늘 종일 우리 싣고 다닌다고 고생해서 조기 퇴근시켜줬지."

그의 말에 세영이 자기도 모르게 웃음을 터뜨렸다.

"뭐야? 왜 웃어? 내가 웃겨?"

"아뇨. 하하. 그게 아니라. 안 어울려서요."

"뭐가? 내가 운전하고 있는 게? 우리 출퇴근 전부 내가 운전하는데 뭐가 안 어울려."

"그게 아니라요. 웬일로 기사님까지 챙겨주시나 해서요. 예전엔 안 그러셨으면서."

그녀가 말하는 예전이 언제인지 아는 그가 당혹감으로 얼룩진 표정으로 대꾸했다.

"그때의 나는 그냥 잊어. 아주 툭하면 과거 발언이야?"

"맞잖습니까. '회사에 뭐하러 옵니까? 밥 먹으러 와요? 돈 벌려고 온 거 아닙니까?'라고 아주 싸가지 없게 말씀하셨잖습니까."

"싸가지? 지금 남자친구한테 싸가지?"

"아니, 지금 싸가지 없다는 게 아니라 그땐 싸가지가 바가지셨잖습니까?"

그가 쿡쿡 웃음을 터뜨렸다. 처음 자신과 만나서 근무를 할 때부터 생각하면 담이 작은 듯싶은데 할 말은 다 했다. 정확히는 할 말, 못 할 말 가리지 않고 전부였다. 살면서 자신에게 이렇게 막말을 하는 여자가 몇이나 있었는지 생각해보면 박세영이 인생에 등장하기 전에는 딱 둘이었다. 어머니와 백서휘. 그의 얼굴이 다시 어두워졌다. 그날 이후로 서휘와는 한 번도 대화하지 않았다. 마주치더라도 상사와 부하직원 이상으로 대하지 않았다.

"'떡 같은 미개한 걸 먹습니까?' 솔직히 그 말 조금 섭섭했습니다. 떡이 어디가 미개하다고."

"아, 자꾸 이럴래? 미안하다니까."

봇물 터지듯 쏟아지는 말은 멈추지 않았다. 아예 작정한 듯이 떠들었다. 근데 그게 하나도 싫지 않다는 게 신기하다. 혼자 운전대를 잡고 잠든 그녀를 감히 깨우지도 못하고 정처 없이 차를 몰때는 피곤했던 것들이 그녀가 깨어나 재잘재잘 떠드는 소리에 날아갔다.

"박세영, 그럼 우리 떡이나 먹으러 갈래?"

떠들던 세영의 말을 자르며 그가 상황과는 맞지 않는 다소 신기한 말을 입에 올렸다. 떡을 먹으러 가자는 말, 재잘재잘 떠들던 그녀도 조금 놀란 눈으로 보았다. 떡 같은 건 자신에게 점수 따고 싶어서 좋아한다고 한 줄 알았으니까.

"어? 본부장님 진짜 떡 좋아해요?"

그녀의 물음에 그가 의미심장한 미소를 지었다.

"그럼, 아주 좋아하지. 없어서 못 먹을 정도야. 갈래? 떡 맛있는 집 아는데."

"진짜요?"

어느덧 세영은 비서의 말투는 완전히 버리고 정말 떡이 먹고 싶어서 방글방글 미소 지었다. 왠지 떡에 지는 것 같은 기분이지만, 좋아서 벙싯 웃고 있는 그녀를 보고 있으면 그깟 떡에 지는 거야 별일 아니라는 생각이 들었다.

"그럼 우리 잠깐 땡땡이치자."

핸들을 돌려 그 소문난 떡집으로 차를 모는 그를 보며 그도 참 많이 바뀌었다고 생각했다. 그의 입에서 나오지 않을 것 같은 '땡땡이'라는 단어가 나왔으니까. 어쩌면 그는 그녀가 '지친 것 같다.'라고 말하지 않았다면, 쓰러질 때까지 지치지 않은 척했을지도 모른다.

두 사람은 잠시 말이 없었다. 그가 운전하는 차에 몸을 맡기고 안 그래도 잔뜩 지쳤던 그녀도 잠시 힘을 뺐다. 그가 도착하는 떡집에는 어떤 떡이 가장 맛있을까 생각했다. 하지만 행복한 고민은 금방 접어야 했다. 그의 차가 들어온 곳이 떡을 팔만한 곳은 절대 아니었으니까.

"자, 잠깐만요. 소문난 떡집이라는 게 여기였어요?"

그가 소문난 떡집이라면서 데려온 곳은 예전 워크숍이 있었던 리리컬 그룹 산하 W호텔이었다. 멀뚱히 선 그녀를 억지로 붙잡은 그는 워크숍 내내 그가 틀어박혀 있던 펜트하우스 안으로 들어왔다. 그가 말한 떡이 먹는 떡이 아니라 다른 떡이라는 것을 눈치챈 그녀가 빨개진 얼굴로 그에게 볼멘소리하려던 그 찰나였다.

수현이 세영을 껴안고는 그녀를 억지로 침대 한가운데에 눕히고는 허리를 껴안더니 가슴에 머리를 뉘었다. 그 모양새가 야한 걸하려는 것처럼 보이지는 않아서 세영이 조심스럽게 그를 불렀다.

"본부장님."

"세영아, 나 너무 피곤해."

정말 지친 듯 그의 목소리가 다 갈라졌다. 여기까지도 겨우 왔다는 듯한 말투였다.

"우리 여기서 진짜 한 시간만, 딱 한 시간만 자고 가자."

"⋯⋯."

"아무 짓도 안 할게. 진짜 손만 잡고 잘게. 오늘 이상하게 너무 졸려서 그래. 본부장실 소파는 너무 딱딱해서 싫어."

그가 애원하듯 말했다. 이렇게 지쳐 있는데 누가 타박을 준다고 이렇게 절절매는 걸까. 그가 소원한 대로 세영이 조심스럽게 그의 손을 잡았다. 손바닥으로, 손가락 사이사이로 서로의 체온이 섞였다.

"고생 많았어요, 수현 씨. 잘 자요."

* * *

언제나 우려했던 일은 갑자기 일어나는 법이다. 준비도 하지 않았을 때, 생각지도 않았을 때 불쑥 나타난 그녀의 존재는 일에 집중할 수 없게 만들었다. 커피를 타려고 내린 찻잔이 쨍그랑 소리를 내며 깨졌다.

"하아, 진짜."

기물 파손으로 경위서를 써야 한다는 생각에 살짝 골치가 아팠던 세영이 조금 짜증스러운 표정으로 깨진 조각들을 줍기 시작했다. 커다란 파편부터 작은 파편까지 하나씩 집는 손이 덜덜 떨렸다. 너무 떨리는 바람에 사기의 날카로운 파편이 살로 파고들었다. 따끔거리는 아픔을 느끼고 그제야 손가락에서 뚝뚝 피가 떨어지는 것을 깨달았다.

"괜찮아요?"

쨍그랑 찻잔이 깨지는 소리에 놀라 탕비실로 들어온 도현의 눈에도 쭈그려 앉은 채 피만 똑똑 흘리고 있는 세영이 보였다. 아프지도 않은 건지 반쯤 정신이 나간 표정으로 가만히 있기에 손수건을 꺼내 상처를 감쌌다. 그제야 그녀가 고개를 들었다. 울 듯한 표정이었다.

"많이 아파요?"

아파서 울 것 같지는 않은데 입에서는 이상한 소리만 나왔다. 애초에 한 번도 우는 여자를 달래본 적이 없다. 그 흔한 연애도 안 해봤고, 주변에 있는 여자들은 좀체 우는 모습을 보이지 않으니 알 수가 없다.

"차는 제가……."

"아뇨, 차 비서님. 제가 할게요. 손수건은 나중에 빨아서 돌려드릴게요."

여기서 피하는 건 왠지 서휘에게 지는 듯한 기분이었다. 깊게 베인 것은 아니었는지 피는 금방 멈췄다. 피가 묻은 손수건을 그대로 건네는 건 아닌 듯해서 주머니에 찔러 넣고 새로운 잔 두 개를 꺼내고 커피메이커를 작동시켰다. 커피가 내려가는 동안 잠시 생각에 빠졌다. 퇴근을 앞두고 종합적인 업무 보고를 하려던 그 찰나, 그녀가 본부장실 앞에 나타났다. 오늘은 향수 론칭을 하루 앞둔 날이었다. 일 때문에 왔으리라고 생각해도 워크숍에서 들었던 그녀의 말은 잊을 수 없었다.

'혹시 수현이가 얘기해요? 자기랑 나랑 사귀던 사이였다고.'

아직 못 들었다. 누구보다 그녀와 친구 사이처럼 보이려고 하는 그에게 물을 수 없었던 건 물어보는 순간 자신과 그 사이에 만들어진 신뢰가 무너질 수도 있다는 두려움이었다. 지금까지의 그는 자신을 위해 꽤 많은 노력을 했다. 옆집으로 이사를 왔고, 자신의 조언에 따라 업무 스타일을 바꾸고, 그 여자 앞에서 자신에게 키스까지 했다.

연인 관계라는 건 단순히 회사 동료일 때나, 친구일 때보다 더 큰 신뢰가 필요하다. 혼자 땅굴 파고 들어가는 것도 별로 좋지 못한 행동이지만, 행여 자신의 말 한마디로 그와 지금껏 쌓은 신뢰가 무너질 수도 있다. 여태껏 그렇게 깨진 커플들도 꽤 많이 보아 왔다.

'뭐 하는 거야. 근무 시간이잖아. 연구팀장이 일 때문에 올라오는 건 당연한 건데.'

커피메이커의 커피가 모두 내려졌지만 두 손으로 싱크대를 붙잡은 손은 떨림이 잦아들지 않았다.

　'그런데 그게 너무 싫어.'

* * *

　언젠가 회사 일로 부르리라 생각하고 있었지만 먼저 찾아올 줄은 몰랐다. 예고 없는 방문에 놀란 건 세영뿐만이 아니었다. 수현은 자신에게 봉투를 내밀고는 가만히 앉아서 눈도 마주치지 않는 서휘를 응시했다. 그녀의 마음을 걷어찬 상태에서 이전처럼 그녀를 대하는 건 어려웠다. 게다가 그녀가 들고 온 소식은 당황스러워서 감히 입을 열 수가 없었다.

　굵직하게 사직서라고 쓰인 봉투를 집어 들었다. 이제야 시작한 사업이다. 상당수의 업무를 대신할 사람은 많지만 조향사만큼은 아니었다. 정말 그녀가 필요했기 때문에 와달라고 청했었고, 그녀도 그 이유를 알기 때문에 자신을 돕기 위해 청을 마다하지 않았다.

　"이건 너무 갑작스러운 것 같은데."

　"어차피 내일이 론칭이잖아. 말은 안 했지만, 론칭 시작하면 이러려고 했어. 나 말고 좋은 조향사들 많아. 어차피 너하고 나, 이젠 껄끄러운 사이잖아."

　한참 있다 나온 말에 그녀가 작정한 듯 줄줄 외고 있던 말들을 쏟아냈다. 워크숍에서 쏟아내고, 임시 이사회에서 마지막으로 쏟아낼 때 그와 자신은 다시는 예전의 친구 사이로 돌아갈 수 없음을 알고 있었다.

"수리해주면 좋겠어. 가능한 빨리."

"……."

"아마 한국엔 없을 거야. 안 그래도 나, 오라는 데 많거든."

두 사람 사이에 침묵이 흘렀다. 착잡한 표정으로 사직서를 보던 그가 한 손으로 마른세수를 했다.

"어디로 가려고?"

"일단 스위스 집부터 정리하려고. 다니엘하고도 끝냈으니까. 그리고 프랑스로 갈 계획이야. 원래 유학했던 곳도 거기였고."

혀끝에서 붙잡으면 있을 것이냐는 물음이 맴돌았지만 뱉지 않았다. 그녀가 왜 회사를 떠나는지 아는데 그런 물음은 그녀에게도 연인인 세영에게도 무례한 태도였다.

그는 말없이 사직서 봉투에서 사직서를 꺼내고는 결재란에 사인을 했다. 경영 수업을 받는 위치에서 서휘를 회사에서 내보내는 것이 얼마나 손해인지는 안다. 그러나 이대로 두면 인간적으로는 바깥에 있는 그녀에게 마음의 손해를 입힌다. 물질적 손해와 무형의 손해를 따진다면 과거의 자신은 전자를 골랐겠지만, 지금은 후자를 고르고 싶다. 이제는 눈에 보이지 않는 세영의 마음이 더 소중해진 그였다.

종이와 펜촉의 마찰음이 날카로웠다. 가지고 온 건 그녀 자신이었지만 적어도 그가 조금은 망설일 줄 알았다. 이제야 막 시작한 사업이고, 그의 사업에 자신이 꼭 필요하다고 생각했으니까. 하지만 저 일벌레가 그런 것들도 다 제쳐놓을 만큼 지금 곁에 있는 그 비서를 더 소중히 여긴다는 것을 깨달았다. 쓸쓸하지만 그녀가 받아들여야 하는 사실이었다.

똑똑!

그때 문이 열리고 찻잔 두 개를 쟁반에 얹은 세영이 들어왔다. 서휘는 최대한 그녀를 보지 않으려고 애쓰며 앞에 놓이는 찻잔을 응시했다. 세영은 두 사람 앞에 하나씩 찻잔을 내려놓고 막 뒤돌았다. 심장이 쿵쾅거렸다. 떨지 않으려고 애쓰며 겨우 본부장실을 나오자마자 긴장이 풀렸다.

찻잔을 내려놓으면서 사직서라는 단어와 결재란에 사인 된 그의 서명까지 봤다. 서휘가 올라온 이유를 알아버린 가슴은 진정할 수 없었다. 다른 이유로 그만두는 것일지 몰라도 타이밍이 너무 좋지 않았다.

지금의 그에게는 서휘가 너무 필요하다. 비서 정도야 바꿔 끼우면 그만인 일이다. 대신할 사람은 얼마든지 있고, 당장 자신이 그만둔다고 하더라도 차 비서가 그 자리를 채울 수 있다. 그러나 향기를 만드는 조향사는 다르다. 그 자리에서 어떤 대화가 오갔는지는 모르지만, 너무 쉽게 그녀의 사직서를 수리하는 그의 태도가 불안했다.

서휘는 차를 거의 마시지 않고 자리에서 일어났다.

"하던 것만 마무리해 놓을게. 차 잘 마셨어. 갈게."

"론칭 기념 파티에는 올 거지? 회장님도 참석하실 거야."

서휘가 고개를 끄덕였다. 아마 파티 참석이 조향사로서 이곳에서 마지막 업무일 것이다.

"내일 보자, 임수현."

"응."

잘 가라는 말조차 없다. 당연한데 섭섭하면서 시원한 느낌도 들었다. 그래도 그를 고민에 빠지게 했다는 묘한 승리감 때문일까? 들어올 때보다는 가벼운 마음으로 본부장실을 나섰다. 나오자마자 보이는 건 여전히 얼빠진 얼굴로 서 있는 그 여비서였다.

'…사과는 직접 하는 거야, 백서휘.'

미안해. 나 아직은 박세영 씨한테 직접 사과는 못 하겠어.

그녀는 일어서 있던 두 비서를 향해 살짝 고개만 숙여 인사하고는 텅 빈 복도를 걸었다. 멀찍이 떨어져 그녀가 보이지 않을 때까지 바라보던 도현이 마치 잊은 것이 있다는 듯 도로 자리에서 일어났다.

"선배님, 전 잠시 내일 일정에 맞춰서 준비를 잘 했는지 영업부에 다녀오겠습니다."

"아, 네. 그러세요."

구두를 신은 발이 바쁘게 움직였다. 모퉁이를 돌아 막 엘리베이터 앞으로 선 서휘를 쫓는 건 그리 어렵지 않았다. 닫힌 엘리베이터 문으로 반사되어 보이는 정갈한 차림의 남자 비서를 발견한 서휘가 슬쩍 고개를 돌렸다.

"무슨 일인가요, 차 비서님."

"혹시 그만두십니까?"

서휘가 조금 놀란 듯한 표정에 살짝 미소기를 머금었다. 박세영이 말했을 것 같지는 않고, 수현도 마찬가지로 회사에 별로 좋지 않은 일을 비서라고 한들 떠들 작자는 아니었다.

"어떻게 알았어요?"

"그냥. 그럴 것 같아서요."

"네, 그만둬요."

"그럼 어디로 가십니까?"

"글쎄요. 왜 궁금해요?"

줄기차게 묻던 그의 입이 그녀의 물음으로 꽉 다물렸다. 고작 본부장의 비서인 자신이 물을 이유가 없듯, 그녀도 대답할 이유가 없다. 마침 엘리베이터가 올라왔다. 문이 열렸지만 오르지 않고 자신의 대답을 기다리는 듯 가만히 서 있는 서휘를 향해 그가 살짝 허리를 숙였다.

"……아닙니다. 살펴 가십시오."

"네, 고생해요."

그녀가 탄 엘리베이터의 문이 닫히고 내려가기 시작했다. 엘리베이터 층수표시기에 시선을 고정한 도현은 표시기에 B2라는 글자가 나타날 때까지 움직이지 못했다.

* * *

책상 앞에 앉아 골머리 싸맬 시간이 없었다. 지금 사내에 서휘를 대신해 새로 수석 조향사로 임명할만한 조향사가 없다는 게 문제였다. 그동안 받아두었던 사내 조향사 목록, 컨택을 하려고 했던 경쟁사 수석 조향사들을 살폈다. 그의 심란함은 마우스 클릭 소리가 반복될 때마다 그 부피를 키워갔다. 목록을 몇 번이나 다시 보아도 마음에 드는 사람이 없다. 지금껏 서류에 있는 조향사들이 만든 향수는 골이 아프도록 맡아봤다. 서휘를 택했던 건 친구이기 때문이 아니라 그 능력을 높이 샀기 때문이었다.

마우스를 움직이던 손이 멈췄다. 순간 너무 짧은 시간에 받은 지나친 스트레스 때문인지 갑자기 아무것도 하기가 싫어졌다.

'차근차근 생각하자. 차근차근.'

톡톡 점점 번져오는 편두통을 느끼고 이마를 짚었다. 모든 걸 태워버린 듯 기분이 묘했다. 서휘와 사이가 틀어지고 나서 언젠간 이런 순간이 다가오리라 생각 못하지는 않았다. 다만 이것저것 너무 한꺼번에 쏟아지는 바람에 마음의 준비를 못 한 게 문제다.

'일단 내일 론칭에 맞춰서 준비를 잘 했는지 확인부터…….'

인터폰을 누르려고 손을 뻗은 순간 그의 눈으로 여자 정장이 보였다. 스르르 고개를 들었다. 걱정스러운 표정의 세영이었다.

"아, 언제 들어왔어?"

일그러뜨렸던 표정을 금세 펴며 물었지만, 이미 고민하던 모습은 세영이 본 뒤였다.

"제가 들어오는 줄도 모르셨습니까?"

"……무슨 일이야?"

그가 묘한 미소를 짓고는 물었다. 비서가 사사로이 본부장실로 들어올 일은 없다. 지금은 업무와 사사로운 일 중간 격이랄까?

"아까 우연히 봤는데 백 팀장님 그만두세요?"

"응, 그렇게 됐어. 프랑스로 갈 준비 중이래."

"아…… 서류처리 되면 바로 가시는 건가요?"

"응."

세영이 지은 미안한 표정은 보고 싶지 않았다. 그가 급하게 자리에서 일어나며 그녀의 손을 잡았다. 그 바람에 사기 조각에 찔렸던 상처가 벌어졌다.

"아!"

손에 닿은 밴드의 감촉에 놀란 그가 물었다.

"뭐야. 다쳤어?"

상처를 감아놓았던 밴드가 점점 빨갛게 물들기 시작했다.

"잠깐 이리 와봐."

그녀를 응접 소파에 앉히고는 구급상자를 꺼냈다. 적어도 이렇게 뭔가 할 일이 생기니 머릿속이 복잡하지는 않았다. 피를 닦아내고 연고를 짜 면봉에 묻혀 상처 위에 얇게 발랐다.

"어쩌다 다쳤어?"

그가 속상한 듯 중얼거렸다.

"죄송해요."

"아파?"

"아뇨. 이제 괜찮아요."

밴드도 새로 갈아주었다. 혼자 억지로 붙였을 때보다는 깔끔했다.

"고맙습니다."

구급상자를 정리하는 그를 향해 인사를 했다. 아까보다는 풀렸지만 그의 표정은 아직도 딱딱하게 굳은 상태였다. 이런 상황에서 도움이 될지는 모르겠지만 세영은 자신 때문에 그가 회사 일에 냉정을 잃지 않았으면 했다.

"잡으세요."

구급상자를 도로 서랍에 넣고 몸을 일으킨 그를 향해 말했다.

"응?"

"잡으시라고요."

"뭘?"

그녀의 목적어 없는 말에 그가 의문스러운 표정을 지었다. 이내 그녀가 답답하다는 듯 소리쳤다.

"백 팀장님 잡으라고요. 전 괜찮으니까. 본부장님 일하는 데 정말 필요한 분이잖아요."

"......."

"국내에 그렇게까지 잘하는 분 없다면서요. 놓치면 회사에도 손실이 갈 거고, 다음 제품도 성공적으로 론칭할 수 있을지 모르잖아요."

"박세영."

"그리고."

그의 말까지 잘랐다. 세영이 자신의 말을 자르는 경우는 거의 없었기 때문에 그의 얼굴은 당황으로 물들어갔다.

"대신 오늘 저 본부장님 집에서 잘 거예요. 상처 치료는 감사합니다. 그럼."

그가 말을 붙이기도 전 세영이 꾸벅 허리를 숙여 인사하고는 바로 본부장실을 나갔다. 마치 폭풍이 휘몰아친 것 같다. 그 자리에 멍하니 앉은 수현은 자기도 모르게 웃음을 터뜨렸다.

"하하, 미치겠네."

* * *

「이름 : 박세영

생년월일 : 1992년 10월 2일

출신학교 : 효공초등학교(입학) – 신덕초등학교(전학) – 진성여자중학교 – 진성여자고등학교 – 연희대학교 국제캠퍼스 교육학 전공

평균학점 : 4.15/4.5」

윤 실장이 가져다준 자료를 읽는 박 회장의 눈이 빛났다. 회사에 내는 이력서라 특별하지 않은 평범함 그 자체였지만, 아들이 좋아하는 여자라는 이유 하나만으로 자세히 들여다볼 가치는 있었다. 무엇보다 엄마인 자신에게도 차가웠던 그 얼음장 같던 녀석을 녹여버린 사람이다.

일단 궁금해서 가져오라고 하긴 했는데 회사가 가지고 있는 정보는 아주 한정적이었다. 흔히 말해서 회사 데이터베이스에 접근할 수 있는 사람이라면 누구나 볼 수 있는 정보. 그녀가 원하는 건 그것보다 조금 더 깊은 것이었다.

"윤 실장."

"예, 회장님."

그녀는 곁에 서 있던 윤 실장을 향해 말했다.

"박세영 씨에 대해서 조금 조사 좀 해줘요. 가족관계는 어떻게 되는지, 친구가 있다면 그 관계는 어떤지. 사적인 건 가리지 말고 알아봐 줘요."

설마 회장님이 누군가의 뒷조사를 시킬 줄은 몰랐던 윤 실장은 조금 멍청한 표정을 지었다.

"……예?"

"일목요연하게 정리해서 가져다줘요. 이상하게 쓰려는 건 아니니까 걱정하지 말고. 뒷조사시켜서 미안해요."

누군가의 뒷조사이기에 망설이는 그를 알고 그녀가 빠르게 이어 말했다. 저렇게까지 말하면 움직이지 않을 이유가 없어진다.

"아닙니다. 서두르겠습니다."

박 회장의 비서실 막내로 들어와서 실장 자리까지 오른 사람. 그게 윤 실장이었다. 10년 이상을 그녀와 함께하면서 의문이 드는 명령은 한 번도 없었다. 오늘을 뺀다면. 요 근래 그녀가 세영에게 관심을 두는 것 같더니 얼마 전에는 세영의 이력 내역을 뽑아달라면서 저렇게 보다가 이번에는 아주 사적인 것까지 원하신다. 물론 그에게 거부권은 없었다.

"얼마 전에도 그 녀석, 출근해서는 일도 안 하고 여기저기 들쑤시고 다녔죠? 그게 비서 하나가 연락되지 않아서라고 들었는데 그게 박세영 씨였던 모양이죠?"

"예."

"이 정도면 내가 알아볼 이유로는 충분한 것 같지 않아요?"

어느덧 정당성을 부여한 그녀는 윤 실장을 보고는 살며시 웃었다. 그러나 미소는 상당히 경직되어 있었다. 10년 넘게 그녀를 곁에서 지킨 그는 대번에 느꼈다. 저 미소에는 우려가 가득 차 있었다. 지금껏 그녀가 살아온 인생을 더듬어 보면 당연한 태도였다. 보통 재벌들이 자신과 비슷한 수준의 사람을 만나는 데에는 다 이유가 있다. 아마도 그 때문에 세영에 대해 알아보라고 한 것 같았다.

"외람되지만 하나만 여쭤도 괜찮겠습니까?"

"뭔가요? 윤 실장이 나한테 질문을 다 하고."

이 질문이 비서 처지에서 해도 괜찮은 것이냐, 아니냐 판단하기에는 이미 선을 넘었다. 본부장의 어머니는 자신에게 뒷조사를 시켰고, 자신은 뒷조사를 해서 보고해야 하는 처지였으며, 더 먼저는 세영을 본부장실로 보낸 건 자신이었다.

"혹시 두 사람이 만나고 있다고 하면 어쩌시려고 하십니까?"

"별일이네요. 윤 실장이 그런 사적인 것까지 묻고. 더 궁금해졌어요. 그 아가씨에 대해서. 어떻게 행동해서 내 비서까지 구워 삶아 놨는지. 왜요? 박세영 씨가 걱정이에요?"

그녀는 세영의 자료를 구석으로 잘 갈무리하고는 서랍에 넣었다.

"반대? 남녀 사이의 일을 어른이 반대한다고 정말 반대가 된다고 생각해요? 오랫동안 날 옆에서 봐왔다면 윤 실장도 알 텐데. 억지로 헤어지게 안 해요. 투자라는 건 쓸만한 곳에 하는 거예요. 조금이라도 이익이 나는 쪽. 근데 이건 아무리 봐도 내가 손해예요."

묘한 말이었다. 반대한다는 말은 아니었지만, 딱히 허락한다는 의미로도 들리지 않았다.

그는 한 발자국 뒤로 물러나 그녀를 향해 고개를 숙였다.

"금방 조사해서 올리겠습니다."

* * *

두 사람 앞에 찻잔이 놓여 있다. 부은 지 오래된 차에서는 더는 김도 올라오지 않았다. 차가 식을 정도면 그래도 한참은 앉았다고 생각되어 자리에서 일어났다. 멀뚱히 그녀를 지켜보던 수현이 살짝 이맛살을 구기고 불만스러운 듯이 입을 열었다.

"뭐야. 오늘 우리 집에서 잔다며."

"아까 들어올 때 말씀드렸잖아요. 차만 마신다고……."

"다 안 마셨잖아. 아직 한참 있어."

그가 유리 티포트를 들어 보였다. 분명히 아까 찻잔 두 개에다 붓느라 비운 줄 알았는데 어느새 그가 뜨거운 물을 부어 찻물을 다시 우려낸 모양이었다. 그가 야살스럽게 웃으며 세영의 찻잔에 담긴 다 식은 차는 부어 버려 버리고는 새로운 찻물을 부었다. 그리고는 뭐가 좋은지 턱을 괴고 한참을 그녀를 보았다. 부담스러운 그의 시선을 애써 피하고 마치 어른 앞에서 술을 마시듯 고개를 돌리고 차를 마셨다. 이대로면 계속 붙잡히겠다 싶어 급하게 찻물을 호호 불어 호로록 입안으로 들였다. 다 마시면 그도 어쩔 수 없이 보내주겠지 싶어서. 그러나 도망갈 기세로 쭉쭉 차를 들이켜는 그녀를 보며 그가 볼멘소리를 했다.

"아까랑 약속이 다르잖아. 오늘 우리 집에서 잔다며."

"아니. 그건 그냥 한 소리예요. 어, 어차피 옆집이니까. 열 발자국도 안 되거든요?"

서휘에게 질투가 나서 그랬다고 인정하기에는 자존심이 허락하지 않았다. 그는 서휘를 여자로 보지도 않았고, 그녀를 이용해 닫혀 있던 자신의 마음을 열려고 하지도 않았다. 혼자 땅굴 파고 들어가서 끙끙 앓는 건 정말 싫은데 이놈의 자존심이 문제다.

"그럼 거두절미하고 물을게. 나 정말 붙잡아?"

"⋯⋯."

호로록 찻물을 마시던 세영이 그대로 행동을 멈췄다. 대뜸 들어온 물음이었지만 그가 무엇을 붙잡아도 되느냐고 묻는지는 이미 알고 있었으니까. 찻잔을 들고 있는 손에 순간 힘이 들어갔다. 덜덜 떨리는 것이 느껴졌기 때문이었다. 그에겐 심경의 변화 같은 건 들키고 싶지 않았다.

"말해봐. 나 정말 붙잡아?"

"아, 몰라요. 맘대로 해요."

"어? 왜 나한테 성질이야?"

"성질낸 거 아니에요. 본부장님 마음대로 해도 되는 건데 자꾸 물으니까 그러잖아요."

이놈의 성격. 할 말, 못 할 말 다 하는 이 성격이 늘 걸림돌이었다. 대학교에 다닐 때도 자존심 강한 교수한테 해선 안 될 말을 해서 하마터면 낙제할 뻔했고, 의도치 않게 오해를 사서 학과에서 이상한 소문이 돌았던 때도 있었다. 그때보다야 지금이 낫지만, 아예 사라진 건 아니라 이렇게 애먹고 있다. 아니, 나쁘지만은 않다. 그 덕에 임수현이라는 남자를 잡았다.

"박세영."

진지한 목소리가 고개를 들게 만들었다.

"생각보다 나 능력 좋거든? 우리 회사 조향사들이 장식도 아니고. 서휘가 없다고 일 못 하는 거 아니야. 굳이 애쓸 필요 없어. 공과 사는 확실히 구분하고 있으니까 힘들게 말하지 않아도 돼."

이미 머릿속에 뭐가 들었는지 안다는 듯 그가 먼저 대답했다. 아무래도 사직서를 물릴 생각이 없는 모양이었다.

"…하지만 그렇게 되면 쉽게 갈 길 어렵게 가는 거잖아요. 본부장님이 힘든 건 싫어요."

"네가 고민할 거리도 안 되는 걸 고민하는 게 나한텐 더 힘들어. 그리고 리리컬에서 내보내는 게 서휘한테도 더 좋을 거야. 오라는 곳도 많고, 연봉협상 했을 때 더 좋은 곳도 있을 거야. 신생기업에서 고생하느니 나가는 게 맞다고 생각해. 너 때문이 아니야."

세영의 뺨을 쓸던 손이 스르르 내려와 그녀의 허리를 감싸 안았다.

"그러니까 이제 좀 솔직해지시지, 비서님."

"뭐, 뭐가요?"

허리를 감싸 안은 손에 점점 힘이 들어가는 것이 느껴진다. 얼떨결에 끌려 그의 무릎에 앉았다. 당황으로 얼룩진 자신과는 다르게 다분히 지금의 상태를 의도한 그는 환하게 웃으며 은근슬쩍 그녀의 윗옷 속으로 손을 넣었다. 자신의 체온보다 조금 낮은 그의 체온이 닿자마자 그녀가 자기도 모르게 몸을 움츠렸다.

"질투했어? 그래서 나한테 자자고 한 거야?"

"내가 언제 자자고 했어요? 그냥 본부장님 집에서 잠만 잔다고 그랬지."

"정말 잠만 주무시려고?"

허리를 쓸며 올라오는 손길이 노골적이었다. 유혹을 품은 채 슬금슬금 올라오다 갑자기 멈췄다. 붉어진 얼굴로 손길을 기다렸던 세영은 갑자기 몹시 부끄러워졌다. 그가 실소를 터뜨린 채 자신을 보고 있었기 때문이었다. 왠지 그의 접촉을 기다렸다는 사실을 들킨 듯싶어서 고개를 들 수 없었다.

질투? 그래, 했다. 그 여자가 이상한 소리만 안 했어도. 하지만 그런 생각이 들었다. 지금이라면 그에게 정확하게 두 사람의 관계를 듣고 다신 자격지심 같은 거 가지지 않아도 될지 모르겠다고.

"두 사람⋯ 무슨 사이예요?"

"뭐?"

허리를 껴안고 놓지 않을 듯이 꽉 붙잡고 있던 그가 고개를 들었다. 서휘와 무슨 사이냐니. 친구 이상은 아니다. 아니, 자신은 친구 이상이 아니라고 느끼지만 서휘는 아니었다.

"백 팀장님한테 들었어요. 예전에 사귀었다고."

굳이 숨길 이유가 없는 이야기였다. 사귄 건 사실이고, 헤어지고 나서 친구로 돌아온 것도 사실이었으니까. 그는 이제야 세영이 서휘를 잔뜩 경계한 이유를 알 수 있었다. 자신이 너무 무신경했다.

"맞아."

그의 입에서 너무 순순히 대답이 나왔다. 순간 심장이 철렁 내려앉았다. 그를 좋아하는 서휘의 못된 거짓말이기를 바라기라도 했던 모양이다.

"근데 지금은 아무 사이도 아니야. 지금 내가 사랑하는 건 넌데 과거 이야기를 일부러 꺼낼 필요는 없다고 생각해서 안 했어. 나한테 중요한 건 너야."

진짜 최악의 첫인상이었던 그가, 어쩌다 이렇게 깊이 들어오게 됐을까.

"내 입으로 말하긴 좀 그렇지만, 좀 사는 집 남자가 다 버리고 나와서 사는 게 쉬울 것 같아?"

"……."

"뭐가 걱정이야? 다 내려놓고 널 가지려고 투자 중이야. 내 시간, 내 마음, 내 돈, 전부 다."

수현이 세영의 손목을 잡아 자신의 목을 껴안게 했다.

"그러니까 자꾸 애태우지 마. 네 변화 하나에 난 웃기도 하고 우울해지기도 해."

"본부장님만…… 수현 씨만 그런 거 아니에요. 그래도 백 팀장님은 잡아야 한다고 생각해요."

세영의 대답을 들은 수현이 환하게 웃었다. 날이 갈수록 좋아진다는 게 이런 기분인가 보다. 그가 남자로 보이면서 쭉 했던 고민이 하나 있다. 이렇게 완벽한 남자가 자신을 좋아하는 것 자체가 꿈은 아닐까. 물거품처럼 퐁 터지는 그런 꿈. 신데렐라가 왕자와 잘되는 일은 현실에서 없으니까.

"아? 하아! 수현 씨, 잠깐만요."

그가 불쑥 그녀의 윗옷 안으로 머리를 집어넣었다. 살갗을 간질이는 머리카락, 숨결, 보드라운 입술을 촉감에 정신이 나갈 듯싶었다.

"씨, 씻고요. 여기서 잘 테니까 씻고 해요. 네?"

듣는 건지 아예 무시하기로 한 건지 그가 쪽쪽 소리를 내며 몸 곳곳에 입맞춤을 하기 시작했다. 간지러우면서도 묘한 느낌. 더군다나 옷 안에서 그가 어떻게 움직이는지, 어떤 표정을 짓고 있는지 보이질 않아 짜릿한 느낌도 들었다.

"지금 말했다? 여기서 잔다고."

"그, 그건 수현 씨가……."

"대신 여러 번 안 할게. 딱 한 번. 응?"

잠시 잊고 있었다. 그는 사람을 다루는 데에 아주 도가 튼 사람이었다. 딱 한 번으로 끝내겠다며 애교스럽게 바라보는 그의 눈빛에 녹아버렸다. 웃음이 터지고 말았다. 옆집에 사는 건 이래서 위험하다. 언제든 닿을 수 있고, 언제든 섞일 수 있다.

포근한 침구가 등에 닿았다. 내내 긴장했던 근육들이 스르르 풀어졌다. 노곤함이 밀려왔지만 눈을 감을 수 없었다. 은은한 무드등에 비친 그의 눈동자가 사랑스럽게 바라보고 있었다.

"그럼 딱 한 번이에요. 한 번만 하고 자는 거예요."

"내가 요즘 너무 괴롭혔지?"

심각한 그녀와는 다르게 그가 키득키득 웃으며 그녀의 목덜미에 입술을 묻었다. 예민한 살결로 그의 숨결이 닿자마자 깨달았다.

'아, 또 걸려들었다.'라고 생각했지만 이미 늦었다.

감정은 고조되다 못해 흘러넘쳤다. 한 번만 하겠다던 약속을 지키겠다는 듯, 그는 그 한 번을 꽤 오랫동안 지속했다. 같은 곳을 바라보기도 했고, 마주 보기도 했다. 온몸이 땀에 젖어 미끈거릴 때까지 놓지 않았다. 숨이 교차하고, 체온을 교환했다. 어느덧 몸을 섞는 건 두 사람에게 가장 기본적인 애정표현이었다.

힘 좋게 안아 대는 그의 품에서 몇 번이나 환희를 맛보았을까? 지쳐서 쓰러지기 전, 적막한 방 안에서 두 사람은 최대한 가깝게 포옹했다. 두 다리로 앉아 있는 그의 허리를 감싸고, 두 팔로는 그의 목을 감쌌다. 끈적끈적한 땀이 느껴졌지만 아무렇지 않았다. 이러고 있는 게 좋았다. 오히려 더 가까워질 수는 없을까 고민했다.

"사랑해, 박세영."

두 사람의 밤은 늦은 새벽이 되어서야 끝났다.

날이 밝았다. 허리를 주먹 쥔 손으로 통통 두드리며 몸을 일으키자마자 다시 강제로 눕혀졌다. 너무 놀라서 비명도 지르지 못하고 다시 포근한 침구를 느꼈다. 먼저 보이는 건 천장이었지만, 이내 벌거벗은 살갗에 닿은 체온에 자기도 모르게 더 집중했다.

"아침이에요."

"응, 알아."

트이지 않은 목소리가 대답했다.

"오늘 바쁜 날이잖아요. 본부장님도, 나도."

"흐음, 조금만 더. 너무 피곤해."

그녀의 등에 얼굴을 묻고 그가 잠투정을 부렸다. 요즘 들어 자주 놀란다. 그를 오랫동안 안 건 아니지만 투정이나 애교 따윈 하나도 부리지 못하는 줄 알았는데, 생각보다 귀여운 구석이 많은 남자였다.

"그럼 본부장님은 조금 더 자요. 난 가서 출근 준비해야 해요. 파티 때 본부장님이 입을 턱시도도 찾아 놔야 하고."

"급한 거 아니잖아."

그가 투덜대며 겨우 떨어졌다. 그제야 침대에서 일어나 급하게 떨어진 옷을 주워 입는 그녀를 응시했다. 옷을 챙겨 입다 그의 시선을 느끼고 잠시 멈춘 그녀가 급하게 가슴을 가렸다.

"뭘 보는 거예요?"

"나 아침부터 반응 왔어. 어떡해?"

이 사람이 진짜.

수현의 뻔뻔한 말에 세영의 얼굴이 토마토처럼 빨개졌다. 은근히 그를 경계하는 태세로 급하게 윗옷을 입고는 침실 바깥으로 나가 고개만 쏙 내밀고 입을 열었다.

"오늘 바쁜 날인 거 알죠?"

저런 반응이면 더 괴롭혀주고 싶다. 아무래도 그동안 사원들을 괴롭히고 쪼아댄 것은 단순히 워커홀릭이기 때문이 아니라, 이런 사악한 기질 때문이었을지도 모르겠다. 특히나 세영이 곤란해하며 표정을 일그러뜨릴 땐 더 야무지게 괴롭혀주고 싶다. 물론 그 괴롭힘의 정도는 그녀가 단순히 비서였을 때와는 다르다. 연인으로서는 조금 야한 방향이라고 해야 할까?

"그러는 우리 비서님은 이번 일 끝나면 한동안 시간 많이 비는 거 알지? 자꾸 나한테 그렇게 까불어."

"까불긴 누가 까불었다고……. 어쨌든 일어나세요. 출근 준비 해야죠."

"그 전에."

그가 침대에서 몸을 일으켰다. 아무것도 입지 않은 맨가슴이 드러났다. 지난밤에도, 지지난밤에도 그의 알몸을 보았는데 좀 처럼 적응이 되질 않는다. 늘 입고 있던 슈트가 너무 잘 어울리기 때문일까?

수현은 머뭇거리며 서 있는 그녀를 향해 두 팔을 벌렸다.

"나 오늘 일 잘하라고 안아줘. 응?"

도대체 이 남자는 자신을 하루에 몇 번이나 놀라게 해야 그만둘 심산일까? 속으로는 투덜거렸지만 두 팔을 벌린 그에게로 걸음을 옮겼다. 아마도 지금이 조금 춥기 때문일 것이다. 그의 품에서 나 오자마자 시린 추위를 느껴서 다시 품으로 들어가고 싶었다. 조 심스럽게 그의 맨가슴에 뺨을 대고 그의 허리를 껴안았다. 품에 선 기분 좋은 향기가 풍겼다. 그에게선 향수의 인위적인 향과는 다른 아주 자연스러운 따스한 향기가 풍겼다. 그때마다 늘 생각 한다. '그의 향기를 가둘 수 있다면 참 좋을 텐데.'라고 느꼈다.

'아직은 이른 시간이니까 조금만 늦장 부려도 되겠지?'

서두르던 비서는 없었다. 연인의 품에 안기자마자 나태해지고 싶은 여자만 존재할 뿐이었다.

　　　　　　　　　* * *

「향수는 뿌리는 것이 아니라 입는 것이다. Perfume is not
spray. It's what you wear.」

　리리컬에서 출시한 첫 향수 'Lyrical. the Gentle'의 옥외광고
가 여기저기에 붙었다. 메인 모델이자 리리컬의 뮤즈인 배우의
우수에 젖은 눈동자가 도심지 곳곳과 화면의 10초 정도의 짧은
광고에 강렬하게 등장했다. 출시 첫날치고는 꽤 이목을 집중시키
는 데에는 성공이었다. 분석해 놓았던 초도 물량이 첫날부터 매
진되는 매장도 나타났고, 급하게 추가 물량을 발주하기도 했다.

　"아, 한서진 겁나 잘생겼어. 이 향수 냄새도 좋다. 살까?"

　"남자 향수라 사봤자 쓰지도 못할 텐데? 남자친구도 없으면서."

　"나중에 생기면 주면 되지. 그리고 침대에 뿌려놓고 자면 잠
잘 올 것 같아."

　자신의 향수가 대중들에게는 어떻게 비칠지 궁금해 참지 못하
고 나와 버렸다. 서휘는 신경 쓰지 않는 척 매장에 놓여 있는 샘
플용 향수를 시향지에 뿌리고 맡으며 두 여자의 대화에 귀를 기
울였다. 여러 가지 향기가 녹아 있는 중에도 아주 소량인 그것을
찾아낸 모양이었다. 잠들 때 맡으면 좋다는 로즈메리 향이 조금
들어갔다.

　타사의 수석 조향사로 있을 땐 한 번도 없던 일이었다. 대중이
어떻게 느끼든 그냥 잘 팔리면 그만이었는데 나름 자신을 애먹이
고, 마음을 아프게 만들었던 제품이라 그런지 애지중지 키운 자

식을 내보낸 기분이었다.

그녀도 잠시 눈을 감고 향기에 집중했다. 가장 먼저 풍기는 차가운 향, 날이 저물기 시작한 무렵 비가 내리는 어느 길거리 한가운데에서 우산을 쓴 채 맡는 것 같은 묘한 향기. 그를 처음 봤을 때 마주한 느낌이었다. 엄마 친구 아들. 줄여서 엄친아인 그놈은 처음 만났을 때 친구인 자신에게도 참 불친절했다. 잔뜩 날을 세우고 가까이 다가오지 말라고 튼튼한 울타리를 쳐놓은 채 경계하는 고양이 같았다.

서휘는 주변에서 여전히 뮤즈인 한서진을 입에 담는 그녀들을 보다가 시향지를 손안으로 구겼다. 왠지 고객들에게 미안한 마음이 들었다. 진짜 뮤즈는 한서진이 아니라 그룹 사내 이사이자 향수사업본부장인 임수현이었으니까.

"반응이 꽤 좋은 것 같습니다."

"아!"

뒤에서 불쑥 나타난 짙은 그림자에 놀란 그녀가 손에 들고 있던 향수병을 놓쳤다. 그러나 바닥으로 곤두박질치지는 않았다. 뒤에서 나타난 그림자가 향수가 바닥과 부딪치기 직전에 잡았다.

이젠 제법 익숙해진 목소리다. 거기다 요즘 들어 묘하게 그와 자주 마주친다는 생각도 든다.

"차 비서님?"

그녀가 뒤돌았다. 말쑥한 정장에 포마드 머리, 굳게 다문 입술의 도현이었다. 그는 도로 샘플 향수를 진열장에 올려놓았다.

"본부장님께서 신제품에 대한 반응이 어떤지 궁금하신 모양입니다.”

“그래서 왔군요.”

“생각했던 것만큼 좋네요. 구매하시는 손님들 대다수가 남성 고객보다는 여성 고객들입니다. 이걸 노리고 만드셨습니까?”

서휘는 웃는 듯, 아닌 듯 묘한 표정으로 고개를 저었다.

“마지막 발악 같은 거였어요. 날 좀 알아봐달라고. 처참하게 끝났지만요.”

“혹시…….”

처음이었다. 이렇게 머뭇거리는 그를 보는 건. 그를 오랫동안 봐온 건 아니지만 지금까지 봐온 차도현이라는 남자는 빈틈이 없고, 재수가 없으며, 싸가지도 없었다. 비서라는 지위만 아니라면 그놈과 아주 비슷했다.

“오늘 파티, 파트너 구하셨습니까?”

“……네?”

너무 놀라서 한 박자 느리게 되물었다. 파트너? 자기 파티 파트너를 왜 그가 걱정한단 말인가. 적어도 어제 자신이 그렇게 내밀었던 사직서에 서명까지 한 수현이 파트너를 하자고 하진 않았을 것이다.

“본부장님께 들었습니다. 원칙적으로는 파트너가 동행해야 한다고.”

“수현이가 차 비서더러 나한테 가보라고 하던가요?”

“아뇨. 이건 제 독단적인 행동입니다. 업무랑은 상관없습니다.”

얼굴은 무표정했지만, 그녀의 눈에 주먹을 쥐었다 폈다 반복

하는 도현의 손이 보였다. 무척이나 긴장했다는 것처럼 보여서 그와는 전혀 어울리지 않아 보였다. 지금의 행동은 아무리 봐도 파트너 신청으로밖에 보이지 않았다. 그렇다면 그건 수현이 시켜서일까, 독단적으로 하는 행동인 걸까?

'아무렴 어때. 어차피 혼자 갈 생각이었는데.'

서휘는 얼굴에 묘한 웃음기를 머금었다. 원래 혼자 가야 했던 파티에 함께 갈 파트너가 생겼기 때문일까? 이상하게 들뜨는 느낌이었다.

"없어요. 안 그래도 누구랑 가야 하나 고민했거든요. 괜찮으면 차 비서가 같이 가줄래요?"

그녀의 물음에 도현은 준비하고 있었다는 듯 입을 열었다.

"이런 저라도 괜찮으시다면 동행하겠습니다."

Chapter 8

마법이 풀린
신데렐라

"본부장님, 늦지 않게 가시려면 지금 출발하셔야 합니다."

도현의 말에 업무를 마무리하던 수현이 급하게 시계를 보았다. 아직 5시가 되기 10분 전. 파티가 시작하는 시간은 오후 6시였고, 파티의 호스트라 할 수 있는 수현은 마냥 즐길 수가 없는 처지였다. 어머니인 회장님이 주최해서 여는 파티인데다 회장 비서실에서 알아서 준비했겠지만, 자신의 이름이 거론되는 만큼 편하게 앉아 있다 참석할 생각은 없었다.

"의복과 메이크업 준비해뒀습니다. 안내해드리겠습니다."

그가 일어나자마자 도현이 기다렸다는 듯이 입을 열었다. 도현은 곧 줄줄 이번 파티에 참석하는 사람들의 명단을 외기 시작했다. 대부분은 리리컬과 오랫동안 거래처의 관계였던 각 백화점의 임원들과 향수 하나가 나오는 데에 조금이라도 손을 거친 사람들이었다.

본부장실을 나오자마자 아직 업무를 끝내지 못한 세영의 모습이 보였다. 그녀를 보자마자 그가 걸음을 멈췄다. 그런 수현을 발견한 세영도 일하던 것을 멈추고 잠시 일어섰다.

"박 비서, 내 자리에 가면 하얀 쇼핑백이 있을 거예요. 그것 좀 살펴봐 줘요. 급한 거니까 지금 당장."

쇼핑백? 파티에 가지고 오라는 건가?

"네, 본부장님."

"그럼 나중에 봐요."

그가 살짝 웃고는 물러났다. 두 남자가 복도에서 보이지 않을 즈음이 되어서야 그녀도 본부장실로 들어가 그의 자리로 다가갔다. 의자 위에 하얀 쇼핑백이 놓여 있었다. 따로 챙기라는 물건치고는 가벼웠던 터라 쇼핑백 입구를 살짝 열었던 그녀는 쇼핑백 안에 곱게 접혀 있던 쪽지를 열었다.

「내 파트너가 입을 옷인데 아직 못 전해줬어. 이 주소로 대신 전해줄래?」

쇼핑백 안에는 그가 곱게 적어 놓은 쪽지와 함께 와인색의 이브닝드레스가 들어 있었다. 그러고 보니 이번 파티에 누구를 파트너로 데리고 가는지 아직 물어보질 못했다. 당연히 서휘라고 생각했는데, 서휘에게 줄 것이었다면 자신에게 전하라는 말은 하지 않았을 것이다.

혹시 그가 파트너를 구하지 못했다면 자신을 부르지 않을까 내심 기대도 했었다. 하지만, 자신보다는 사업에 도움이 될 만한 사람을 파트너로 함께 데려가는 쪽이 좋겠다는 생각도 들었다.

'아무리 그래도 파트너 파티룩을 자기가 챙겨줄 건 없잖아.'

괜히 심통이 난 얼굴로 쇼핑백을 들고 본부장실을 나왔다. 파티까지 남은 시간은 이제 1시간 남짓. 늦지 않게 전달하려면 하던 것도 그냥 두고 이대로 회사를 나가야 할 것 같았다. 바로 지하 주차장으로 내려오자마자 회사 차에 올라 네비게이션에 주소를 찍고 주차장을 빠져나왔다.

"제발, 박세영. 일하는 중이잖아. 일."

그에게 계속 섭섭한 마음이 들어서 일부러 소리 냈다. 아침에는 힘을 달라는 둥, 조금만 더 누워 있자는 둥 어리광을 부릴 땐 언제고 이젠 다른 여자한테 드레스를 전해주란다. 괜히 운전대를 잡은 손에 힘이 들어갔다.

근데 일인데 그게 참 싫었다. 그녀는 다시 한번 깨달았다. '이래서 사내 연애를 금지하는 거구나'라고.

"여긴가?"

차가 멈춘 곳은 부자 동네도, 평범한 주택가도 아니었다. 도심 한가운데에 있는 '라비앙로제'라는 이름의 뷰티샵 앞이었다. 그제야 네비게이션에 찍힌 주소가 뷰티샵이라는 사실을 깨달았다. 아마도 이곳에서 파티에 참석할 준비를 하는 모양이었다. 조수석에 가지런히 놓여 있던 쇼핑백을 들고 뷰티샵 안으로 들어갔다.

"어서 오세요. 예약하셨나요?"

들어서자마자 반갑게 맞이하는 점원을 보고 나서야 생각했다. 파트너에게 드레스를 전달해주라는 명만 들었지, 그 파트너가 누군지 물어보지를 못했다. 지금이라도 전화를 해서 물어봐야 하는 건지 망설이던 찰나 점원이 그녀가 들고 있던 쇼핑백을 발견하고는 반색했다.

"아, 박세영 님이시죠?"

"네?"

전화를 들고 멀뚱히 서 있던 세영을 향해 그녀가 말을 이었다.

"금방 준비해드리겠습니다. 이쪽에 와서 앉으세요."

"아, 저는 이걸 전달해야 해서……."

도대체 이 여자는 자신의 이름을 어떻게 안 걸까? 자기도 모르게 말끝을 흐렸던 그녀는 무턱대고 자신을 데리고 들어가는 점원을 따라 들어갔다. 그곳에서 누군가의 치장을 준비하고 있던 나머지 스태프들을 보고 나서야 깨달았다.

'임수현 이게 진짜!'

오늘 수현의 파티 파트너는 바로 자신이었다.

소위 변신이라는 건 머리를 자르거나 염색을 제외하면 아무것도 해본 적이 없었다. 원체 꾸미지도 못하지만 비서가 되고 나서는 할 수 있는 스타일이 한정적이었다. 거기다 업무가 너무 바쁘고 힘들어서 꾸밀 생각도 못 했다. 아예 꾸미는 것을 안 해본 것은 아니고 근래 들어 잘 보이고 싶은 사람이 생겨 이것저것 화장법을 바꿔본 게 전부였다.

올림머리를 풀자 오랫동안 묶여 있느라 웨이브 진 머리카락이 어깨 아래로 내려왔다. 거울 속 그녀를 보며 조심스럽게 머리카락을 손으로 훑던 헤어 디자이너가 입을 열었다.

"임수현 이사님 말씀으로는 오늘 파티가 있다고요."

"아, 네."

"길이는 이대로가 딱 예쁘시네요. 살짝 정리하는 차원에서 커트부터 하고 진행할게요. 많이는 안 자를 거예요. 스타일링하기 좋게만 칠게요."

사각사각 머리카락이 잘려 나갔다. 처음엔 걱정했는데 역시 비싼 값을 한다. 거울 속에서 다채롭게 변하는 자신의 모습은 아주 낯설었다. 딱 연예인이 된 기분이랄까? 거울에는 비서의 단정하고 정갈한 모습은 점점 사라지고 한 번도 본 적 없는 낯선 여자가 나타났다.

머리부터 발끝까지 새로 세팅되었다. 오프숄더의 와인색 드레스는 한쪽 허벅다리부터 끝까지 트여서 걸을 때마다 하얀 맨다리가 드러났고, 드레스와 함께 들어 있던 리리컬 명품 라인의 클러치 백을 든 손은 어색함이 느껴졌다. 너무 눈에 띄는 건 아닌가 싶었지만, 막상 이런 때가 아니면 이렇게 과감한 이브닝드레스는 입을 기회가 없다고 생각하니 왠지 걸음에 자신감이 붙었다.

막 숍을 나와 차에 올라탔을 때였다. 클러치 백에 넣어두었던 전화가 울렸다. 액정에 뜬 이름을 확인하자마자 입가에 미소가 번졌다. 이 사람도 양반은 못 된다.

"네, 여보세요?"

-어, 나야. 준비는 끝났어?

이런 걸 준비해놓고 저렇게 아무렇지도 않은 척 목소리를 낸다.

"놀랐잖아요. 말이라도 해주지."

수화기 너머 그의 웃는 소리가 들렸다. 왠지 표정이 상상되어서 두 뺨이 뜨겁게 느껴졌다.

-이런 건 몰래 해야 제맛 아닌가?

"쪽지 읽고 섭섭할 뻔했다고요. 아무리 비서라도 나한테 그런 심부름을 시키는 건가 싶어서."

-설마 내가 널 섭섭하게 할 것 같아? 기다릴게. 참, 오늘 중요하게 소개할 사람 있어.

소개할 사람?

-'임 이사, 여기 있었나?' …아, 회장님.…그럼 조심해서 와. 끊을게.

그게 누구냐고 묻기도 전, 그가 자신을 부르는 소리에 급하게 전화를 끊었다.

* * *

클래식 음악이 흐르고 다채로운 음식이 준비된 연회장으로 사람들이 속속 도착했다. 파티의 호스트이기도 했던 수현은 들어오는 사람마다 손에 쥐가 나도록 악수를 해댔다. 정재계 인사들은 물론 유명작가, 연예인, 방송국 PD 등등 다양한 사람들로 연회장이 꽉 차기 시작했다. 그들 하나하나에게 악수를 하며 웃던 수현은 어느 한 남자와 손을 잡자마자 딱딱하게 굳었다.

"오랜만이구나, 수현아. 잘 지내는 것 같아 다행이구나."

수현과 흡사한 외모에 꽤 곱게 늙었다는 생각이 드는 중년의 남자였다. 곱게 늙었다는 표현보다는 잘생겼다는 표현이 더 어울렸다. 수현의 옆에 서서 그를 수행하던 도현도 표정이 굳었다. 이 파티에는 초대를 받은 사람들만 올 수 있다. 초대 목록에 없는 남자였다. 회장 비서실에서 준비한 자리였지만, 하나하나 제 손으로 체크한 수현은 이 불청객이 초대도 받지 않은 자리에 일부러 참석했음을 눈치챘다.

"초대받으신 건가요?"

"우리 사이에 초대가 필요한가? 아버지가 아들을 축하하러 온 건데."

상원은 악수하느라 잡고 있던 수현의 손을 더 힘주어 잡았다. 두 남자 사이에 묘한 기 싸움이 시작되었다. 얼마 만에 보는 얼굴일까? 미국으로 거의 도망가서 살고 있다는 소식은 들었는데 한국에 있었을 줄 몰랐다.

"어머니가 초대하셨을 것 같지는 않고……. 죄송한데 초대받지 않으신 분은 참석 못 합니다."

그는 더러운 것이라도 만진 것처럼 거칠게 상원의 손을 떨쳐냈다. 두 남자 사이의 기류가 이상하다는 것을 느낀 사람들의 이목이 쏠렸다. 그제야 수현과 마주 보고 있는 남자가 누구인지 눈치챈 사람들은 저마다 수군거리기 시작했다.

"여기가 어디라고 왔대요?"

"저 사람 누구예요?"

"임 이사 부친이요."

"아아, 그 임 전 사장님이에요? 회사 말아먹을 뻔한? 남자 신데렐라라더니 결국 바람피워서 이혼당하신 그분?"

"아마 바람피운 여자 사이에서 아이도 낳았다죠? 뻔뻔하게 여기가 어디라고. 임 이사가 다 완벽해서 좋은데 하나 흠이라면 아버지라는 작자예요. 근데 그 흠이 너무 크다는 게 문제지만요."

주변에서 저들끼리 떠드는 소리는 여과되지 않고 수현의 귀로 들어왔다. 분위기는 싸늘하게 식었지만, 불청객은 나갈 생각이 없어 보였다. 이 자리는 단순히 론칭을 축하하는 자리가 아니었다. 정재계 인사들, 국내 저명한 인사들이 한자리에 모여 인맥을 구축하는 자리였다.

"차 비서."

"…예, 본부장님."

갑자기 나타난 불청객의 존재로 순간 당황했던 도현이 반 박자 느리게 대답했다. 수현은 차가운 얼굴로 상원을 응시한 채 또박또박 발음했다. 이는 도현에게 하는 말이기도 했지만, 상원에게 하는 경고이기도 했다.

"이 손님 가시니까 배웅해 드려요. 아니, 아예 댁까지 모셔다드리고 와요. 여기엔 얼씬도 못 하게. 덤으로 이 사람이 밟은 자리 소금도 뿌리고."

"예, 알겠습니다."

수현이 차가운 바람을 일으키며 매몰차게 뒤돌았다. 명백히 자신을 면구하게 만드는 태도였지만, 상원은 무표정하게 아들이 연회장 안으로 들어가 보이지 않을 때까지 지켜보았다.

"가시죠. 댁까지 모셔드리겠습니다."

그는 자신에게 살짝 허리를 숙인 도현을 보며 묘한 미소를 지었다.

"차 비서라고 했나? 그럼 부탁하지."

수현은 연회장 안으로 들어오자마자 벽을 짚고 거칠게 숨을 내쉬었다. 모두의 시선이 자신에게 달라붙어 있는 것 같았다. 저들마다 속닥속닥하는 이야기가 자신의 이야기인 것 같았다. 벽에 대고 있던 손을 말아 쥐었다. 손톱이 벽을 긁으며 까가각 까가각 거친 소리를 냈다.

"하아······. 하아······."

연회장 구석에서 소규모 오케스트라가 연주하는 곡이 뾰족하게 느껴졌다. 귀를 윙 울리는 날카로운 소리에 인상을 구기며 도리질을 쳤다. 소리는 떨어지지 않았다. 뒤통수를 얼얼하게 하는 묘한 편두통이 일었다.

삐이-

한 손으로 귀를 막아 봐도 머릿속에서 울리는 소리는 사라지지 않았다. 중요한 자리다. 이렇게 넋 놓고 있을 수는 없는데 몸이 굳어서 말을 듣질 않는다. 잔뜩 예민한 상태로 소리가 잦아들기를 기다리고 있던 그때 무언가가 수현의 어깨에 닿았다.

"하아!"

소스라치게 놀라며 어깨에 닿은 것을 쳐낸 순간이었다.

"나야, 임수현."

시끄럽게 삐익삐익 울리던 소리는 점점 작아졌다. 흐렸던 눈앞이 점점 선명해지고, 그제야 걱정스러운 표정의 서휘가 보였다.

"……아, 어. 왔구나."

멀리에서 보았다. 상원과 묘한 눈빛을 주고받던 수현의 모습. 그에게 아버지라는 존재가 아킬레스건이라는 사실은 어렸을 때부터 알고 있었다. 매사 불친절하고, 꽉 막혔고, 일밖에 모르는 남자가 된 것도 그 아킬레스건 때문이었다.

"괜찮니?"

"응, 고마워."

"회장님이 찾으셔. 스위트룸에서 기다리고 계실 거야."

"고마워."

그는 걱정하지 말라는 듯 서휘를 향해 어색하게 미소 짓고는 물러났지만, 그녀는 걱정 어린 시선을 거둘 수가 없었다. 그에게 아버지가 어떤 의미인지는 오랜 친구인 그녀도 잘 아는 사실이었다. 그녀는 수현의 모습이 보이지 않을 때까지 눈에서 그를 놓지 않았다.

'임수현, 너 정말 괜찮아?'

연회장을 나와 엘리베이터에 올라탔다. 엘리베이터 벽에 등을 대고 차가운 기운을 느끼며 가슴에 조심스럽게 손을 얹었다. 쿵쾅거리던 것이 언제였냐는 듯 잦아들었지만, 뇌를 간질이듯 머릿속을 꽉 채운 불쾌감은 사라지지 않았다. 매끈한 거울에 반사되어 보이는 그 남자와 너무 닮은 자신의 얼굴이 보였다.

'수현이? 그래도 내가 화연이 남편이라는 증거? 박화연에게 붙어 있을 수 있는 수단. 박태준의 손자, 박화연의 아들. 내가 모셔야 하는 작은 주인. 수현인 나한테 아들이 아니야.'

오래전에 잊었다고 생각했던 불쾌한 말이 머릿속에서 울렸다. 자신을 향했던 그 남자의 모든 친절이 조건 없는 부성애가 아니라, 수단을 위한 달콤한 사탕이었다는 것을 깨달았던 그때는 막 고등학생이 된 시점이었다. 일로 바쁜 어머니보다는 급기야 사고를 치고 외조부의 명령으로 경영일선에서 물러난 아버지와 지내는 시간이 많았다. 보통의 아이들이 어머니와 더 친할 때 그는 아버지와 더 친했다.

함께 낚시를 가고, 테니스를 치고, 부자지간 둘이서만 캠프를 떠나기도 했다. 나중에 결혼한다면 능력이 있는 건 아니어도 아버지처럼 좋은 아버지가 되리라고 마음먹었다. 그걸 무너뜨린 건 그 남자가 누군가와 통화를 하며 한 말이었다. 그동안 자신에게 보였던 모든 것이 아버지로서가 아니라, 작은 주인에게 잘 보이기 위한 모습이었음을 안 뒤로 그를 아버지로 대하지 않았다. 그리고 얼마 가지 않아 그는 막대한 위자료를 받으며 이혼당했다.

'14층입니다.'

엘리베이터가 멈췄다. 과거에 머물렀던 그도 현실로 돌아왔다.

박 회장이 머무는 방은 복도 끝에 있었다. 방 앞에 서자마자 단정치 못하게 열려 있던 턱시도 재킷을 잠그고 초인종을 울렸다. 얼마 지나지 않아 윤 실장이 문을 열었다.

"어서 오십시오, 이사님. 회장님께서 기다리고 계십니다."

박 회장은 방 한가운데에 놓인 안락의자에 앉아 축사문을 읽고 있었다.

"부르셨습니까?"

"어, 왔니?"

그녀는 들었던 찻잔을 우아하게 놓고는 자리에서 일어났다. 그리고 말없이 팔을 벌려 아들을 안았다. 부모로부터 애정 표현을 제대로 받지 못하고 자랐던 그는 불쑥 어머니가 이런 행동을 할 때마다 조금 당황스러웠다. 그는 팔을 어색하게 든 채 그녀를 품에 안았다.

"축하한다. 연회장에서 해도 되는 말이지만, 대표이사 회장이 아니라, 엄마로서 축하해주고 싶어서."

"네, 고마워요. 엄마."

"그리고 수현아."

아들은 안은 채 허공을 응시하는 화연의 눈에 슬픔이 잔뜩 서려 있었다.

"엄마는 너 낳은 거 후회 안 해."

"……."

"내가 살면서 제일 잘한 건 널 낳은 거야."

수현의 눈동자가 흔들렸다. 평소에 낯간지러운 말은 못 하시는 분이다. 아무래도 그 남자가 왔다 갔다는 소식을 들으신 모양이었다.

"흔들리지 마. 차가워지진 말고 냉정해지렴. 무슨 뜻인지 알지?"

그제야 그도 두 팔을 어색하게 들어 그녀의 등을 끌어안았다.

"네. 아, 엄마."

그가 품에서 화연을 놓으며 말을 이었다.

"오늘 소개해주고 싶은 사람이 있어요."

"소개?"

"네."

아들의 말에 박 회장은 드디어 올 것이 왔다는 사실을 깨달았다.

* * *

주변은 완전히 어두워졌다. 도시의 야경이 어지럽게 흩날렸다. 고급 리무진 뒷좌석에 앉아 흔들리는 도시의 야경을 보던 상원은 자신을 못마땅한 표정으로 흘깃흘깃하는 도현의 시선을 느끼고 입을 열었다.

"마음에 안 드는 구석이라도 있나?"

"아닙니다."

"왜? 아버지가 아들을 보러 가는 자린데 가면 안 될 이유라도 있나?"

"참을성 없는 건 여전하시네요. 언제까지 이렇게 어리석은 짓할 거예요?"

평소 도현의 말투와는 달랐다. 그는 상원을 오늘 처음 만난 사람이 아닌 아주 오래전부터 알고 지낸 사이처럼 입을 열었다.

"블랙박스에 소리가 녹음될 텐데 날 그렇게 알은척해도 되는 거냐?"

"뭘 몰라서 그러시는 모양인데, 원래 높은 분들 모시고 다니는 차는 녹음 기능 꺼놔요."

상원은 처음 알았다는 듯 고개를 끄덕이며 대답했다.

"그래? 이혼당한 지 10년이 넘어서 몰랐구나. 이런 차는 타질 않으니."

"……."

"상당히 싸가지가 없어졌구나. 수현이랑 가까이 지내더니 닮기라도 한 것 같아. 왜? 막상 만나니까 그놈이 마음에 들어?"

끼이익!

타이어와 아스팔트의 날카로운 마찰음이 도로에 스키드 마크를 그렸다. 가만히 앉아 있다 앞으로 쏠린 상원은 불쾌한 눈으로 도현을 노려보았다.

"무슨 짓이야!"

"내려요."

"……."

"여기서부턴 알아서 가세요."

차 안으로 불쾌한 기운이 서렸다. 내릴 때까지 절대 차를 출발하지 않겠다는 듯 완강하게 버티는 도현을 보던 상원이 작게 욕설을 뱉었다.

"싸가지 없는 것."

상원이 차에서 내리자마자 그곳에서 도망가듯 고급 리무진이 멀어졌다. 그리고 얼마 가지 않아 둔탁한 것들끼리 부딪치는 꾕음이 퍼졌다.

* * *

'도대체 누굴 소개해주겠다는 거야? 내가 좋아하는 연예인이라도 오나?'

아무리 생각해도 비서인 자신이 사사로이 누굴 소개받거나, 인맥을 만들 만한 사람이 올 자리가 아니었다. 굳이 인맥을 만든다면, 다른 분을 모시는 비서 정도랄까. 비서끼리 알고 지내면 그만큼 업무가 수월해진다는 이야기는 윤 실장에게 듣긴 했지만, 방금 그가 뱉은 소개라는 단어는 업무를 위한 어투는 전혀 아니었다. 너무 생각에 빠져서 오히려 궁금증만 더 증폭되었다.

파티가 있는 로제호텔 근처에서 막 신호를 받아 멈췄을 때였다. 조용한 차 안에서 웅웅, 묘한 진동이 일고 있음을 깨닫고 전화를 꺼내 들었다.

「차도현 비서」

지금 시간이면 열심히 수현을 수행하고 있을 그였다. 혹시 업무 이야기일까 싶어 급하게 전화를 받았다.

"네, 여보세요?"

-아, 여보세요?

도현의 목소리가 아니었다. 남자의 목소리이긴 했지만, 처음 듣는 남자의 것. 말투도 도현이 아니었다. 혹시 그가 휴대전화를 잃어버리기라도 한 건가 싶어 끊지 않고 전화 속 남자의 말을 기다렸다.

　-병원입니다. 방금 교통사고가 나서 환자분이 이송됐습니다. 환자분께서 이 번호만 알려주시고 의식을 잃으셔서요. 보호자 되십니까?

　그 순간 신호가 바뀌었지만, 세영의 차는 움직이지 않았다. 너무 갑작스러운 소식이었던 터라 실감이 나질 않았다. 뒤에 줄지어 서 있던 차들이 울리는 클랙슨 소리를 듣고 나서야 정신을 차렸다.

　순간 눈앞으로 20여 년 전, 보았던 환한 빛이 일었다. 쾅! 굉음을 내며 자신의 모든 것을 앗아갔던 그 날의 풍경이 떠오르는 것 같았다. 전화를 잡은 손이 바르르 떨렸다.

　"거, 거기 어디예요?!"

　얼마 지나지 않아 그녀가 탄 차가 유턴을 했다.

* * *

　리리컬 향수 론칭 기념 파티에 초대된 사람들은 모두 온 듯했다. 축사를 하기로 되어 있던 박 회장도 연회장으로 내려와 초대에 응한 사람들과 인사를 나눴다. 국회의원, 대학교수, 마찬가지로 그룹을 이끄는 기업 총수들, 연예계에 유명한 모델, 해외에서 더 유명한 수석디자이너까지. 아주 화려했다. 그러던 중 그녀는 제 손주 며느리를 파트너로 데려와 파티를 즐기고 있던 한 노인을 발견하고는 반색했다.

　"정 회장님, 너무 오랜만이네요. 일선에서 물러나시고 손주한테 다 물려주셨다더니. 어려운 걸음 해주셨네요."

"오, 박 회장. 갈수록 젊어지는 것 같아. 노인네가 집에만 있어서 뭐하나. 이렇게 다니기라도 해야 덜 늙지."

"어머, 늙으시다뇨. 젊어지신 건 정 회장님이세요. 아직도 이렇게 정정하신데 조금 더 계시지 그랬어요."

박 회장이 손님들과 인사를 나누는 동안 수현은 수행비서도, 파트너도 없이 연회장 입구에 서서 목이 빠져라 누군가를 기다렸다. 들락날락하는 호텔 직원들, 파티에 초대된 손님들 사이에서 기다리는 얼굴이 나타나지 않자 그의 얼굴은 점점 어두워졌다. 지금이면 도착하고도 남을 시간이건만 세영이 오질 않는다. 사고라도 난 건가 싶어 전화를 손에 쥐었던 그때였다.

"임 이사."

정 회장과 반갑게 인사를 나누던 박 회장이 그를 불렀다. 그는 도로 전화를 재킷 안주머니에 넣고 단정하게 옷을 채우며 두 사람에게로 다가갔다.

"어렸을 때, 우리 막내 손주 놈이랑 놀던 게 엊그제 같은데 벌써 이렇게 컸누."

"오랜만입니다, 정 회장님."

"내가 손녀만 봤어도 임 이사한테 시집보내는 건데. 집안에 시커먼 남자들밖에 없어. 아, 그런데."

노인은 아까부터 쭉 혼자서 연회장을 배회하며 불안한 기색을 감추지 못했던 수현을 눈치챈 지 오래였다.

"임 이사는 파트너를 따로 안 데려왔나? 왜 혼자 있어?"

"아, 그게⋯⋯."

그때 수현의 팔과 허리 사이로 누군가의 손이 파고들었다.

"여기 있어요. 임 이사님 파트너."

낯설지 않은 목소리에 수현이 조금 놀란 표정을 지으며 소리가 난 방향을 보았다. 서휘였다. 그녀는 태연하게 웃으며 정 회장을 향해 살짝 고개를 숙여 인사했다.

"리리컬 향수사업부 연구팀장 백서휘라고 합니다. 이번 론칭 제품 연구 책임자입니다."

그녀의 인사에 정 회장이 그제야 생각이 난 듯 고개를 끄덕였다.

"아아, 백 교수 딸이구먼?"

"네, 회장님. 아버지께 말씀 많이 들었습니다. 아버지가 가난한 학생인 시절에 장학금 지원도 많이 해주셨다고요."

"내가 했나? 내가 만든 재단이 했지."

노인은 껄껄껄 호탕하게 웃었다. 그때 갑자기 장내가 어두워지고 커다란 스크린에 어떤 영상이 재생되기 시작했다. 리리컬 명품 라인의 뮤즈인 한서진이 스크린을 가득 채웠다. 모두의 이목이 쏠린 그때 윤 실장이 박 회장에게 귓속말을 했다. 그녀는 곧 고개를 끄덕이고는 정 회장을 향해 웃으며 입을 열었다.

"회장님, 다음에 따로 식사 자리 마련하겠습니다. 그럼."

그녀가 물러나자 정 회장도 자신의 손주 며느리와 함께 자리에 앉아 흥미로운 눈으로 스크린을 시청하기 시작했다. 그 틈을 타 서휘가 수현을 데리고 연회장 바깥으로 나왔다. 그녀는 잡고 있던 수현의 팔뚝을 놓고 걱정스러운 듯이 말했다.

"어떻게 된 거야? 파트너는? 너 파티호스트가 이런 자리에서 파트너도 없으면 얼마나 모양 빠지는지 알아? 박세영 씨는? 박세영 씨가 네 파트너 아니야? 멀쩡한 비서들은 어디 가고 혼자 이러고 있어?"

"안 그래도 올 때가 됐는데……."

"전화는 해봤어?"

그녀의 말에 수현이 전화를 걸어 귀에 댔다. 서휘도 마른침을 삼켰다. 자신의 파트너이기도 한 그의 남자 비서도 아까부터 보이지 않았다. 파트너 따위 없어도 괜찮다. 어차피 혼자 올 생각을 했었으니까. 하지만 자신이 아는 그 싸가지 없는 남자 비서는 아무 말도 없이 약속을 깰만한 사람이 아니었다.

-연결이 되지 않아 음성사서함으로 연결됩니다. 삐 소리 후 통화료가 부과됩니다.

수현의 이마가 살짝 찌푸려졌다. 한 번도 없었다. 자신이 전화를 걸었을 때 받지 않는 일 따위. 그는 다시 전화를 걸고 귀에 댔다. 이번에 받지 않은 건 우연일 수도 있다. 우연히 전화를 무음으로 해놨다든지, 잠깐 화장실에 갔다든지. 그러나 몇 번을 해도 마찬가지였다.

"안 받아?"

그가 고개를 끄덕였다. 전화만 붙들고 있을 순 없었다. 행여 사고라도 났다면 큰일이었다. 이전에 갑작스럽게 그녀가 연락되지 않았던 날이 떠올랐다. 그때의 불안함이 다시 피어올랐다.

"가야겠어."

나가려는 수현을 서휘가 급하게 붙잡았다. 지금의 그는 제대로 이성이 통제되는 상태가 아니었다. 달리 말하면 서휘가 수현을 알고 나서 처음 보는 모습이기도 했다.

"어딜 간다고. 어디 있는지 알고 간다는 소리야?"

"회사라도 가봐야지. 혹시 모르잖아."

"잊었어? 너 여기서 할 일 있잖아."

때마침 박 회장의 축사가 시작되었다.

"안녕하세요. 리리컬 그룹 대표이사 회장 박화연입니다. 오늘 이렇게 바쁘신 와중에도 자리를 빛내주셔서 감사합니다."

박 회장의 또랑또랑한 축사가 연회장 바깥까지도 들렸다.

"이사님?"

수현을 찾으러 온 윤 실장이었다. 그는 묘한 분위기를 풍기는 두 사람을 의문스럽게 보다가 이내 입을 열었다.

"준비하셔야 합니다."

"윤 실장 지금 내가……."

서휘가 억지로 수현의 등을 연회장 방향으로 떠밀었다. 수현이 미간을 좁히며 인상을 쓰자마자 그녀가 덧붙였다.

"내가 연락해볼게. 넌 들어가서 네 일이나 해."

행여 그가 말을 듣지 않고 비서를 찾겠다고 나설까 봐 서휘가 급하게 전화를 걸어 귀에 붙이며 물러났다. 또각또각 그녀의 구두 소리가 멀어져 들리지 않을 때까지도 수현은 그 자리에서 움직이지 않았다.

* * *

굽이 족히 10cm는 넘는 힐이었다. 병원 주차장에 도착하자마자 힐을 신었다는 사실도 잊은 채 달렸다. 턱에 걸려 살짝 무릎을 찧으며 넘어지기도 했지만, 금세 털고 일어나 다시 달렸다. 응급실에 들어가자마자 싸하게 퍼지는 소독약 냄새가 불길했다.

"차 비서님?"

응급실 안으로 와인색의 이브닝드레스를 입은 여자가 들어오자마자 모두가 주목했지만, 이내 다시 시선을 돌렸다. 또각또각, 높은 구두의 소리가 응급실 안에 울렸다.

"차 비서님?"

그때 구석에 놓은 이동식 침대가 보였다. 바짓단밖에 보이지 않지만 정장이었고, 오늘 도현이 신었던 리리컬 본사 제품의 구두도 보였다.

"차 비서님!"

가까이 다가가자 평소의 모습과는 달리 엉망인 그의 몰골이 들어왔다. 얼굴 곳곳에 긁힌 자국이, 옷은 찢어져 너덜너덜했다. 코피를 흘린 것인지 셔츠 앞섶부터 코와 입 주변이 피로 얼룩져 있었다.

"차도현 님 보호자세요?"

뒤에서 응급실 의사가 급하게 차트를 넘기며 다가왔다.

"어떻게 된 건가요?"

"다행히도 골절은 없는데 머리에 가벼운 뇌진탕이 있어요. 아까 잠깐 깨어나셨다가 수액 맞고 잠드셨습니다. 일단 CT 촬영을 하고 경과를 지켜봐야 해서 입원하시는 것이 좋겠습니다. 저쪽에 가시면 입원 수속 밟으실 수 있어요."

그녀는 고민하는 기색도 없이 홀린 듯이 응급실 접수대로 가 입원 수속 서류에 사인을 했다. 딱히 보호자인 건 아니지만, 의사가 입원하는 것이 좋다고 하는데 마냥 기다리기 보다 자신이 사인하는 편이 낫겠다는 생각에서였다. 입원 수속을 하고 얼마 지나지 않아 남자 간호사들이 도현의 병상에 가더니 이동식 침대에 그를 옮겼다. 덜덜덜 조심스럽게 움직이는 침대를 따라 세영도 걸음을 옮겼다. 느릿느릿 걷느라 그제야 발목이 살짝 삐었다는 것을 깨달았다.

"잠시만 기다려주세요."

병실로 옮겨지고 난 후에도 도현은 눈을 뜨질 못했다. 피로 얼룩진 얼굴을 보고 있으니 안쓰럽다는 생각이 들었다. 그때 바로 어제 도현이 자신에게 빌려주었던 손수건이 생각났다. 빨아서 오늘 돌려줄 생각이었는데 바쁜 통에 넘겨주지도 못했다. 그녀는 클러치 백에서 손수건을 꺼내 물에 살짝 적셔 얼굴을 덮은 피를 살살 문질러 닦아냈다.

"맞아, 보호자."

자신은 다시 본부장이 있는 호텔로 가야 하는 처지였고, 그를 혼자 내버려 둘 수는 없는 노릇이었다. 그의 옷 주머니에서 전화를 꺼내 들었다. 다행스럽게도 전화에 따로 잠금이 걸려 있지는 않았다. 연락처를 살피며 가족으로 보이는 사람이 있는지 살피던 세영의 얼굴에 살짝 의문이 피었다. 아무리 찾아봐도 가족이라고 보일 만한 사람은 없었다. 가깝게는 엄마, 아빠, 그보다는 조금 더 멀게 이모, 고모도 하나도 없었다.

"아, 어떡하지?"

고민하고 있던 그때 도현의 전화가 갑자기 울리기 시작했다. 액정에 뜬 발신자의 이름을 본 순간 살짝 얼어붙었다.

「연구팀 백서휘 팀장」

왜 그녀가 도현에게 전화했는지는 모르겠으나 좌우지간 그가 사고가 났다는 소식을 회사에도 알려야 했다.

"네, 여보세요?"

─…박 비서님이에요?

수화기 너머 서휘가 살짝 망설이는 투로 입을 열었다. 왜 도현의 전화를 그녀가 받았는지 의문이 돋았다.

─왜 박 비서님이 차 비서 전화를 받아요?

"아, 그게 차 비서님이 사고가 났어요."

─사, 사고요?!

서휘의 목소리가 당황으로 물들었다.

"네, 지금은 병원이고요."

─어느 병원이요? 내가 지금 갈게요.

어쩌다 사고가 났느냐는 물음은 할 수 없었다. 그동안 전화를 받지 못한 것이 이런 이유에서였다면 자신을 기다리게 한 죄 따위는 얼마든지 용서할 수 있었다. 서휘는 전화를 끊자마자 급하게 호텔 주차장으로 걸음을 옮겼다. 부디 그가 많이 다치지 않기를 바랐다.

* * *

축사하고 내려와 자리에 앉은 박 회장은 평소처럼 아주 완벽하게 프레젠테이션 중이었지만, 어딘가 불안해 보이는 수현을 느꼈다. 장내를 바라보는 듯하지만 그의 시선이 은연중 머무는 곳은 연회장 입구였다. 확실히 누군가를 기다리는 모습이었다. 평소처럼 자신감에 찬 표정으로 말을 하고는 있어도 연회장 입구로 눈을 돌리는 그 순간만큼은 아니었다.

"론칭까지 힘써주시고 이 자리를 빛내 주신 모든 분께 감사드립니다."

인사를 하고 단상에서 내려왔다. 장내가 어둡긴 했지만 누가 연회장을 오가는지 정도는 파악할 수 있었다. 프레젠테이션이 끝날 때까지도 그녀는 보이지 않았다. 필시 무슨 일이 생겼다. 전화를 쥐고 나가려던 그때였다.

"임 이사, 어딜 가나. 끝까지 자리 지켜야지."

박 회장의 옆을 스쳐 지나가려던 그 순간이었다. 박 회장은 아주 엄한 표정으로 아들을 보았다. 그와 동시에 그의 발걸음도 멈췄다.

"발표가 끝났다고 자네 역할까지 끝난 게 아니야. 자네답지 않아."

"……."

"앉아. 이 파티도 업무의 연장이야."

아들이 왜 이렇게 불안에 떠는지 대강은 눈치챈 그녀는 속상함을 감추지 않았다. 어머니의 말이 들렸음에도 그는 움직이지 않았다.

"임 이사!"

"죄송합니다. 잠시면 됩니다. 금방 돌아오겠습니다, 회장님."

그는 박 회장을 향해 꾸벅 허리를 숙여 인사하고는 바로 연회장을 나갔다. 회장인 자신의 말을 무시하고 나가는 그의 뒷모습을 도저히 용납할 수 없었던 그녀도 벌떡 일어났다. 수현을 따라나가려던 그때 윤 실장이 가까이 다가오더니 그녀에게 귓속말을 했다. 이내 그녀는 놀란 표정을 지었다.

그녀는 진정하지 못한 모습으로 밖으로 나가던 아들을 앞질러 먼저 연회장을 빠져나갔다. 그녀보다 한 발자국 늦게 연회장 밖으로 나온 수현은 갑자기 불안한 기색으로 호텔을 벗어나는 어머니의 뒷모습을 의문 섞인 표정으로 보았다.

"윤 실장님."

박 회장을 뒤따르던 윤 실장은 자신을 부르는 수현의 목소리에 걸음을 멈췄다.

"무슨 일입니까?"

조금 전까지도 파티도 업무의 연장이라고 말하던 박 회장의 모습이 없었다.

"아, 이사님."

윤 실장은 급하게 수현에게 다가가 귓속말을 했다. 그의 말이 끝나자마자 수현의 얼굴도 삽시간에 딱딱하게 굳었다.

* * *

　간접조명만 켜둔 어두컴컴한 병실. 서휘는 누워 있는 남자와 그 곁에 매우 지친 표정으로 앉아 있는 여자를 발견하고는 다가 갔다. 사고가 났다는 소식에 오는 동안 머릿속에서 도현을 얼마 나 괴롭혔는지 모른다. 그래도 생각보다는 많이 다치지 않아 다 행이었다.

　또각또각 여자의 구두 소리가 가까이에 다가오자 도현에게 시선 을 고정하고 있던 세영도 자리에서 일어나 서휘와 눈을 마주했다.

　"오셨어요, 팀장님."

　"어떻게 된 거예요?"

　세영은 말없이 다시 도현의 얼굴을 응시했다. 자초지종은 그 녀도 몰랐다. 병원에서 연락이 왔고, 한달음에 달려온 것뿐이었 으니까. 입원 절차를 밟았어도 그를 혼자 두고 나갈 수가 없어서 지금까지 곁을 지키고 있었다.

　그래도 무사한 도현의 얼굴을 보고 난 서휘는 안심이 되자 그 제야 엉망인 세영의 모습이 보였다. 허벅지까지 트였던 드레스 속으로 넘어지면서 올이 나간 스타킹과 헝클어진 머리, 흠집이 선명한 클러치백이 보였다. 꼭 마법이 풀려 다시 누더기 모습을 한 신데렐라 같았다.

　자신의 첫사랑을 종지부 찍게 한 여자에게 배려를 베풀 필요는 없다. 그러나 서휘의 손은 아주 바쁘게 움직였다. 그녀는 멀쩡한 자신의 클러치백에서 물건들을 모두 빼내고는 세영의 백을 빼앗아 내용물을 자신의 백에 담아 그녀에게 내밀었다. 움직이면서도 '내가 지금 뭘 하는 거지?'라는 물음이 떠올랐다. 그러나 몸이 움직이는 대로 그냥 두었다. 대충 세영의 머리까지 만져주고 나서는 입을 열었다.

"수현이가 당신 찾아요."

"…지금 가기엔 너무 늦었어요."

시곗바늘은 벌써 8시를 훌쩍 넘겨 9시를 향해 달리는 중이었다.

"그냥 가요! 괜히 사람 불안하게 만들지 말고. 여긴 내가 지킬게요."

"……."

서휘가 억지로 등을 떠미는 바람에 병실에서 나온 세영은 그제야 발걸음을 옮겼다. 절뚝절뚝 삔 발걸음은 서서히 빨라졌다. 급기야 나중엔 아픈 것도 잊고 뛰기 시작했다. 그가 아직도 기다릴까? 만나면 어떻게 미안하다고 말을 해야 할까? 소개할 사람이 있다고 했는데 결국 소개도 받지 못하고, 그에게 뜻깊은 날을 망쳤을지도 모른다고 생각하니 불안으로 애가 말랐다.

차에 오르자마자 조수석에 던져두었었던 전화가 보였다. 그제야 부재중 통화가 20통 이상 와 있는 것이 보였다. 그의 것과 백서휘 팀장의 번호였다.

뒤늦게 시동을 걸고 그가 있을 호텔로 향했다. 이동하느라 시간은 벌써 9시를 넘겼다. 파티가 끝나고도 남을 시간이었다. 불안은 쉽게 꺼지지 않고 결국 눈물이 되어 줄줄 흐르기 시작했다. 어쩔 수 없는 상황이었지만, 자신의 모습이 너무 한심하게 느껴졌다.

호텔에 도착했을 때는 이미 모든 식순이 끝나고 호텔 직원들이 연회장을 왔다 갔다 하며 정리하는 중이었다. 절뚝거리며 연회장 안으로 들어가는 그녀에게로 누구도 시선을 주지 않았다. 꽤 성대한 파티였던 모양이다. 주변을 장식하고 있던 꽃들이 직원들의 손에 들려 하나씩 나가고 있었다. 주변을 살피며 걷던 고르지 못한 구두 소리는 연회장 한가운데에서 멈췄다.

"…본부장님."

혼자 어두운 연회장을 지키며 남은 술을 마시고 있던 수현이 고개를 들었다. 그는 자신이 걸어준 마법이 다 풀려 엉망인 그녀를 발견하고는 자리에서 천천히 일어났다.

"……지금이 몇 시야."

"죄송합니다! 정말 죄송합니다!"

발목도, 무릎도 성한 곳이 없었지만, 그녀는 아픔도 잊은 채 허리를 90도로 숙였다. 그가 화를 낸다면 할 말 없다. 파티가 끝날 때까지 연락도 없이 늦었으니 비서로서도 실격이고, 그의 여자친구로서도 실격이었다. 미안함 때문에 눈물이 나올 것 같아 입술을 깨물었다. 그러나 자신의 사과를 듣고도 그는 아무 말이 없었다. 역시 화가 난 것이다. 이대로는 오해를 풀 수 없겠다 싶어 급하게 허리를 들어 올렸다.

"사실은 차 비서님이 다치셔서."

"윤 실장한테 들었어. 고생했어. 서휘가 전화해줬어. 거기 있었다고. 박세영 씨는 항상 내가 필요한 일을 해주는 것 같아."

오늘은 그 필요한 일을 해준 네가 너무 밉지만.

그의 말은 모든 것을 이해한다는 듯이 나왔지만, 무척이나 차가웠다. 꼭 예전의 사이로 돌아간 것 같아서 뒤통수를 맞은 기분으로 입술만 깨물었다.

"엉망이네."

그가 흘러내린 소매를 슬쩍 올려주고는 헝클어져 앞으로 넘어온 머리칼을 귀 뒤로 넘겼다. 그제야 그녀는 서휘가 가방을 바꿔주지 않고, 머리도 만져주지 않았다면 몰골이 더 엉망이었을 거라는 사실을 깨달았다. 그에게 올 생각만 하느라 그가 걸어준 마법이 풀렸다는 것을 잠시 잊고 있었다.

"그리고 앞으로 나한테 그렇게 90도로 허리 숙여서 사과하지 마. 왔으면 됐어. 난 오늘 세영 씨 비서로 부른 거 아니야."

아까까지만 해도 멀쩡했던 정신으로 갑작스러운 취기가 돌았다. 혼자 연회장에서 외롭게 마음을 졸이고 있을 때의 모든 원망이 일제히 눈을 떴다. 한 번도 누군가를 그렇게 기다린 적은 없었다. 처음이었다. 그래서 낯설었던 걸까? 버젓이 연인인 그녀가 다른 남자가 다쳤다고 부리나케 달려간 것이 가슴을 후벼 파는 느낌이었다.

"…본부장님……."

윤 실장에게서 도현의 사고 소식을 듣는 순간 모두 이해했다. 그녀가 왜 파티장에 오지 않고, 연락도 받지 못했는지. 그냥 오늘

이 날이 아니었다고 생각하기에는 감당하기 버거울 정도로 한순간에 닥쳐온 일들이 너무 많았다. 불청객이었던 아버지라고 부르기도 싫던 아버지의 존재가 그랬고, 도현의 사고 소식이 그랬고, 그의 사고 소식을 듣자마자 파티도 팽개치고 나가버린 어머니도, 이제야 나타난 연인도 그를 힘들게 만들었다. 이 파티의 주인공은 자신이었는데 파티에 참석도 제대로 하지 않은 그놈이 주인공 자리를 빼앗아간 것 같은 기분이었다.

그녀의 부름에도 대답 없이 일어났다. 그래도 왔다는 사실에 안도감을 느끼고 있는 자신의 처지가 싫었다. 그녀에게 등 돌리고 연회장을 나가려던 그는 자신을 따르는 고르지 못한 구두 소리에 놀라 이맛살을 구겼다. 그녀가 등 뒤에서 절뚝이며 자신을 따라오고 있었다.

"다쳤어?"

"아, 많이 다친 건 아니에요. 약간……."

그녀의 만류에도 그는 이미 몸을 낮추고 그녀의 스커트 자락을 살짝 들쳐 피가 흐른 자국이 역력한 무릎을 보고 있었다. 급하게 뛰다가 다칠 정도로 그냥 회사 동료인 도현이 그녀에겐 어떤 의미가 있던 걸까? 주머니에서 손수건을 꺼내 그녀의 무릎을 살짝 동여매고 있던 그의 눈동자가 잠시 흔들렸다. 역시 생각이 많아지면 좋지 않다.

그는 자리에서 일어서자마자 주변을 정리하고 있던 직원들을 손짓으로 모두 내보냈다. 이내 텅 비어버린 연회장은 오롯이 두 사람만 남았다.

378

"춤추자."

난데없는 말에 그녀가 당황하며 한 걸음 물러섰다.

"저 춤출 줄 몰라요."

그녀의 말에도 수현이 거칠게 그녀의 허리를 껴안았다.

"나도 출 줄 몰라."

지금 뭐라도 하지 않으면 내가 너한테 화를 내버릴 것 같아서 그래.

"아프니까 나한테 기대."

그가 손을 내밀었다. 조심스럽게 그의 손바닥 위에 손을 올리자 그가 거머쥐며 다른 팔로 그녀의 허리를 껴안았다. 음악 소리조차도 없는 연회장 안으로 두 사람의 구두 소리가 조용히 울렸다.

* * *

박 회장이 병실에 도착했을 때는 도현이 잠에서 깨어난 직후였다. 그녀는 도현의 곁을 지키고 있던, 이 자리에는 어울리지 않아 보이는 서휘를 의문 섞인 눈으로 보았다. 그러고는 이내 다 죽어가는 얼굴로 몸을 일으킨 도현에게로 시선을 옮겼다.

"회장님, 죄송합니다."

"차가 완전히 반파됐다고 해서 걱정했는데 보아하니 멀쩡해 보이는구나."

걱정되어서 한달음에 달려온 사람치고는 무척이나 차가운 말이었다. 아무 말도 하지 않고 고개만 숙이고 있는 도현을 보던 박 회장은 머뭇거리며 서 있던 서휘를 향해 말했다.

"백 팀장은 잠깐 나가줘요."

두 사람 사이에 풍기는 묘한 분위기를 읽은 그녀는 걱정스러운 눈으로 도현을 보다가 박 회장을 향해 살짝 고개를 숙여 인사하고는 병실 밖으로 나갔다. 또각또각 소리가 멀어지고 문까지 닫히자 그제야 그녀도 병상 곁에 앉았다.

죄인처럼 고개를 푹 숙인 채 눈도 마주치지 못하는 그를 속상한 듯이 바라보고 있던 그녀가 조심스럽게 그에게로 손을 뻗었다가 서둘러 거두며 입을 열었다.

"오는 중에 대충 윤 실장에게 어떻게 된 건지 들었다. 그렇게 큰 사고였는데 그 정도면 많이 다친 건 아니구나. 부러진 곳도 없고 찢어진 곳도 없으니."

"죄송합니다. 운전에 부주의했습니다."

"멀쩡한 거 봤으니 됐다. 당분간은 푹 쉬렴. 회사 일은 생각하지 말고."

정말 멀쩡한지만 보러 왔다는 듯 박 회장은 미련 없이 자리에서 일어났다. 도현은 말없이 그녀의 뒷모습을 눈에 담았다. 어렸을 때 자신을 찾아왔던 그녀와 비슷했다.

'미국 가서 공부하지 않을래? 그럼 네 엄마도 치료할 수 있어.'

'아줌마는 누구세요?'

그때에도 참 나이답지 않게 젊어 보이는 모습에 행동거지는 아주 당당하고 우아했다. 세간에서 박 회장을 부르는 별명은 두 가지였다. 마녀와 천사. 기업을 물려받고 그녀가 가장 먼저 행한 일이 정적들을 쳐내는 일이었다. 피를 나눈 형제라고 해서 봐주는 법이 없었다. 유일하게 살아남은 사람은 그룹 산하의 W호텔 사장을 맡고 있는 그녀의 남동생이었다. 역시 권력과 돈 앞에서는 피를 나눈 형제고 가족이고 아무도 없다며 언론은 그녀에게 마녀라는 별명을 붙였다.

'네 엄마 친구.'

어린 나이였지만 그때에도 느꼈다. 엄마는 저런 돈 많은 아줌마와 친구가 될 수 있을 정도로 좋은 사람이 아니었으니까 그저 자신을 안심시키기 위한 말뿐이었다는 것을.

'어때? 해보지 않을래?'

나중에서야 깨달았다. 한국에 자신과 어머니가 있으면 안 되기 때문에 거의 내쫓은 것이라는 것을.

"회장님."

막 문고리를 잡은 그녀를 불렀다. 도현의 부름에 박 회장이 천천히 고개를 돌렸다. 눈이 마주쳤다.

"감사합니다."

"……뭐가?"

"일개 비서인 제가 다쳤다고 여기까지 와주신 거요. 꼭 제가 중요한 사람이 된 것 같아서요."

그녀는 도현을 한참을 바라보다가 한마디를 툭 던졌다.

"맞아. 중요한 사람."

"……."

"넌 항상 중요한 사람이었어."

중요한 사람이 맞다는 이야기를 듣는 순간부터 도현은 뒤통수가 뻐근해짐을 느꼈다. 한 번도 생각해보지 않았다. 자신이 누군가에게 중요한 사람이 될 거라는 일 따위. 어머니가 돌아가시면서 다신 자신을 그렇게 불러줄 사람이 없다고 생각했으니까.

"왜? 거짓말 같아?"

그녀는 놀란 표정으로 자신을 보는 도현을 향해 살짝 웃어 보이고는 병실을 나갔다.

〈2권에 계속〉

이웃집 악당 ❶

초판 1쇄 발행 2020년 02월 25일
개정판 1쇄 발행 2025년 02월 21일

지은이 | 권세연
발행인 | 김성룡
기획, 편집 | (주)스마트빅(쉼표)
교정 | 이하은
표지디자인 | 우물
출판등록 | 제2014-000017호 (2011년 6월 30일)

펴낸곳 | 도서출판 가연
주 소 | 서울시마포구 월드컵북로 4길 77, 3층 (동교동 ANT빌딩)
전 화 | 02-858-2217
팩 스 | 02-858-2219
ISBN | 978-89-6897-134-1 03810